文春文庫

風に恋う

額賀澪

文藝春秋

目次

指揮棒が構えられる瞬間は、いつも、体がぶるりと震えた。

これから始まる十二分間の幸せな時間を前にした、武者震いなのだと思う。

指揮棒が振り下ろされ、奏者が一斉に息を吸う。ホールを鋭い風が吹き抜ける。

全身で、音楽の神様から吹く風を受けている。

こういう幸せが、これからの人生の中で何度も感じられたらいい。

十八歳の不破（ふわ）瑛太郎（えいたろう）は、そう願っていた。

風に恋う

単行本　二〇一八年七月　文藝春秋

本文デザイン　川谷康久
DTP制作　エヴリ・シンク

序章　凍てつく夜に『夢やぶれて』

「なあ、茶園(ちゃえん)、本当に吹奏楽やめちゃうの」

杉野(すぎの)が隣から、基(もとき)の顔を覗き込んできた。

「そうだね」

ステージ袖の暗闇で指を順番に動かしながら、茶園基は自分の掌に向かって呟く。ステージから聞こえる華やかな音色に包まれながら、指の先端まで血を行き渡らせる。

「やめるよ」

およそ半年前の西関東吹奏楽コンクールで、基のいる大迫(おおさこ)第一中学校吹奏楽部は目標だった全日本吹奏楽コンクールに進めなかった。三年間、一度も。このまま、基は中学を卒業する。

「燃え尽きたっていうか、やりきったって感じがするし、高校はのんびり帰宅部かな」

「もったいないな」

杉野の言葉に、基は応えなかった。ネックストラップの位置を直すと、皮膚の薄いところが擦れて痛みが走る。ぴりりとした熱を首筋に感じながら、基は抱えていたアルトサックスの表面を撫でた。こうしてネックストラップで自分の体と繋いでいると、本当に体の一部のように思えてくる……はずなのに、今日は自分達の間に薄い壁がある気がした。

しょうがないじゃないか。思わず声に出しそうになったとき、基達を包んでいた音楽が終わった。客席から拍手が聞こえる。

袖に集まっていた三年生が、足音を忍ばせて一箇所に集まる。それぞれの手には楽器がある。みんな、コンクールが終わると同時に吹奏楽部を引退したが、部では毎年三月上旬に定期演奏会を開催する。受験を終えたばかりの三年生がクライマックスで演奏するのが恒例なのだ。練習期間は一週間もない。だから、やはり緊張する。

「半年もほとんど練習してなかったのに、一週間で元に戻せるわけないじゃんね」

一人がそう言うと、ステージから声が聞こえてきた。司会を担当する二年生のものだ。

「次が、いよいよ最後の曲です。この曲は、三年生の先輩方と一緒に演奏します」

言葉尻が震えた。多分、ちょっと涙目になっているんだろうなと思った。

基に涙の気配はなかった。コンクールのときに散々流したから、体が「何を今更」と思っている。

「それでは聴いてください。定番中の定番です。明るく三年生を送り出したいと思います。真島俊夫編曲、『宝島』です」

曲名がコールされるのと同時に基達はステージに出て、それぞれのパートの場所へと散った。保護者や関係者ばかりの客席からは、割れんばかりの拍手が響く。拍手が、基の中に巣食っていた緊張を消す。本番とは、いつもそういうものだ。

顧問が譜面を捲り、「最後だし楽しく行こう」と破顔した。練習ではよく怒るし、ねちねちと同じ場所を何度も吹かせる人だけれど、今日ばかりは清々しい笑顔をしていた。

指揮棒が構えられる。基はアルトサックスのマウスピース部分を口に含んだ。舌が木製のリード部分に触れる。この感覚が、結構、好きだった。楽器が自分の中に浸透していくのが。

指揮棒が振られ、アゴゴベルのリズミカルな音が響く。会場である市民文化ホールの壁や天井に、金色の粉が舞うようだった。ドラムやシンバルやタンバリンの音が、入り乱れる。

『宝島』は吹奏楽では定番中の定番。基も小学四年で吹奏楽を始めてから、幾度となく演奏してきた。演奏会のクライマックスに相応しい、音のお祭り騒ぎだ。

冷たかった指は温かくなり、胸に残っていた寂しさを覆い隠してくれる。ここまで賑やかなら、寂しいとか悲しいとか、そんな気持ちを感じずに済む。

ソロパートが回ってきて、基は立ち上がった。十六分音符の複雑な運指に、真鍮製の黄金色をしたアルトサックスから、端正に編み上げられた音があふれてくる。サックスの姿は、植物のようだ。神様が精密に丁寧に、愛を込めて作ってくれた。折れ曲がった円すい管も、蔦のようにそれに絡みつく音を操るためのキーやレバーも、朝顔の花のように広がるベルも。すべてが完璧で、完成されていて、美しい。

そんな愛する楽器との《最後のステージ》が、サックスのソロがあり、吹奏楽に関わる誰からも愛される『宝島』っていうのも、素敵だ。頬をわずかに緩めながら、基は低音から高音へ一気に駆け上がる。高く高く、どこかへ続く階段をのぼるみたいに。その先に何があるかわからないのに、とにかく全力で、走る。

愛を振り切って、別れを告げる。

「茶園、バスで帰るの？」

うちの車、乗って帰る？　と杉野がホールの隅にいる自分の母親を指さして聞いてきた。一、二年生はこのあと楽器を学校まで運び後片付けをするけれど、三年生は現地解散だ。

「いや、いいよ。玲於奈(れおな)が来てるから、一緒に帰る」

「ああ、鳴神(なるかみ)先輩、来てるんだ」

自動ドアの向こう側、外灯の光がぼんやりと並ぶ植え込みの近くに、探していた女子の姿を見つけ、基は杉野に「じゃあね」と手を振った。

「相変わらず仲良しだねえ、茶園と鳴神先輩」

「幼馴染みだからね」

ホールを出た途端に冷たい夜風が吹きつけてきて、基は首を縮こまらせた。皮膚がひび割れて血が出そうだ。マフラーを巻いてきたらよかったなとサックスのケースを背負い直し、ベンチに座ってスマホをいじる玲於奈の元に駆けていった。

「寒くないの？」

玲於奈は温かそうなファーのついたブーツを履いていたけれど、肩胛骨のあたりまである黒髪を二つ結びにしているから、見ているこっちの首筋がすーすーする。

「中で待ってたらよかったのに」

「OGがずっと居座ってたら、みんなに気ぃ遣わせちゃうと思って」

玲於奈は基より二歳年上の、高校二年生。もうすぐ三年生に上がる。二年前にこのホールで行われた定期演奏会で送り出されたのは、玲於奈達の代だった。

「帰ろっか」

スマホをリュックのポケットにしまった玲於奈が立ち上がり、バス停に向かって歩き始める。半歩遅れて基もついていった。

「ソロ、よかったじゃん」

「そう？　ありがとう」

「高校でも続けたらいいのに。せっかく千学（せんがく）に入るんだからさ」

「その話、一体何度目だよ」

基が四月に入学する千間学院（せんげんがくいん）高校——通称・千学の吹奏楽部で、玲於奈は部長をしている。基が千学を第一志望にしていること、中学で吹奏楽をやめることを知って、当然の如く「やめるなんてもったいない」「吹奏楽部入りなよ」と誘ってきた。

でも、九月に吹奏楽部を引退して、受験生になって、千学の一般入試を受けて……そうしている間も、「もう一度吹奏楽部に入ろう」という気持ちは湧いてこなかった。

「大学受験もあるし、さすがにあと三年も全日本を目指して吹奏楽っていうのは、僕には無理かな。もう、三百六十五日、二十四時間吹奏楽漬けになるのは、ちょっとしんどいよ」

誤魔化すように頬を掻きながら基は言った。でも、玲於奈は納得してくれない。

「だって基、ちっさい頃から千学の吹奏楽部が好きだったから」

「好きだったけど」

それは、昔の話だ。千学の吹奏楽部が全日本に出場したのは、もう何年も前で——今じゃ、埼玉県大会も通過できない。あの頃と今では千学は別物だ。比べるのも失礼だ。そこで部長をしている玲於奈には、とても言えないけれど。

「私だって大学では吹奏楽続けないし、誰がいつやめたってその人の自由だけど、基が吹奏楽をやめるのは間違ってると思う。あんたは、音楽をやらないといけない人なんだから」

「なに、それ」

「基には自覚がないんだろうけど、サックス吹いてるあんたには何かが取り憑いてる」

ほんの少し声を低くして、玲於奈は言った。基を責めるみたいに、咎めるみたいに。

「やだなあ……怖いこと言わないでよ。何に憑かれてるっていうのさ」

「強いて言うなら、吹奏楽の神様」

「大袈裟だなあ」

カラカラに乾いた笑いをこぼして、浅く息を吸った。もしそんな神様が側にいるなら、どうして僕を全日本コンクールに連れて行ってくれなかったんだ。

「いいんだ。今日でおしまいにする」

寒さのせいだろうか、胸が針で刺されたみたいに痛んだ。

「ごめんね、玲於奈」

玲於奈がさっきから一度もこちらを見ないのに耐えかねて、基は謝罪した。

「この裏切り者」

「うん。だからごめんってば」

二年前、玲於奈が大迫一中吹奏楽部の一員として最後のステージに立った夜。あの日も自分達は枯れた欅の並ぶこの道を歩いた。玲於奈は基に二つ、約束を押しつけた。

全日本コンクールに出場して。あと、千学でまた一緒に吹奏楽やろうね。

結局、基はそのどちらも果たすことができなかった。

「塾、サボっちゃって大丈夫だったの？　玲於奈のお父さん達、怒らない？」

玲於奈はぶすっとした様子で黙々と歩く。靴の踵が煉瓦に当たってカツンカツンと鳴る。困ったなあと基は笑った。玲於奈は一度不機嫌になると長い。バス停に着いても、バスに乗っても、降りても、隣同士に立つ互いの家に着いても、きっと機嫌は悪いままだ。

基が足を止めると、玲於奈はそれに気づくことなくずんずんと進んで行ってしまう。少しずつ、自分達の距離が開いていく。

すっかり冷え切ってしまった両の掌に、基は息を吹きかけた。

「玲於奈！」

離れてしまった幼馴染みの背中に投げかける。オレンジ色の外灯の下で、彼女はやっとこちらを振り返った。まだ、唇を尖らせている。

並木道の横に、大きな噴水があった。ちょっとした池くらいのサイズで、人っ子一人いないというのに白く透き通った光でライトアップされている。

「なに？」

私は今、不機嫌だぞー！　そう聞こえてきそうな声に、基は吹き出した。

「来て」

嫌だと言われる前に、小走りで並木道から外れる。ライトアップされた噴水の前まで行って、サックスケースを下ろした。蓋を開け、ネックストラップを首から提げ、コートのボタンを外した。中は冬用の制服とはいえ、外気が入り込むと寒かった。

「なによ、どうしたの」

思ったより近くから玲於奈の声がした。ちゃんとついてきてくれたみたいだ。

本番が終わってもう一時間以上たつ。アルトサックスはすっかり冷えてしまった。触れた瞬間、まるで基を拒絶しているみたいな、痛みに似た冷たさが掌を駆け抜けた。リードをケースから取り出して、口に咥える。サックスはこれがないと音が出せない。リードを自分の唾液で湿らせ、マウスピース部分に装着し、玲於奈を振り返った。彼女は神妙な顔で基を見ていた。アーモンドみたいな形をした目は、笑うと可愛いし怒ると怖い。

落胆と怒りと憤りと、寂しさの入り交じった玲於奈の表情と静かなたたずまいは、雪が降っているみたいだった。夜闇に降りしきる雪だ。

緩やかにカーブする吹込管に両手を添え、マウスピースから息を吹き込む。サックスを構成するパーツは六百あるらしいから、それら一つ一つに自分の息が届くように。

「玲於奈」

サックスを抱きしめて、基は二歳年上の幼馴染みの名前を呼ぶ。責任感が強くてときどき頑固で、でもときどき基に甘い。

「見てて」

物心つく前から彼女は自分の側にいた。同じものに憧れて一緒に吹奏楽を始めた。玲於奈、見てて。自分がそう言えば、玲於奈は絶対に見ていてくれる。不機嫌でも、絶対に。

「それでは聴いてください。ミュージカル『レ・ミゼラブル』より、『夢やぶれて』です」

曲名に、玲於奈が息を飲んだのがわかった。あえて、『宝島』とは違うしっとりとした曲を選んだ。らしくないとは思ったけれど、今はあんな元気な曲を吹く気分ではなかった。

だって今日は、玲於奈と初めて道を違える日だ。茶園基が、吹奏楽から離れる日だ。

悲しげなメロディは、徐々に壮大なものになっていく。でも、その中にある痛みや愁傷は消えない。むしろ高らかな音色に合わせ、悲しみを増していく。

玲於奈がこちらをじっと見ている。鋭い視線を、真っ直ぐ基に向けている。これはこれで、何だか照れるな。そう思って、基は噴水の縁に飛び乗った。それなりにスペースがあったから、バランスを崩す心配もない。玲於奈が一瞬驚いた顔をしたけれど、基は彼女に背を向けて演奏を続けた。

大量の水が噴水から夜空に舞い上がる。揺れる水面に自分の影が映り込んでいる。欅の木に囲まれ、冷たい風の吹くこの場所で、サックスの音は噴水と共に空を突く。

昔、今の基よりずっと上手に、魅力的に、神々しいまでの演奏をする人を——人達を見たことがあった。あまりにも眩しすぎて、どうやって見つめればいいのかわからなかった。その音色に手招きされたら、駆けていくしかなかった。そうやって基は吹奏楽の世界に飛び込んだ。

彼等がいた千学吹奏楽部は、もう基の憧れの場所ではない。

最後の音を出し切ると、風に乗って小さな雫が目の前を飛んでいった。噴水の水が、こんなところまで飛んできたのかと思った。

そうではないと、わかっていた。わかっていたけれど、目元は拭わなかった。玲於奈に気づかれたら、きっと引き戻されるから。

『宝島』で包み隠したはずの未練が、ほんのちょっと顔を覗かせる。でも、見ない振りくらいできる。そうでないと、困るのだ。

「ねえ、玲於奈」

振り返らず、基は言う。

「『夢やぶれて』って、フランス語の曲名は『私は違う人生を夢見た』っていうんだって」

今そんなことを言う意味を、玲於奈は理解してくれるだろう。

鼻を擦る振りをして目元を手の甲で拭った。眼鏡がずり落ちた。眼鏡をかけ直して改めて眺めた噴水は、照明は、欅の木は、どれもぼんやりと揺らめいていた。

第一章

追憶と『二つの交響的断章』

1　その青は遠い色

桜の木の枝先が風に揺れ、粉雪のように花びらが落ちてくる。そのうちの一枚が、基のつむじのあたりにのっかった。それを指先で摘み上げて、溜め息をぐっと堪えた。

ただの花を特別なものに感じてしまうのは、きっと、ここがかつて憧れた場所だから。憧れた人が通っていた高校の門をくぐり、今日から三年間を過ごすから。

風に舞い上がる花びらの群れの向こうに、古びたチャペルが見えた。

基が今日から通うことになる私立千間学院高校はキリスト教系の学校だ。といっても、それらしい建物は正門と校舎の間にあるチャペルくらいしかない。鉛色の石を組み上げて作られたチャペルは重厚感があり、三角屋根の上から十字架が基を見下ろしていた。

登校時刻までまだ余裕がある。生徒の流れから外れて、基はチャペルへ近づいていった。

昔、ここで吹奏楽部の演奏を聴いた。基は小学三年生で、玲於奈は五年生だった。

あの頃と何ら変わっていない木製の扉を、基はゆっくりと引いた。真っ先に、ステンドグラスが視界に飛び込んできた。

「……一緒だ」

整然と並ぶ椅子とテーブル。柱には花の彫刻が施され、ドーム型の天井からは照明が吊されているが、今は仕事をしていない。青色を基調としたステンドグラスを通して朝日が差し込み、青い光が通路に伸びている。チャペルの周囲に立つ木々が風に揺れて光を遮ったり通したりするから、青色の光も絨毯の上をリズミカルに踊っていた。

誘い込まれるように、基は通路を進んで行った。

かつて、千学の吹奏楽部は全日本吹奏楽コンクールで金賞を受賞し、その姿はテレビにも取り上げられた。このチャペルで行われた定期演奏会も満員だった。九歳の基からすれば、吹奏楽部の部員達は雲の上の存在で、自分が彼等と同じ年齢になることも同じ学校に通うことも想像できなかった。

ただ確かなことは、基がこの場所で彼等の演奏を聴いて、吹奏楽を始めたことだ。

溜め息をこぼしそうになったその瞬間、前方の座席からガタンと乾いた音がした。

「……え？」

視界の隅で影がうごめいて――誰かが、すっと立ち上がる。基は喉の奥で悲鳴を上げた。

立ち上がったその人は、高校生ではなかった。大学生くらいに見えた。ステンドグラスから差し込む光が逆光になって、目鼻立ちや表情までは見えないけれど、背が高く、肩幅も広く、青みがかった影の向こうから落ち着いた雰囲気が漂ってくる。

相手は何も言わずこちらに歩いてきた。大学生が就職活動で着るような真っ黒なスーツを着ている。すれ違い様に小さく会釈をされ、やっと顔を見ることができた。

もう一度、息を呑んだ。

扉が閉まるのを背後でしっかり感じてから、基は勢いよく振り返った。

あの人がここにいるわけがない。あの人が千学にいたのは、何年も前だ。

「幽霊……いや、生き霊？」

誰もいないチャペルでやっと出た声は、誰にも届かない。当然、誰も答えてくれない。

一年五組にはすでに多くの新入生が集まっていた。同じ中学の生徒とはクラスが離れてしまったし、果たして、この教室で一年間上手く立ち回れるだろうか。

「──ああっ！」

突然、近くでそんな声が上がった。

「大迫一中の《歌うお茶メガネ》！」

知らない人ばかりのはずの教室で、自分を指さす人がいた。その人物の顔を見て、基も「あー！」と大口を開ける。

彼の茶色がかった明るい髪が、ステージの照明の下では金髪のように見えると基は知っている。色素の薄い目はガラス玉みたいで、その目をきらりと輝かせて彼は演奏するのだ。

春辺第二中学校吹奏楽部の堂林慶太だ。パートはトランペット。地区大会、県大会で毎年のように見かけた。同じ中学生とは思えないような、大人っぽくてしっとりとした演奏をする。だから、大迫一中吹奏楽部の面々は陰で彼のことをこう呼んでいた。

「春辺二中の《いやらしいトランペットの人》！」

こちらも充分失礼な物言いだった。案の定、「なんだよそれ！」と切り返される。

「そっちこそ、《歌うお茶メガネ》って何ですか」

「大迫一中の眼鏡の茶園君だから《お茶メガネ》だよ。演奏にリスペクトを込めて、《歌うお茶メガネ》って呼んでるの。《いやらしいトランペットの人》よりはマシだろ」

「《いやらしいトランペットの人》というのも、リスペクトを込めて呼んでるんだけど」

「微塵も感じられないし！　入学式の日に人のことを《いやらしい》って連呼しないで！」

一呼吸置いて、基は改めて堂林慶太を見た。基と同じ、深い紺色のブレザーに水色のワイシャツを着て、ブレザーと同じ色のスラックスを穿いて、ブルーのネクタイをして。間違いなく千学の制服を着て、一年五組の教室にいる。

「堂林君、千学だったんですね」

「そっちこそ」

「《お茶メガネ》じゃなくて、茶園基です。今日からよろしく」

右手を差し出すと、彼はちらりとその手を見て、静かに握手に応じた。三年間もコンクールで互いの存在を意識していたのに、言葉を交わすのは初めてなんて、妙な気分だ。

「同じクラスってことは、少なくとも一年間は茶園と四六時中一緒にいるってことか」

基の右手から手を離した堂林が、そんなことを言う。

「堂林君、やっぱり吹奏楽部に入るんだ」

「何？　茶園、まさか吹奏楽部入らないの？」

「帰宅部か、もしくはゆるそうな文化部に入ろうかな」

「はあっ？　マジかよ。お前、千学入ったのに吹奏楽続けないわけっ？」

立ち上がった堂林に頷くと、奇妙な生き物でも見るような顔をされた。ああ、彼もなんだ。基は頰に力を入れてはにかんだ。きっと堂林も、千学に憧れを抱く一人なのだ。堂林のいた春辺二中は三年連続全日本出場の強豪校だ。彼が千学で吹奏楽を続ける理由なんて、憧れ以外にあるわけがない。今の千学の吹奏楽部は、強くもなんともないのだから。

最近の千学は受験指導に熱心で、進学実績も上がっている。基が千学を選んだのは、そういう理由からだった。憧れだった吹奏楽部が千学にあるのは、たまたまだ。

そう話しても、堂林は納得できないという顔をしていた。

「なんだよ、吹奏楽やめちゃうのかよ。あんなご大層な動画までアップしてたくせに」

「動画？」

「そうそう、格好つけちゃってるお茶メガネ君の動画」

制服のポケットからスマホを取り出した堂林が、親指を素早く動かす。動画、動画、動画……。何かあったっけと思い返して、三月の定期演奏会に行き当たった。そういえば毎年、定演の動画を短く編集してネットにアップしていたっけ。

「先月の定演のこと？『宝島』吹いてたやつ」

「定演？　違う違う。その動画もあったけどさ、俺が言ってるのはこっち」

ほい、とスマホの画面を見せられる。そこには、確かに茶園基がいた。寒々しい屋外でこちらに背を向けてアルトサックスを吹いていた。大きな噴水から水しぶきが上がり、周囲の淡い照明にきらきらと光る。光をまとった雪が舞っているようだった。

「歌いに歌ってるだろ？　吹部の後輩から回ってきてさあ。『これ、大迫一中の《歌うお茶メガネ》さんじゃありません？』って」

にやにやと笑いながら、堂林は音量を上げた。演奏されているのは間違いなく――。

「『夢やぶれて』だ……」

堂林のスマホを引っ摑んで、基は教室を飛び出した。階段を三年生のフロアがある四階まで駆け上がる。まだ担任が来ていないのを確認して、三年二組の扉を開けた。

「玲於奈っ！」

鳴神玲於奈はすぐに見つかった。ドアの近くの席で、友達とお喋りしていたから。

「これ、玲於奈だろっ」

詰め寄って、堂林から奪ったスマホを見せる。とっくに再生は終わっていたけれど、玲於奈はそれが何の動画なのかすぐに理解したようだった。口元がにやついている。

「えー？　知らない」

「知らないわけないでしょうが！　これ見たの玲於奈しかいないんだから」

そもそも動画を撮影した人物の立ち位置からして、玲於奈以外有り得ない。

「可愛い幼馴染みの勇姿をネットの世界に残しておこうと思って」

「ネットリテラシーって言葉知ってるっ？」

「いいじゃない、別に顔と名前がばーんと出てるわけじゃあるまいし。定演の動画の方がよっぽど誰が誰だかわかるようになってるんだから」

「早速クラスメイトにばれてるんですけど！」

玲於奈は「え？　嘘」と目を丸くした。スマホの画面を覗き込み、「あっ」と声を上げる。

「凄い、アップしたの一昨日なのに、思ったより再生回数行ってる」

「嬉しくもなんともないよ！」

肩で息をする基に対して、玲於奈は近くにいた友人に「こいつ、私の家の隣に住んでんの」と基を紹介し始めた。

「おーい、お茶メガネ！」

廊下から、基を呼ぶ声がした。

「いきなり四階に駆け上がってくから、どうしようかと思った」

三年二組の教室に入ってきた堂林は、玲於奈に小さく「どうも」と会釈し、基の腕を摑む。

「スマホ、俺のスマホ返して」

ていうか、もう先生来るぞ。そう言いながら、基を教室の外に連れ出そうとする。

そんな彼を指さしたのは、玲於奈だった。

「君、コンクールで見たことある。《いやらしいトランペットの人》！」

玲於奈が大声で言うもんだから、近くにいた三年生達が一斉にこちらを見た。堂林は、基のときのように「なんだよそれ！」とは言わなかった。

代わりに、弱々しい抗議の声を捻り出す。

「……勘弁してくださいよぉ」

吹奏楽部の練習場所は、一般教室棟から渡り廊下を抜けた特別棟四階の奥にある。古びた建物独特の埃っぽい匂いと茶渋のような薄暗さが積み重なった先の、第一音楽室だ。

「当たり前だけど、テレビで見てた通りだな」

「堂林君も見てたの？　『熱奏 吹部物語』」

「近くにある高校があれだけ取り上げられてたら、そりゃあ見るだろ」

全国ネットのテレビ局がドキュメンタリー番組で吹奏楽部を大々的に取り上げたのは、基が小学三年生の頃だ。あれがきっかけで吹奏楽の世界そのものが盛り上がって、全日本コンクールのチケットの争奪戦が繰り広げられるようになった。

全国のさまざまな吹奏楽部に番組は密着した。全日本コンクールに出場するような強豪校から、部員集めに奔走する弱小吹奏楽部まで。そして、この千間学院高校吹奏楽部にも。

当時、千学は男子校だった。吹奏楽部といえば女子生徒が圧倒的に多い中、「男子だけの吹奏楽部が全日本コンクール初出場を目指す」と千学はお茶の間に紹介された。しかもその年、本当に全日本コンクールに出場した。

その過程を基は視聴者として見ていた。万年県大会止まりだった千学が西関東大会へ出場する。強豪校がひしめく中、全日本への切符を摑む。それはあまりにもドラマチックで、鮮烈だった。音楽になど縁のなかった少年に、吹奏楽を始めさせてしまうくらい。

全国の視聴者もそうだった。千学吹奏楽部は瞬く間に大人気となり、縁もゆかりもない土地に住む人がコンクールで千学を応援した。定期演奏会にやってきた。

「千学があの頃のままだったら、吹奏楽を続けてたかな」

木製の両開きの扉を前に、基はそんなことを呟いていた。「第一音楽室」というプレートを見つめながら、堂林がこう聞いてくる。

「茶園は、本当に吹奏楽部には入らないの？　上手いのにさあ……」

「中学で、燃え尽きちゃったんだ」

吹奏楽部に入りたいという思いは、もう基の胸になかった。中学三年間で、音楽に注ぐべきエネルギーが尽きてしまった。一生分、使い果たしてしまった。

ただ、千学がかつて憧れたような場所だったら、自分は吹奏楽を続けたかもしれない。千学に来たからこそ、《あの頃》と《今》の落差を思い知らされる。

「僕の目的はただ一つ。玲於奈にあの動画を削除してもらうことだ」

結局、玲於奈はネットにアップした動画を消してくれなかった。「消してほしかったら、放課後に音楽室においで」とにっこり笑って、基と堂林を教室から追い出した。

「音楽室に行ったら最後、入部届に名前を書かされるのは運命づけられる気がするが……」

苦笑いしながら、堂林は第一音楽室の扉を開けた。古びた木製のドアは、ぎいぎいと歯軋(はぎし)りのような音をたてた。

玲於奈の魂胆など承知の上だ。あの手この手で彼女は基を吹奏楽部に入れようとするだろう。昔と比べたら見る影もなくなった千学吹奏楽部の部長として、玲於奈は必死なのだ。わかっている。基が、一番わかっている。

「わー！　一年生来た！」

基達が音楽室に足を踏み入れた瞬間、そんな声が飛んできた。「二人も来た！」「男子来たー！」「やったー！」という、まさしく黄色い声が。

パイプ椅子や楽器で雑然とした音楽室で、玲於奈の姿はすぐに目に入った。オーボエパートの彼女は、指揮台の近くからこちらを見ていた。その口が、にいっと半月状に吊り上がる。

基は一瞬、ここに来た目的を忘れた。

そこにあったのは、九歳のときに見たあの音楽室だったから。くすんだクリーム色の壁も、雨漏りの跡のある天井も。

隣では、堂林がガラス玉のような瞳を忙しなく動かしていた。この場所を隅から隅まで見たい。記憶したい。そんな必死さが伝わってくる。ああ、彼も一緒だ。彼も今、僕と同じように《千学吹奏楽部》という場所に、空気に、かつての強烈な憧れに、溺れている。

だから、気づかなかった。

「そこの二人」

自分の背後に、誰かが立ったことに。

「入るなら入る、入らないならちょっとどいてくれないか」

自分よりずっと落ち着きのある声が、飛んでくる。音楽室の入り口で突っ立っていたことに気づいて、慌てて振り返った。すみません、と言いかけて、今度は本当に息が止まった。

「……ゆっ」

やっとのことで、声が出る。

「幽霊……」

朝、チャペルで見た幽霊がそこにいた。

かつて、ドキュメンタリー番組の中で活躍していた高校生。強くて、格好良くて、鮮烈で、激烈だった千間学院高校吹奏楽部の部長。その人が、自分の目の前にいる。

「幽霊じゃない。ここのOBだ」

腰に手をやって彼は基を見下ろす。平均身長にわずかに届かない基を、高い場所から見つめてくる。ステンドグラスからこぼれる光のように、その瞳は青みがかって見えた。

「今朝、チャペルで会ったな。君、新入生だったんだ」

基の右胸にある「祝・御入学」と書かれたリボンと花を見て彼は言う。長い指が、花びらをたわわにつけた赤い花を突いた。

基から視線を外し、彼は音楽室を見回す。

「今日から吹奏楽部のコーチをする、不破（ふわ）瑛太郎（えいたろう）だ」

まるで、指揮棒でも振るうように。

「君達を全日本吹奏楽コンクールに出場させるために、千学に戻ってきた」

どうぞよろしく。彼が言い終えないうちに、音楽室中から今度は悲鳴が聞こえた。当たり前だ。そんなの、冷静でいろという方が無茶だ。

弱体化した千学吹奏楽部に、黄金世代の部長が帰ってきたのだから。

視界の隅で、玲於奈がすっと立ち上がるのが見えた。自分のオーボエを握り締めて、口を真一文字に結んで、じっと、基と不破瑛太郎を見つめるのが。

「入部希望？」

騒がしさなど意にも介さず、不破瑛太郎は口元にほんのり笑みを浮かべて基に聞いてくる。

「はい」

全身を震わせるようにして、基は頷いた。

「お父さんもねえ、せめて学校を出るときに一言連絡をくれればいいのよ。瑛太郎君を連れてくるんなら、もっと若い子が喜ぶもの作ったのに」

愛子(あいこ)さんはそんなことを言いながら、鍋から肉じゃがをお椀に盛る。瑛太郎はそれを受け取り、居間へ運んだ。三好(みよし)先生は、座椅子に腰掛けてテレビを見ていた。

「三好先生、愛子さんがご立腹ですよ」

卓袱台(ちゃぶだい)に肉じゃがを置くと、千学吹奏楽部顧問の三好先生は「だいじょーぶ」と笑った。昔はふっくらとした体型だったのに、現在は肉がそげ落ちて細くなってしまった。

「久々に瑛太郎が来てお母さんも喜んでるから、プラスマイナスゼロ」

ご飯と味噌汁ののったお盆を抱えた愛子さんが居間に入ってきて、「お父さんが言うことじゃないから」とぴしゃりと言う。

「瑛太郎君は遠慮しないでお腹いっぱい食べて帰ってね」

愛子さんに言われるがまま、瑛太郎はいただきますと合掌した。

「初日から悪かったな。ほとんど瑛太郎に任せちゃって」

ジャガイモにふうふうと息を吹きながら、三好先生が言う。茶色く透き通った玉ねぎと一緒に白滝を掻き込みながら、瑛太郎は頷いた。

「本当ですよ。いつになっても音楽室に来ないから」

「悪い悪い。職員室でいろいろ手こずってたんだ」

瑛太郎は今日から吹奏楽部のコーチになった。教師ではなく、顧問でもなく、部活のみを指導する外部指導者に。初日の今日は、三好先生が瑛太郎を部員達に紹介するはずだった。なのに肝心の先生がいつになっても現れず、結局瑛太郎が一から説明する羽目になった。

「でも、不破瑛太郎が来たとなったら、あいつらも喜んだだろ?」

「驚きすぎて引いてるように見えましたけど」

二、三年生は今日から外部指導者が来るとだけ聞いていたようだけれど、何もわからない一年生は、さらに驚いていた。

特に彼——茶園基という男子生徒は、今にも口から泡を吹きそうだった。その顔を見て、なんとなくわかった。彼は、テレビの中の不破瑛太郎をよく知っている。そして多分、憧れてもいる。これは厄介だなと思った。骨が折れるぞ、とも思った。

「頼むぞ、瑛太郎」

黙ったまま肉じゃがと米を交互に口に運んでいた瑛太郎に、三好先生が投げかけてくる。

「正直、俺じゃあもう無理だ」

「らしくないことを言いますね」

「もう体がついていかないんだよ。あいつ等を全国に連れて行くには、もう俺じゃあ駄目だ」

全日本吹奏楽コンクールは、吹奏楽部にとっての甲子園だ。かつては東京の普門館で行われていたが、ここ数年は名古屋国際会議場のセンチュリーホールが会場になっている。

そこへ至る道は、長く険しい。

埼玉県にある千学の場合は、例年七月下旬から八月上旬に行われる地区大会を皮切りに、県大会、西関東大会を突破する必要がある。各大会で金賞を勝ち取って上位大会への推薦団体に選ばれた末、全日本吹奏楽コンクールが行われるのは十月。長い戦いの中で、五十人以上の高校生を相手に、課題曲と自由曲を金賞レベルに持って行くのは、至難の業だ。

何より、埼玉県は強豪校がひしめき合う吹奏楽大国なのだ。病を患った三好先生が「もう無理」と言う気持ちは、わからなくもなかった。

「お前達が卒業してから早六年。全日本どころか埼玉県大会も突破できず、ここ三年は金賞も取れない。部の雰囲気はどんどん緩くなって、とどめは顧問が心筋梗塞だ」

先生が心筋梗塞を患ったのは一年前。一命は取り留め、職場復帰も叶った。しかし以前のように勤務することは難しく、この一年、体調を崩しては入退院を繰り返している。

瑛太郎にコーチの話が回ってきたのは、先生が去年の秋に検査入院をしたときだった。

「それで、大学を出てたった二年の俺ですか」

高校三年間、親よりも長い時間を過ごした恩師から部を任せてもらえるのは誇らしい。でもそんな気持ちの裏に微かに、買い被られているんじゃないかという疑念が覗く。

「黄金世代が部を指導し、もう一度全日本に返り咲く。学院側に夢を見させるには充分だ」

「その黄金世代をもってしても、全日本に行けなかったら？」

「どうなるだろうなあ……。部員がいる限り廃部はないだろうが、別の教員を顧問にして、違う形の部になるかもしれない。今の千学は、進学実績のアップに一生懸命だし」

それは、あくまで大学受験を目標とし、その妨げとならないよう活動する部だろうか。コンクールにも出ず、練習時間も短くて、厳しい練習もなくて。さすがにそれはＯＢとして看過できない。何より、今の吹奏楽部の状況は、見ていられなかった。

「やれるだけのことをやります。結果がついてくるかどうかは、生徒達次第です」

幸い、他にやることもないですしね。笑いながらそう付け足すと、ずっと黙っていた愛子さんが苦笑した。

「笑い事じゃないでしょ。コーチとか外部指導者とか、聞こえはいいかもしれないけど、お給料は微々たるものだし。今の瑛太郎君、フリーター状態なんだから」

玄関を開けたらダイニングは真っ暗だった。瑛太郎が使っている洋室ももちろん暗いが、その隣にある和室の戸からは、うっすら明かりがこぼれている。

帰りがけに持たされた肉じゃがの入った紙袋を抱えたまま、瑛太郎は和室の戸をノックした。返事は聞こえないが、「入るぞ」と言って引き戸を開ける。

煌々と明かりが灯った六畳の和室で、徳村尚紀（とくむらなおき）はノートパソコンと睨めっこしていた。大きなヘッドホンで音楽か何かを聴きながら、一心不乱にキーボードを叩いている。ノックしても気づかないわけだ。さすがに瑛太郎が入って来たことはわかったようで、ヘッドホンを外して「おかえり」と顔を上げた。

「俺が出かけてからずっとやってたわけ？　もうすぐ九時だけど」

勤務初日だし、いろいろと準備をしたくて瑛太郎がアパートを出たのは朝八時前。そのときすでに徳村は仕事をしていたから、十二時間以上パソコンに向かっていることになる。

「マジか……。腹減るわけだよなあ」

目元、眉間、こめかみ、首の付け根を順番に指で揉み、徳村は天然の癖毛に指を通す。

「三好先生の家で肉じゃがもらってきたけど、食べる？」

「食べる！」

差し出した紙袋に飛びついた徳村に思わず吹き出し、台所で一人分の肉じゃがを取り分けて電子レンジに放り込んだ。炊飯器には、出勤前にセットした米が炊きあがって保温されていた。

「瑛太郎は飯食ったの？」

「三好先生の家でたらふく」

温めた肉じゃがとご飯。冷蔵庫に入っていた梅干しと漬け物を出してやると、しみじみとした顔で徳村は肉じゃがに箸を伸ばした。

「先生、元気だった？」

瑛太郎が吹奏楽部の部長だった当時、彼は副部長を務めていた。

「昔の半分くらいのサイズだけど、元気は元気だった。でも、『俺じゃあもう無理だ』なんて言ってたよ。吹奏楽部を全日本に連れて行けないって」

「病気すると、人ってそこまで弱気になっちゃうもんなんだね」

徳村の向かいに座って、瑛太郎はテーブルに頬杖を突いた。

「今の吹奏楽部の様子を見ると、先生がそう思うのもわからなくもないんだけどな」

「そんなに酷い(ひど)の？」

「酷い訳じゃないけど。何か、まったりしてるんだよ。一年がまだ入ってないにしても、五十人も部員がいて一箇所に集まってるのに、鋭さみたいなものがないというか」

いい意味で穏やかで、和気藹々（あいあい）としている。悪くいえば緊張感とか威圧感がない。瑛太郎が吹奏楽部の様子を見たのは、今日が初めてだ。入学式で入場曲や校歌の演奏があったからと、放課後の練習時間は短かった。今日だけじゃなくて、全体的な練習時間が瑛太郎がいた頃に比べて短くなっている。朝練も自主練習のみだという。

「そもそも、千学に女子がいるっていうのが、もうな……」

ぽろりと、そんな本音がこぼれた。箸を止めて、徳村も大きく頷いた。

「やばいね。学校に女子がいるって」

自分達が高校生だった頃、千学は男子校だった。経営難のために共学化したのは三年前。その少し前から千学は大学進学率のアップに力を入れ始めた。

あの頃——自分達にテレビ局の撮影スタッフが密着していた頃、瑛太郎は部長として、カメラの前でさまざまな発言をした。励ましも叱責も、あくまで男しかいない中でした。あそこに女子生徒がいたら、同じ行動を取っただろうか。そもそも、部長は自分だっただろうか。

徳村が夕食を食べ終え、「あと三本、原稿が残ってるから……」と言って自室に引っ込み、瑛太郎も風呂に入って自分の部屋に戻った。

瑛太郎が契約社員として勤めていた学習塾を辞めたのが去年の年末。大学卒業後に広告制作会社へ入社した徳村が、「こんなブラック企業にいたら殺される！」と退社してフリーライターになったのが今年の一月。ちょうどアパートの更新時期が近づいていたから、一緒に住むことになった。月の家賃を三万円に抑えられるのはありがたい。

フリーター状態なんだから、という愛子さんの言葉を思い出し、瑛太郎は肩を落とした。フリーライターである徳村の方が、会社員時代の人脈を活かして仕事をかき集めているから、まだ稼ぎはいいはずだ。瑛太郎に至っては吹奏楽部のコーチくらいしか今は収入がない。

「金のためじゃないとはいえ、ちょっと厳しいよなあ……」

ぼそりとつぶやいて、瑛太郎はキャスター付きの椅子に腰を下ろした。六畳の洋室にはベッドと机と本棚しかない。机の上には今年の吹奏楽コンクールの課題曲の楽譜が山になっている。しかし、もう少し部の雰囲気を知ってからでないと選べそうにない。

金を稼ぎたくてコーチを引き受けたわけではない。恩師からの頼みを無下にしたくなかったし、OBとして吹奏楽部の危機を救いたいとも思った。でも一番は、見つけたかったからだ。

かつて千学吹奏楽部で全日本吹奏楽コンクールに出場することに命を賭けていた自分が今、何をできるのか。何がしたいのか。あの時間が自分に、何を与えたのか。

一体どれくらい楽譜を眺めていただろう。ふと顔を上げたら日付が変わっていて、濡れていた髪はすっかり乾いていた。

コーチの仕事は放課後のみだ。朝早く起きて出勤する必要もない。せっかくだから課題曲の参考演奏を聴いて、もう少し考えようか。そう思い、ノートパソコンを立ち上げたときだった。

メールが一通、届いていた。

「……マジかよ」

彼女からメールが届くと「マジかよ」と声に出してしまうようになったのは、大学を卒業してからだ。同じような場所を歩いていると思っていた相手が、遥か遠くに、いとも簡単に飛び立ってしまってから。

額に手をやって、瑛太郎はメールを開封する。件名は『お久しぶり』。一年以上会っていないのに、メールの本文は短かった。

『ついに吹奏楽部の顧問になったってね！　約束通り作ったよ。いい感じにできたから、知り合いのバンドに演奏してもらった。今年の自由曲に使って』

メールにはファイルが二つ添付されていた。文面からその中身が何なのかわかってしまったけれど、瑛太郎は急いでファイルを開いた。

画面に楽譜が表示される。同時に音声ファイルが再生された。パソコンのスピーカーから聞こえてきたのは、鉄琴とチャイムの澄んだ音だった。低音楽器が響いてくる。深く深く、聴く者の体を抉る（えぐ）ようにして。

息をついた瞬間、目の前で光が弾けた。トランペットやサックス、フルートやクラリネットの音色が重なって、鋭いシンバルの音と共に舞い上がる。音が風になって部屋に吹き荒れ、腰掛けていた椅子から崩れ落ちそうになった。背もたれにしがみついて、楽譜を睨みつける。曲の進行に合わせて音符を目で追った。難しいことなど考えないで、素直に、従順に、この曲に身を任せろ。音楽の神様が、そう耳元で囁いている。

何度目かの音符の煌めきに打ちのめされそうになって、瑛太郎はパソコンを閉じた。音は止み、部屋は静かになる。

「あー、もう、やられた」

両手で髪の毛を掻きむしり、溜め息をつく。本当なら地団駄を踏みたい。

「くっそぉ……楓の奴」

海と空を越えた遠い異国の地から、こんな強烈な爆弾を投げてくるなんて。何が今年の自由曲だ。俺は顧問になったわけじゃない。外部指導者という名前だけは立派なフリーターだ。誰だ、楓にこのことを教えたのは。中学の同級生の誰かだろうけど、余計なことをしやがって。

ああ、でも――。

「いい曲だ」

悔しいけれど、とてつもなくいい曲だ。瑛太郎自身が演奏してみたくてうずうずしている。全日本の舞台でこれを披露したら、きっと、凄いことが起こる。

顔を上げ、瑛太郎は再びパソコンを開いた。一時停止された音声ファイルを横目に、メールの返信を打つ。長文で返すのも癪だったから、短く簡潔に。

『タンスの角に足の指ぶつけちまえ！』

奴のいるベルリンのアパートに果たしてタンスがあるかは知らないが、これが最大限の賛辞だと気づけないほど自分達は他人ではない。

送信完了の文字を睨みつけながら、瑛太郎は送られてきた曲の名前を改めて見た。

「……《狂詩曲『風を見つめる者』》」

2　激流の先へ

「もう早起きからは解放されると思ってたのになあ……」

トーストを嚙ろうと大口を開けた瞬間にそんなことを言われ、基はそのまま固まった。台所に立って基の弁当を作っている母の背中を見つめる。

「五時起きの生活ももう終わりだと期待してたのに」

「す、すみませんでした……」

中学三年間、母は毎朝五時に起き、朝練のために六時半に家を出る基の朝食の準備をした。土日も朝から夕方まで練習があって、弁当を作ってもらった。それが中学三年間、お盆と年末年始の数日を除いて、ほとんど毎日続いた。

「大体あんた、高校は勉強に集中するから吹奏楽はやめるって言ってたのに」

「やっぱり吹奏楽部に入りたいです」と両親に頼み込んで入部届に判を押してもらってからひと月以上たち、五月の連休も明けた。この話をされるのは、一体何度目だろう。

だって、全日本吹奏楽コンクールで金賞を受賞した時代の部長・不破瑛太郎がコーチをするんだから。そりゃあ、入部するだろう。

「中学とは違うってわかってるからさ。勉強もちゃんとやるし……」

「当然よ。高校受験と違って、大学受験は人生かかってるんだから。中学みたいに部活やってたら、絶対後悔するから。玲於奈ちゃんのお母さんも大変みたいだし」

トーストを口に詰め込み、基は頷く。母は、本当は吹奏楽部に入ってほしくなかったのだ。口うるさい教育ママにはなりたくないから、許可はしてくれたけれど。最近、毎日のようにピリピリとしているのは、きっとそのせいだ。

階段を下りてくる足音がして、白いブラウスに紺色のパンツを穿いた姉の里央が現れた。洗面所に駆け込んだと思ったら、あっという間に化粧をして戻ってくる。

「里央、トースト何枚食べる？　一枚でいい？」

「いらない」

母の声に素っ気なく応え、そのままリビングダイニングを通り過ぎて玄関へ向かう。

「姉ちゃん、もう会社行くの？」

「早めに行って仕事したいから」

振り返らず、里央は玄関の方へ消える。トーストの耳を口に詰め込んで基も席を立った。

「基、これ、里央の口に放り込んで」

母が生の食パンにジャムを塗りたくって半分に折り、基に渡してくる。「りょーかい！」と預かって、弁当をリュックサックに入れて家を飛び出した。

「姉ちゃん！」

パンプスを履いた里央にはすぐに追いついた。食パンを差し出すと、ほんのちょっと鬱陶（うっとう）しそうな顔をされたけれど、ちゃんと受け取ってくれた。

「仕事が始まるのって、九時半からじゃないの？」

七歳年の離れている姉の里央はこの春大学を卒業し、都内にある大手広告代理店に就職した。働き始めてまだ一ヶ月程度だというのに、朝家を出る時間はどんどん早くなり、帰宅時間はどんどん遅くなっている。時刻はまだ六時半。会社まで一時間ほどで着くのに、もう出勤だ。終電で帰って来た日もあったし、連休中だって何日か出勤していた。父も母も「新人のうちは仕方がない」と言いながら、内心は心配しているはずだ。

「朝ご飯くらい食べて行けばいいのに」

そう言ったら、里央が食パンを囓りながら睨んできた。

「高校生のあんたにはわかんないよ」

駅までたいして話すことなく歩き、同じ電車に乗った。里央より先に下車して駅を出ると、後ろから軽快な足音が近づいてきて、「おはよ！」と背中を叩かれた。

「一緒の電車だったね」

深い紺色のプリーツスカートと二つ縛りの髪を揺らし、玲於奈が基の隣に並ぶ。

「声かけてくれればよかったのに」

「だって、里央ちゃんと話してたから。しかも里央ちゃん、機嫌悪いみたいだったし」

玲於奈の家は基の家と生け垣を挟んで目と鼻の先にある。登校ルートは完全に一緒だ。

「仕事が忙しいんだよ」

「痩せちゃったよねえ、里央ちゃん。初詣で会ったときはもっと健康そうだったのに」

「新しい環境に慣れたら、少しは楽になるんじゃないかな」

「新入部員が生意気なこと言うじゃない」

けらけらと笑う玲於奈は、里央と反対で機嫌がいい。吹奏楽部に新入部員が多く入り、しかもコーチとして不破瑛太郎がやって来て、ひと月。部は調子づいていた。

「ねえ、基」

口元に笑みを浮かべたまま、玲於奈は基を見た。

「今年は絶対行けるよ、全日本」

「まだ演奏する曲すら決まってないじゃん」

玲於奈がはしゃいでいるのが、声からよくわかる。

「だって凄くない？　全日本のステージに立った人がコーチに来てくれたんだよ？　親の反対押し切って部長になった甲斐があるってもんでしょ」

《部長》という言葉を愛おしそうに口にした玲於奈の足取りは、軽い。

正門をくぐって真っ直ぐ第一音楽室まで行くと、窓際で堂林がすでに練習していた。

一つの音をメトロノームに合わせて丹念に伸ばし、一つ高い音、また一つ高い音へ。地味な基礎練習をひたすら繰り返している。

朝の自主練に来ていた部員は十人ちょっとだった。吹奏楽部は総勢六十四名だから、朝練に参加しているのは二割程度だ。その上、楽器の音よりお喋りの声の方が多く聞こえる先輩もいた。

黒板の横に貼られた模造紙には「一音入魂！　目指せ！　全日本吹奏楽コンクール」という部の目標が書いてある。

「いくらなんでも酷すぎるだろ、あの朝練」

弁当を広げる基の前の席に座って、コンビニのメンチカツサンドを囓りながら、堂林は同じことばかりを繰り返していた。

「瑛太郎先生も、昔みたいにガツンとビシッとやればいいんだよ。正直、それを期待してたのにさ」

不破先生でなく瑛太郎先生という呼び方を広めたのは、三好先生だ。

「コーチになったばかりだから、いきなりってわけにもいかないんじゃないかな……」

自分の言葉尻がどんどん弱々しくなっていくのは、堂林と同じことを思っているからだろう。瑛太郎がコーチに就任し、一体どんな指導をされるのか、恐れおののきながらも楽しみにしていた。しかし五月に入っても瑛太郎は「今まで通り練習して」と指示を出すだけで、合奏では今年のコンクールの課題曲をひたすらさらっている。あまりにも普通だった。

　基が弁当箱を空にして、堂林がコンビニで買ったパンを食べ終えた頃、クラスメイトの一人が駆け寄ってきて基と堂林を呼んだ。

「なんか、先生みたいな人が呼んでるけど」

　教室の出入り口を確認するより早く、二人は立ち上がって教室を飛び出した。

　二人を呼びにきた瑛太郎が連れて行ったのは、普段練習をしている第一音楽室ではなく、その隣の音楽準備室だった。

「昼休みに悪かったな」

　音楽準備室は実質吹奏楽部の顧問の部屋だ。さほど広くない部屋の中には長机が置かれ、本棚からは楽譜が雪崩(なだ)れ落ちそうだった。

　瑛太郎が、部屋の隅の冷蔵庫から取り出したペットボトルの麦茶をグラスに注いで、基達の前に置く。

「君達に聞きたいことがある」

　自分の分の麦茶を手に、瑛太郎は窓ガラスに寄りかかってこちらを流し見た。麦茶に手をつけることなく、基と堂林は姿勢を正す。それを見た瑛太郎が、くすりと笑った。

「そんなに俺が怖い？」

基は慌てて首を横に振った。

「いや、怖いんじゃなくてですね。瑛太郎先生のことはテレビで見たことがあるし、何より全日本に行ったOBがコーチだなんて、みんな緊張してるんだと思います」

「……そんな気はしてた」

麦茶を一口飲んで、瑛太郎は苦い顔をした。近くの机から取り上げた書類らしきものに視線を落とし、堂林を見る。

「堂林慶太。春辺二中で全日本コンクールに三年連続出場。中三のときは部長もやってた」

突然名前を呼ばれ、堂林が「はい」と頷く。瑛太郎は書類を捲って、今度は基を見た。

「茶園基。大迫一中で去年は西関東大会に出場」

「ダメ金で、全日本には行けませんでしたけど……」

吹奏楽コンクールには、都道府県や支部によって多少の違いがあるにしろ、どこも地区大会、県大会、支部大会と多くの予選がある。上位大会に進むには、各大会で推薦団体に選ばれなければならない。金賞を受賞しても推薦団体になれない場合もある。それが《ダメ金》だ。

去年の九月。西関東大会で堂林のいた春辺二中は、金賞を受賞し全日本の推薦団体に選ばれた。基達は《ダメ金》で、金賞は受賞したものの全日本へは進めなかった。

ぽっきりと、自分の中で何かが折れた瞬間だった。

「だから、『夢やぶれて』なのか？」

瑛太郎が口にした曲名に、基はパイプ椅子を鳴らして立ち上がった。

「なんでそれを知ってるんですか！」

「大迫一中の定演の動画をネットで見てたら、関連動画に上がってたから」

瑛太郎がわざわざ自分のスマホを出して、玲於奈がアップした動画を見せてくる。

「いいです！　再生しなくていいです！」と両手をばたばたと振って、椅子の上に崩れ落ちた。

「玲於奈、消すって言ったのに……」

「一度ネットに出回ると、完全に消すのは難しいからな。気をつけた方がいい」

うな垂れた基に、呆れ顔で笑いながら瑛太郎が言ってくる。

「それ、先生の実体験ですか？」

元気出せよ、と基の肩を突きながら、堂林が聞く。

「先生が千学にいたときの映像、ネットでよく見かけるから」

千学の吹奏楽部が取り上げられたドキュメンタリー番組の一部は、動画サイトを検索すれば未だに見ることができる。

「ああ、そうだな」

何故だろう。一瞬、自分達を見る瑛太郎の顔に影が差したような気がした。受け止め方のわからない曖昧な笑みをこぼして、彼はすぐに話題を変えた。

「君等はさ、千学の吹奏楽部をどう思う?」

テーブルに両手をついて、こちらを見下ろす。

「千学は、全日本コンクールに行けると思うか?」

獲物を見定める獣のような目だった。瞳の奥で、こいつ等は自分が狩るに足る存在なのかどうか、吟味している。

「駄目だと思います」

気がついたら、そう口が動いていた。

「瑛太郎先生が来て、みんなやる気が出たみたいに見えました。でも朝練に来る人は十人ちょっとです。今が一番モチベーションが上がっているはずなのに、朝から吹こうって人があの程度しかいないって、駄目だと思います」

堂林が、ちらりとこちらを見た。

「全日本って目標は掲げてますけど、掲げてるだけっていうか。僕は先輩達から『今日は絶対にここを吹けるようになろう』っていう気合いを、一度も感じたことがないです」

今、自分は先輩を非難している。部長として部を運営する玲於奈を遠回しに非難している。でも、ただ、この人には——不破瑛太郎には、失望されたくなかった。

「俺もそう思います」

隣で堂林が静かに頷いた。

「朝練に来てる人等も集中して練習してるとは言えないし。来るだけで満足してるのが丸わかりで毎日苛々してたんで」

何故、自分達がここに呼ばれたのかを考えた。そして、それを言葉にした。

「埼玉県大会はただでさえ激戦なのに、今の状態で勝ち上がれるわけがないです」

今や全日本に出場する学校はどこも上手い。特に埼玉県大会は激戦だ。埼玉県大会の上にある西関東大会から全日本コンクールに推薦される高校は、すべて埼玉県代表で占められるくらい有力校がひしめき合っている。中一、中二のときに県大会敗退、中三で西関東大会敗退を経験した基は、それをよく知っている。玲於奈だって、知っているはずなのに。

「じゃあ、君等だったらどうする？」

「僕達ですか？」と聞き返したくなった。でも、喉の奥に力を入れて堪えた。

「多分これは、瑛太郎先生が卒業してからできてしまった悪しき風習なんだと思います。玲於奈は……部長は僕の幼馴染みなんですけど、一年前、部長が入部した当初、『たるんだ空気をしゃきっとさせたい』と言ってたのを覚えてるんで」

でも結局、玲於奈が部長になっても変わらない。五十人以上の大きな組織を、一人がそう易々と変えられるわけがない。

「瑛太郎先生がコーチとして来てくださったのは、僕はチャンスだと思ってます。今なら、吹奏楽部の悪い部分をぶっ壊せるんじゃないかって」

「へえ」

笑いを含んだ瑛太郎の相槌に、基ははっと顔を上げた。

唇の端を吊り上げて笑うその顔を、基は小学生の頃テレビで見た。ああ、あの人が今自分の目の前にいるんだなと、肌で感じた。

「ありがとう」

麦茶飲んだら？　と瑛太郎が基と堂林のグラスを指さす。「はい！」と声を合わせて、二人で麦茶を飲み干した。それがおかしかったのか、瑛太郎はまた呆れたように肩を揺らした。

「瑛太郎先生に、吹奏楽部のことどう思うかって聞かれたんですけど」

「池辺もか。それ俺も聞かれたわ」

基と同じアルトサックスを吹く二年の池辺豊先輩と三年の越谷和彦先輩がそんな話をし出したのは、パートごとのチューニングと基礎練習を終え、個人練習に移ろうとしたときだった。

「先輩達もですかっ？」

パート練習で使っている二年一組の教室に、自分の声が予想以上に大きく響いた。

「もしかして、茶園も聞かれた？」

サックスパートのパートリーダーも務める越谷先輩が、自分の短髪を指で梳きながら

「一年にも聞いたんだ」と目を丸くする。

「一年の僕にも聞いてるってことは、先生、全員に同じことを聞いてるんでしょうか」

「えー、何のためにだよ」

基礎練習は車座になってやっていたけれど、曲練習は個人でやるから、教室の中で散り散りになる。その最中も、他の部員から「私も聞かれた」「俺も」という声が上がった。

「今の吹奏楽部の雰囲気を知りたかったから、とか？」

言いながら、自分に同じ質問をしてきたときの瑛太郎の顔を思い出す。あの表情は、そんな生やさしいものではなかった。

「あの人、まだ猫被ってるよな」

突然、越谷先輩がそんなことを言い出す。上背のある彼は、大きな檜の木のような雰囲気がある。パートリーダーだけあって、パート内の長男的な存在だった。

「この一ヶ月間、瑛太郎先生は『今まで通り練習しろ』って言うだけで、自分らしさを全然出さなかった。一年生も入部して、パート分けも済んだから、いい加減何か始めるだろ」

「何ですか、何か、って」

「何か。超凄い修行とか」

毎日課題曲の練習をして、合奏をして、瑛太郎から各パートや個人個人に指示が飛ぶ。

この数週間、それをずっと繰り返している。それに、千学のみんなはちょっと飽きているのだ。

今日は課題曲I『スケルツァンド』を合わせると事前に予告されているから、時間をかけて練習することにした。中間部には、アルトサックスによる美しい旋律がある。瑛太郎から「やってみろ」と言われたら、完璧に吹きたい。

マウスピースを口に咥えようとした瞬間、背後から笑い声が聞こえた。一瞬だけ振返って確認すると、池辺先輩と二年生の先輩が明らかに部活とは関係ない話をしていた。越谷先輩がやんわり注意したけれど、本当にやんわりだった。木のざわめき程度だった。

遠くから、きらびやかなトランペットの音が聞こえてきた。これは堂林の音だ。どうやら、理由をつけて一人で練習しているみたいだ。いっそ、僕もそうしちゃおうかな、なんて思ってしまう。ここにいたら、自分まで溶けたアイスクリームみたいになってしまいそうで。

練習に集中しているうちに、気がついたら五時半近くになっていた。そろそろ合奏が始まる時間だ。楽器を抱えて第一音楽室に戻ると、瑛太郎がすでに指揮台の上に置かれたパイプ椅子に腰掛けていた。膝に頰杖をついて、ぼんやりとスコアを眺めている。

すべてのパートが集まったタイミングで、普段だったら玲於奈が号令をかける。ところが、それより早く瑛太郎が立ち上がった。

「ちょっと教えてくれないか」

「一音入魂！　目指せ！　全日本吹奏楽コンクール」という部の目標を、指さす。

「目指せ全日本、というのはわかる。でも、君等にとっての一音入魂って何だ？」

六十四人の部員を見回して、瑛太郎は言う。

「別に、全員揃って同じ答えを言えというわけじゃない。それぞれがそれぞれの込めるべき魂を持って演奏してるなら、それでいい」

それが感じられないから、今話してるんだけどな。瑛太郎の顔にはそんな本音が書いてある。膝にやっていた手を、基は握り締めた。

「君等は、自分の頭の中に『こんな風に演奏したい』という理想はあるか。自分の音と理想を比べて、足りない部分を修正する作業を今日したか？　これから始まる合奏に間に合わせるために必死になったか？」

瑛太郎の言い方は、決してこちらを詰問するようなものではなかった。お説教されているわけでもない。強いて言うなら――ソロパートを吹いているようだった。

「全日本に出たいという目標は素晴らしいが、君達には目標があっても理想がない。闇雲に目標を追いかけて、追いかけることがマンネリ化して、モチベーションが下がってる」

誰も何も言わなかった。音楽室ごと、海の底にでも沈められた気分だ。音がしない。シンとした緊張感の中、誰もが瑛太郎を見ていた。みんな、心の底では同じように思っていたのだろう。面白いくらい綺麗に、言い当てられた。

「俺は三好先生から『吹奏楽部を何とかしてほしい』と言われた。それに、このまま低迷し続ければ、部も今まで通りに活動できないだろう」

最前列で、玲於奈がすっと手を挙げた。瑛太郎以外、誰も口を利かなかった音楽室に、「先生」という凜とした声が響く。

「今まで通りに活動できないって、どういう意味ですか」

「吹奏楽部は学院の強化指定部になってる。例えば第一音楽室は実質うちの専用練習場で、授業で使うのは隣の第二音楽室のみ。予算だって他の部より多い。学院に実績が認められて、コンクールの遠征費や楽器を買う予算は、部費だけじゃ賄えない。コンクールで頑張れと言ってもらえているから、君達はこうやって活動できている」

「じゃあ、全日本に出られなかったら強化指定部から外れるってことですか？」

玲於奈が続けてそう聞くと、瑛太郎ははっきりと頷いた。

「六年だ。もう六年、千学は全日本に出ていない。それが長いか短いかは俺が判断することじゃない。ただ学院は《長い》と判断した。三好先生も体調が優れないし、顧問を替えて、今後はコンクールに出場しない方針になるかもしれない。それなら朝から晩まで練習する必要もないし、君達は勉強に専念できる。大学合格実績が上がって学院は万々歳。吹奏楽部が使っていた予算を、活躍している他の部に回すこともできる」

瑛太郎は《かもしれない》と言った。でも、仮定の話だと受け取った人間はいないだろう。

「というわけで、俺はコーチとして君達を全日本に連れて行かないといけない。君達もこの通り全日本を目標としてる。目標は一致してるわけだ。お互い頑張ろうじゃないか」

瑛太郎の口元が笑った。とてもじゃないが、基は頬を緩めることができなかった。

「一ヶ月考えたんだが、まずは一度、この部をぶっ壊すところから始めようと決めた」

突然、瑛太郎が指揮者用の譜面台に置いてあった指揮棒を取った。条件反射で首から提げたアルトサックスに手をやってしまう。

その白く鋭い切っ先は、何かの輪郭をなぞるようにして空を搔き——基を差した。

「手始めに、部長を一年の茶園基に替える」

瑛太郎の声は、時を止める魔法をまとっていた。静まりかえった音楽室で、基は気がついたら立ち上がっていた。

サックスのベルが譜面台に当たり、倒れる。音を立てて楽譜が周辺に散らばった。

「茶園」

呼ばないでくれ。頼むから、いつか僕を魅了した声で、僕の名前を呼ばないでくれ。

「一緒に全日本吹奏楽コンクールに行く部を作ろうか」

今度こそ、瑛太郎が笑った。目の奥をきらりと光らせて、彼が高校三年生のときのように。全日本吹奏楽コンクールに出場したときのように。

「はい」

口が勝手に動いた。

音楽室がどよめく。玲於奈が静かに振り返り、瞳を揺らして、基を凝視した。

◆

たった一時間でも合奏は神経を磨り減らす。耳の奥が熱を持って、後頭部に鈍い痛みが広がる。これでは、三好先生に倒れる前みたいに指導しろというのは無理な話だ。

音楽準備室の外に耳を澄ますと、帰宅する部員の話し声が聞こえた。どこかひっそりと、こそこそとしている。無理もない。自分が何をしたのか、瑛太郎だってわかっている。

向かいに座る鳴神玲於奈の視線は、瑛太郎から離れることがない。

吹奏楽部の部長を彼女から一年の茶園基に替えると宣言した瑛太郎に対し、自分の意見をちゃんと言ってきたのは玲於奈だけだ。

今日の練習が終わってすぐ、玲於奈は一人で音楽準備室にやって来た。

「三年生を引き連れて抗議に来るんじゃないかと思ったよ」

「そんな格好悪いことしません」

きっぱりと、玲於奈は首を横に振った。

去年の秋に彼女は部長になった。三好先生によると、彼女を除いた当時の二年生全員が鳴神玲於奈を部長に推薦したのだという。それだけ彼女が学年の中心人物だったということだ。

「瑛太郎先生が今の吹奏楽部を改善したいと思ってるのはわかります。私だってずっとそう思ってました。部長になってやっと、変えられると思ってたのに」

どうして、部長の座を追われなければならないのか。玲於奈はそんな顔をしていた。唇を引き結んで、瑛太郎を真正面から見据えている。

「君に能力がないと判断したんじゃない。じゃなきゃ、鳴神を学指揮（がくしき）にしなかった」

学生指揮者――通称・学指揮。顧問である正指揮者の指導をサポートし、ときには文化祭や演奏会で指揮棒を振る。これまで千学では部長が学指揮を兼ねていたが、部長を基に、学指揮を玲於奈にそれぞれ分担させることにした。

「俺が指導した上で、合奏前に至っていない部分があったら鳴神に修正をしてほしい。それは、一年の茶園にはしんどいだろう」

「先生はこの前、私に千学をどう思うかって聞きましたよね？　私、部に足りないところとか直さなきゃいけないところを、いろいろお話ししました。基は何て言ったんですか？」

「鳴神の意見は、朝練にもっと人が参加するようにとか、休日の練習時間を延ばすとか、一人ひとりが目標を持って、それを部内で共有するとか、具体的で筋道が立ってた」

「じゃあ……」

「茶園は、『駄目だと思います』って言ったよ。今の吹奏楽部じゃ全日本に行けるわけがないって。一度ぶっ壊して作り直した方がいいって」

虚を突かれたように半口を開けて固まった玲於奈に、瑛太郎は言葉を選びながら続けた。

「他にもいろんな部員に話を聞いて、俺が一番のっかりたいと思ったのは茶園だった。俺が腹の底で思っていたことを綺麗に掬い上げたのが、茶園基だ」

正直、基と話したあとも迷った。かなり迷った。でも、あの演奏を見たら、聴いたら、茶園基に賭けてみたくなった。

「茶園が『夢やぶれて』を吹いてる動画、ネットに上げたのは鳴神なんだろ？」

お説教されると思ったのか、玲於奈がばつの悪そうな顔をする。

「本人が嫌がってるみたいだから、早めに消してやってはほしいんだけど……ただ、あれを生で聴いた感想を聞きたくて」

瑛太郎の言葉に、玲於奈は合点がいったという顔をした。頰に力を入れて、高校生らしくない静かな表情になる。

「腹が立ちました」

伏し目がちに、そうこぼす。

「……お腹出して寝て、そのままお腹壊せばいいのにって思いました」

「俺もあの演奏、生で聴いてみたかったよ」

スマホで撮影した演奏なのに、音の粒が一つ一つ輝いて聞こえた。火花、レモンの果汁、月明かり、水銀灯、夜の海を漂うクラゲ。いろんな色や匂いが聞こえる音だった。これは、いい子が入ってきた。数小節聴いただけでそう思った。

「サックスを吹いてる基は凄いんです。ひたすら曲と向き合って、脇目もふらずに練習するんです。一度音楽の世界に行っちゃうと、なかなか帰ってこない。本番だってそう。同じステージで演奏してるのに、あいつだけ違う場所にいる」

そこまで言って、少し迷った様子で玲於奈は瑛太郎の顔を窺った。

「……吹奏楽の神様」

恥ずかしそうに声を潜めて、玲於奈は言う。

「神様？」

「あいつにはときどき、吹奏楽とか、音楽の神様が降りてくるんだって、私は思ってます。だから、瑛太郎先生は基を部長にしようと思ったんですか？」

「鳴神を部長のままにいろいろと変えていくことも考えた。でもそれじゃ足りないんだ。今の部の空気を入れ換えるには、一年を部長にするくらいじゃないと。君みたいな能力も意欲もある子が変えられなかったことは、俺が加わった程度じゃ変わらない」

二年前、彼女が入部したときの入部届が、三好先生から預かった資料の中にあった。入部理由の欄に、彼女だけが『全日本コンクールに絶対出場する』と抱負を書いていた。

この子は、自分の目標と自尊心を掛け違えたりしないだろう。

「それに、三年の先生方からも釘を刺されててね」

「河西先生ですか？」

思い当たることがあるのだろう。頬を痙攣させて、玲於奈は険しいしかめっ面になる。

玲於奈は成績もいいし、国立大学の薬学部への進学を希望している。両親も「千学に入れた以上、大学受験で失敗してほしくない」と言っているらしい。彼女の担任である河西光一先生は瑛太郎がコーチになった直後、三好先生も交えてそう話した。

『正直、部活に時間を割かれては困るんです。不破君が現役のときとは状況が違うんですから、ご理解ください。生徒の人生は、部活を引退してからも続くんですから』

眉間に皺を寄せて、河西先生はそんなことを言っていた。

「でも、中途半端に練習して出場できるほど全日本は甘くないと思います。吹奏楽部のみんなも大学進学を目標にしてる人が多いし、活動時間も制限があるし。ただでさえ不利なんだから、使える時間はすべて練習に費やすしかないじゃないですか」

その通り。その通りだ。高校生の瑛太郎もそう考えていた。人生の全てを音楽の神様に捧げることで、全日本への道は開けるのだと。

でも、今は担任や保護者の言い分がよくわかる。理解できてしまう。

「俺は全日本に出場するために茶園を部長に据えた。でも、部の運営には鳴神の力が必要だ。そして、できることなら受験勉強もしっかりやってほしい。君には酷なことを強いてしまうけど、それは君が、踏み越えられるだけの能力を持った人間だと思ったからだ」

玲於奈の表情は晴れない。当然だ。これで心の底から納得するのなら、そいつは吹奏楽部の部長になんてならないはずだ。

「瑛太郎先生の考えは、よくわかりました」

玲於奈が椅子を引いて立ち上がり、瑛太郎に向かって深々と頭を下げる。

「お時間いただいてありがとうございました。失礼します」

本音を飲み込んで、心を静めて、そうやって礼を言うことができる。玲於奈がもし同じ代に吹奏楽部にいたら、やはり自分は部長になれなかっただろうなと思った。


音楽準備室を施錠し教職員用玄関に向かって渡り廊下を歩いていたら、前から歩いてきた人に「不破君！」と名前を呼ばれた。

生徒はすでに下校してしまい、校舎内は暗い。でも、駆け寄ってきた人物の険しい声で、すぐにそれが河西先生だとわかった。瑛太郎も在校中に授業を受け持ってもらったことがある。授業はわかりやすいけれど、ちょっと面倒な人なのだ。

「不破君、ちょっといいかな」

連れて行かれた先は、三年三組の教室だった。瑛太郎の在校中より白髪の量が増えた頭をがりがりと掻きながら、人っ子一人いない教室の明かりを点け、先生は窓へと駆け寄る。「ほら、これ」と指を差されたのは窓のサッシ。ハンドル式の鍵の部分だった。

「見て、鍵が開いてるでしょ」

「……はい」

「吹奏楽部の子が練習に使うのはいいんだけど、ちゃんと戸締まりしてもらわないと困るよ。僕が見回りしてなかったら、このまま開けっ放しだったんだから」

「気をつけるように言っておきます。すみませんでした」

抑揚のない言い方になってしまったが、幸い河西先生はこれで満足してくれた。

「君の頃はまだ結果を出してたから大目に見てあげたけど、困るんだよ、借りた場所はちゃんと使わないと」

先生の小言は、しばらく続いた。ちょっと面倒な人という認識を《面倒な人》に改めて、瑛太郎はもう一度謝罪した。

逃げるように校舎を出た。足早に校門へと向かっていたら、どこからか楽器の音が聞こえてきた。聞き間違えるはずがない。瑛太郎が中学生の頃から吹いている、アルトサックスの音色だった。

耳をすませて音の出所を探ると、チャペルに行き当たった。チャペルとサックス。思い当たるのは、一人だ。

扉を開けたら、暗闇に透き通るようなサックスの音が響いてきた。

祭壇にほど近い椅子に腰掛け、基はサックスを吹いていた。ヴァーツラフ・ネリベルの『二つの交響的断章』だ。瑛太郎が高三のときの、コンクールの自由曲。

アルトサックスが奏でる懐かしい曲が、あっという間に瑛太郎を七年前に連れて行く。

あの年の四月から十月は、不思議な時間だった。毎週のようにテレビ局の撮影スタッフがやってきて、吹奏楽部の練習を撮影して、瑛太郎も何度もインタビューを受けた。取材のたびに瑛太郎は部長としてコメントを求められ、うんざりしたこともあった。でも、番組ディレクターに「毎回毎回カッコいいコメント言えませんってば」と軽口を叩くようになった頃、カメラのレンズが、自分達を普段より強くしている気がした。

全日本の表彰式で、瑛太郎は部長としてゴールド金賞の賞状を受け取った。トロフィーを手にしたのは副部長の徳村だった。あのとき、客席から聞こえた仲間の歓声は未だに覚えている。

『二つの交響的断章』の旋律が、瑛太郎の胸の奥にある記憶の箱を次々と開ける。パカンと爽快な音を立てて、懐かしくて――今の瑛太郎には少し苦い栄光の日々が蘇（よみがえ）る。

「茶園」

区切りのいいところでそう声をかけると、悲鳴を上げて彼は振り返った。瑛太郎が入ってきたことに全く気づかなかったらしい。

「す、すみません」

「他の先生に見つかったら、吹奏楽部が怒られるんだが」

「俺もよく、部活のあとにここでこっそり練習してたけどな」

基の隣に腰を下ろし、ステンドグラスを見上げる。練習し足りないと感じたとき、ここでサックスを吹いた。ときどき教師に見つかり、首根っこを摑まれ摘み出された。

「それは……テレビでやってませんでした」

「カメラを気にしないで練習できたから。たまには一人で練習したいだろ」

サックスを分解してケースにしまいながら、「確かに」と基は笑った。

「茶園はどうして練習してたんだ」

「ちょっと一人で考えたかったのと、家に帰って部長になったのを親に説明するのが億劫だったのと、玲於奈……鳴神部長に話しかけようとして上手くいかなかったから」

ていうか、僕が勝手に話しかけづらいと思って、声をかけられなかったんですけど。

肩を落とし、基は頰を搔いた。

月明かりに照らされた十字架を見上げて、瑛太郎は呟いた。

「いいよな、ここ。古いけど、音が響くから演奏が綺麗に聞こえる」

「昔は定演もここでやってましたもんね」

いつからここで定演をやらなくなったのか。老朽化もしているし、学院から許可が下りなくなってしまったのだろうか。懐かしいステンドグラスに、そんなことを考える。

「僕、六年前に千学の定演に来てたんです。玲於奈と一緒に」

六年前といったら、瑛太郎が高三のときだ。定演は卒業直前の三月。『熱奏 吹部物語』で密着されたあとだったから、大勢の人がこのチャペルに押し寄せた。

「先生達が演奏してた『汐風のマーチ』と『二つの交響的断章』、凄かったです。あんな風に楽器を吹いてみたいって、四月から学校の吹奏楽クラブに玲於奈と二人で入りました。中学に入ってからもずっと、全日本に出ようって玲於奈と言いながら練習してきたんです」

ケースを膝の上で抱えた基は、瑛太郎と同じようにステンドグラスを見上げた。彼の鼻の頭に青い光が当たる。メガネのレンズに光が反射する。

『汐風のマーチ』はコンクールの課題曲だった。『二つの交響的断章』はもちろんのこと、瑛太郎の指は未だにその運指を覚えている。

「玲於奈は中学で全日本に出られなくて、共学になったばかりの千学を受験しました。僕も全日本には行けませんでした。玲於奈に高校で全日本を目指そうって言われたんですけど、僕はそれを拒否したんです」

照れくさそうにこめかみのあたりを掻きながら、基は続けた。

「中学三年間、吹奏楽漬けで。それでも全日本に行けないのにこれ以上何を犠牲にすればいいのかわからなくて、あと三年、同じことをするのを《しんどい》って思っちゃったんです。でも、瑛太郎先生が戻ってきたら、やっぱり話は別でしたね」

基の言葉に、瑛太郎は自分の膝に頬杖をついて肩を竦めた。

「だから、俺に部長をやれと言われて、即答したのか」

「うーん……そう言われるとそうなんですけど。でも、あの短い時間の中でいろいろ考えました。先輩達はきっとよく思わないだろうし、どこかで陰口を言われたり、嫌がらせをされたりするんじゃないかとか。玲於奈が怒るんじゃないかとか」

でも――。

ステンドグラス、十字架、ドーム型の天井、古びた座席、通路の絨毯。視線をきょろきょろさせながら唸る基を、瑛太郎はしばらく横目で眺めていた。

「憧れの人が僕に、何らかの理由と勝算があって部長をやれと言ったのなら、僕は、その人が見込んだ僕を信じてみたいと思いました」

言葉尻が微かに擦れて、鼻を啜る音がした。慌てた様子で基は鼻を擦り「ははは」と笑う。

「吹奏楽を始めるきっかけになった人と一緒に全日本に出場する。高校生活を吹奏楽漬けにする理由としては、ばっちりですよね。むしろ、お釣りが来るくらいです」

下校時刻過ぎてるのに、すみませんでした。明日から気をつけます。そう深々と頭を下げて、楽器と荷物を抱えた基はチャペルを出て行った。扉が閉まる音を聞きながら、瑛太郎はステンドグラスをもう一度見上げる。青白い光に目を細め、いつかの定期演奏会を想う。

青い光にあふれたこの場所は、満員だった。高校生活の終わりを見つめながら、大学での四年間がどんなものになるか考えていた。瑛太郎は都内の大学の教育学部に進学予定で、大学卒業後は教員になって、吹奏楽部の顧問になるつもりだった。

高校生活を吹奏楽漬けにする理由――先ほどの基の声が蘇って、瑛太郎は走ってチャペルを出た。正門までの並木道に、もう生徒の姿は見えない。

「茶園！」

門を出たところで基の小さな背中を見つけて、声を張る。びくりと肩を揺らして振り返った基に駆け寄ると、彼は初めて会ったときのような、幽霊でも見たような顔をしていた。

「明日からの練習のこと、少し相談させてくれ」

驚いた顔のまま、基はゆっくりと頷いた。笑いが込み上げてきて、我慢できずぷっと吹き出してしまった。頭一つ分小さな基の肩に手を回して、道路を渡る。

「藤田(ふじた)商店、まだ行ったことないか？」

学校と駅の間に、古びた商店がある。「藤田商店」と書かれた青いテントが目印の、文具、菓子、パンといった雑多なものが詰め込まれた小さな店。昔からここにあって、学校帰りに多くの生徒が立ち寄り、腹ごしらえをしてから帰宅したり塾に行ったりした。

ガラスの引き戸を開けて店に入ると、途端に高校生に戻った気分だった。匂いが七年前のままだ。残酷なくらいに。

「茶園、炭酸飲めるか」

後ろにぴたりとくっつく基にそう聞く。だいぶ間を置いてから「はい」と彼は頷いた。冷蔵ケースからコーラの瓶を二本取り出して、店主に声をかける。店と住居が一緒になっているから、扉一枚を隔てた居間から白髪の女性がとことこと現れた。

レジに小銭を置くと、お釣りを手渡しながら店主の藤田さんは「あらっ」と声を上げた。

「あんた、千学の子だね」

誰かれ構わず「あんた」と呼ぶ藤田さんも、当時と変わっていない。

「六年前の話ですけどね」

「六年前なんて、一昨日のことみたいなもんだ」

けらけらと笑う藤田さんに、財布をポケットにしまいながら笑い返そうとしたら、頬が引き攣るような鋭い痛みに襲われた。

「あんた、吹奏楽部だっただろう」

瑛太郎の顔を覗き込んだ藤田さんは、ふふっと笑う。

「テレビに出てた、一番元気な子だ」

「だいぶ年を取りましたけどね」

「せっかくだから、それ、書いていったら？」

藤田さんが指さしたのは、レジ横の柱に紐で吊されたノートだった。日に焼けたノートの表紙には、「卒業生ご来店記念」と黒いマジックで書かれている。試しに何ページか捲ると、卒業生の名前が並んでいた。短いコメントも書き添えられている。結婚しました、子供ができました、就職しました。何故か、どの文字も楽しげな色をまとって見える。

「千学には毎日来てるんで、またの機会にします」

「あら、先生になった？」

「似たようなもんです」

また来ますと言って、冷蔵ケースに備え付けられた栓抜きでコーラの瓶を開け、一本を基に手渡して店を出る。

店の前のベンチに腰掛けると、基は「ごちそうさまです」と頭を下げて隣に座った。

「高校時代、よく来てたんだ」

「みたいですね」

瓶のコーラを物珍しそうに一口飲んだ基は、思い出したように瑛太郎を見た。

「さっき瑛太郎先生が走って来たとき、『これ、テレビで見たことある』って思ったんです」

高校生の不破瑛太郎君が走って来たように見えました。そう続ける基を尻目に、瑛太郎はコーラを呷った。いつまで自分は、過去の栄光にまとわりつかれるのだろう。

「でも」

瓶の中で揺れる炭酸の気泡を街灯の明かりに透かして眺めながら、基は首を横に振った。

「あ、瑛太郎先生も僕と同じ人間なんだなって思いました」

「エイリアンとでも思ってたか？　それともまだ幽霊か？　俺は」

「ちょっと違います。同じ世界に生きてる人なんだなって、やっと感じられました」

半分ほど残ったコーラを飲み干して、口元を拭って、基は深く頷く。

「まずはみんな、そこから始めないと。先生は同じ世界を生きる人間で、先生も、僕達と同じ高校生だった。先生は僕達を上達させる魔法を持っているわけじゃない。僕達が必死に努力しないと、全日本になんて行けない」

　そうですよね、という顔で基がこちらを見てきた。ついこの間まで中学生だったあどけなさの残る顔だ。入部してまだ一ヶ月の彼に部長を任せるのは、いくら荒療治といっても無茶だったかもしれない。でも、やっぱり今の千学の部長には、彼が最も相応しい。

「全日本のステージは、いいところだ。俺が高校生のときはまだ会場は東京の普門館だったけど、名古屋国際会議場のセンチュリーホールも、いいホールだ」

　耐震の問題で全日本コンクールの会場が普門館から名古屋国際会議場に移ってからは、会議場内のセンチュリーホールが吹奏楽の甲子園になった。会場は異なっても、全日本のステージの素晴らしさは色褪（あ）せない。

「凄いところだよ、全日本吹奏楽コンクールは」

　藤田さんの言う通りだ。長い人生の中で、六年前のことなんて本当に《一昨日》くらいのものだ。その短い時間の中で、『二つの交響的断章』が、甘美で輝かしい思い出から、後悔と苦味を含んだものに姿を変えた。

「全日本の舞台は、俺の人生で、一番幸せな十二分間だった」

「いいなあ、僕も行きたいです。名古屋国際会議場、センチュリーホール」

「俺も、もう一度行ってみたいな」

仮に全日本に出場できたとして、瑛太郎の現状は何も変わらないかもしれない。でも、全日本のステージ以外のどこに、自分を変える風が吹いているというのか。

「行かないといけないんだ」

声のトーンを落として呟いたが、隣に座る基にはしっかり聞こえていた。「そうですね」と彼は笑って、空になったコーラの瓶を愛おしそうに眺めていた。

◆

自宅に入る前に隣に立つ玲於奈の家を確認した。二階の一室に明かりが灯っているのを見届けて、玲於奈にＬＩＮＥでメッセージを送る。一言、『いる？』と。

「ただいまあ！」

玄関を開けると、ダイニングから母の「お風呂入っちゃって」という声が飛んできた。わかったと返事をして、二階の自室に駆け込む。ベランダに出ると、ちょうど玲於奈の部屋の窓が開いた。髪を下ろして寝間着の上にパーカーを羽織った玲於奈が、「なあに？」と顔を出す。

家も隣同士な上に、玲於奈の部屋は基の部屋と同じ高さ、ほんの数メートルのところにある。窓こそ面していないけれど、ベランダに出れば話をすることができる。

「今帰ったの？」

制服を着たままの基を見て、玲於奈は手すりに頰杖をついた。

「ちょっと、瑛太郎先生と話してたから」

練習のあと、玲於奈とは話せなかった。彼女の周囲に三年生がいて、瑛太郎先生に抗議しようと持ちかけていたから。そこにずかずかと入って行くわけにもいかなかった。

「ごめんね、玲於奈」

基の謝罪の言葉に、玲於奈は険しい顔をした。やっぱりな、と思った。

「どうして謝るの。謝るくらいならなんで部長やるってみんなの前で言ったの」

「そうじゃないよ」

玲於奈の言葉を遮るようにして、基は言った。

「去年のコンクールが終わってからずっと、千学で吹奏楽やろうって誘ってくれてたのに、拒否してたから」

それに。

「瑛太郎先生が現れた瞬間、ころっと入部したから」

玲於奈は一言も文句を言わなかったし、むしろ「入部してくれるなら万々歳」なんて顔をしたけれど。でも基にはわかる。幼馴染みだから、わかる。

「この一ヶ月、ずっと、玲於奈に謝らないとなって思ってた」

「その上で私を部長の座から追いやるとは、いい根性してるよね、あんた」

肩を竦めて、玲於奈が声を低くする。ドスの利いた声に基は苦笑いをこぼした。

「意地悪言わないでよ」

「うるさい。ちょっとくらい八つ当たりさせてよ」

「八つ当たりするってことは、僕が部長をやってもいいってこと？」

基は驚かなかった。玲於奈は、そういう奴だ。

「だーかーら、あんたは私が『やるな』って言ったら部長を降りるの？　瑛太郎先生に『やっぱりできません』って言いに行くの？」

「嫌だよ。だって、僕が吹奏楽を始めたのは瑛太郎先生がきっかけだから。その人から部長をやれって言われて、投げ出せるわけがない」

言っていて、舌先が冷たくなるような、痛みが走るような、そんな感覚に襲われた。

玲於奈はしばらく、何も言ってこなかった。家の前を車が通り過ぎて、遠くで犬が吠えた。お風呂の匂いがする。お湯と、湯気と、微かな石鹸の香りが、頬を撫でて鼻の入り口をくすぐる。

「わかってる」

両腕に顔を伏せ、玲於奈が頷いた。声が籠もって、いつもの彼女じゃないみたいだった。

「私だってさあ、あんたと一緒に千学をテレビで見て、定演に行って、一緒に吹奏楽クラブに入ったんだもん、わかるよ。瑛太郎先生に言われたら断れない」

「僕もあのとき、玲於奈は瑛太郎先生に言われた通りにしちゃうんじゃないかなと思った」

音もなく顔を上げた玲於奈は、「そう？」と口元だけで笑った。薄く薄く、笑みを作った。

「どうなの？」

「最初はふざけんなって思った。私だって部を変えていこうとしてるのにって。でも、一年のときからずっとそう思ってたのに、一人じゃなかなか上手く立ち回れなくて、『二年になったら』とか『部長になったら』とかぐずぐずしてるうちに三年になっちゃった」

「僕は……玲於奈のこと、ぐずぐずしてるなんて思ったことない」

実際に部の中にいたら、部員それぞれが抱える事情が見えてしまったり、先輩との上下関係があったり……。障害はいくらでもある。変えようと思って変えられるものじゃない。

「コンクールが始まるまであと三ヶ月もない。瑛太郎先生が全日本に行くには私が部長じゃ駄目だって思って、基を部長にしたんなら、それを信じたいなって思った」

――だって。

そう言ったきり、玲於奈はしばらく黙り込んだ。俯いて、自分達の家を隔てる生け垣を睨みつけている。でも、顔を両手で覆うことはしなかった。

「私は部長がやりたいんじゃなくて、全日本コンクールに行きたいんだもん」

瑛太郎先生、私が《踏み越えられるだけの能力を持った人間》だって言ったもん。一年が部長になって文句言う二、三年を学指揮としてちゃんとまとめて、あんたをサポートできるもん。親とか先生がなんて言おうが、ちゃんとコンクール出て大学にも行くんだもん。

前髪に隠れた玲於奈の目元から、小さな小さな雫が落ちた。

「玲於奈」

見なかった振りをした。そうしないと駄目だった。きっと、一滴だけの天気雨だ。

「僕、頑張るから。全日本に行けるように、頑張る」

「あんた一人で頑張らないでよ、むかつくから」

目元を拭った玲於奈が顔を上げる。もう泣いてなかった。目は潤んでもいなかった。

「ねえ玲於奈、今度こそさ、行こうよ、全日本コンクール。瑛太郎先生が、全日本のステージは凄い場所なんだって言ってた」

手すりに肘をつくと、数メートル先で玲於奈もそうしていた。同じポーズを取ってしまって、どちらともなく吐息をつくように笑った。

「行ったことないもんね、私達」

「行きたいなあ、きっと楽しいよ」

一階から、母の声が聞こえた。そろそろ階段を上がってきて、部屋のドアを乱暴にノックするだろう。

「じゃあ、また明日ね。母さんが風呂入れって怒ってる」

「あんたまで親に部活反対されたら大変だからね」

じゃあね、おやすみ。胸の前で小さく手を振って、玲於奈は自分の部屋に戻っていった。

一階に下りると、案の定母に「早く入っちゃってよーもうっ」と文句を言われた。湯船に浸かって天井を見上げながら、玲於奈は家に帰ってからずっと部屋で泣いてたんじゃないかな、と思った。これは、幼馴染みの勘だ。

もしくは、今この瞬間、部屋で鼻を啜っているかもしれない。

第二章

オー・マイ・『スケルツァンド』！

1　彼方の音

自分の胸の温度をどう表現すればいいのか、言葉が見つけられなかった。熱いとか、血がたぎるとか、それらしい言葉はあるけれど、どれも違う。

学校の備品であるCDプレイヤーは音が綺麗に響かない。なのにわかる。この曲が凄い曲だということが。吹いてみたい。ステージで披露したい。そう思っているのは基だけでなく、きっと吹奏楽部の全員だ。吹奏楽の世界にいる人間が、この曲を好きにならないわけがない。

プレイヤーの音が止まる。途端に音楽室が静かになる。

「曲名は、《狂詩曲『風を見つめる者』》」

指揮台に立つ瑛太郎が曲名を告げた。

「作曲者は水島楓。まだ若くて無名の作曲家だけど、この通りいい曲を作る人だ」

瑛太郎の言い方はなんだか、これから有名になると確信しているみたいだった。

「この曲は、今年の千学のコンクールのために、彼女が作った」

え？　と誰かが言った。それをきっかけに、音楽室に普段の騒がしさが戻ってきた。

「それって、委嘱曲ってことですか？　千学のために作られた曲ってことですよね？」

最前列の椅子に腰掛けていた玲於奈がそう聞く。

「その通り。コンクールどころか、日本でこの曲を演奏するのは千学が初めてだ」

基は息を呑んだ。瑛太郎は、千学のために委嘱曲まで用意した。本気で、全日本に行こうとしている。

「『風を見つめる者』は、このメンバーで一から作っていく曲だ。難しいことも要求していくだろうけど、強豪校と同じことをやったって彼等を追い抜くことはできない。同じレベルでステージに立ったら、勝負慣れしてない千学は絶対にコンクールを勝ち上がれない」

瑛太郎の言葉を、基は奥歯で嚙み締めた。サックスを抱える手に少し力を込め、金色の管にぼんやりと映り込む自分を見つめる。

「自由曲のことはここまでにして、課題曲の話をしようか」

驚きと感心と、戸惑い。部員達のざわめきを振り切るようにして、瑛太郎は続ける。

「課題曲Ⅰ『スケルツァンド』に決めた。『スケルツァンド』が約三分半、『風を見つめる者』が約七分。十二分間のステージを作る。今の千学に守るべきものなんてないんだ。『風を見つめる者』と『スケルツァンド』と一緒に、君等が新しい歴史を作っていけ」

続けて、瑛太郎はとある日付を告げた。五月三十一日——およそ三週間後の日付を。

「この日にコンクールメンバーを選ぶオーディションを行う。審査する箇所は追々伝えるから、今日は楽譜をさらっておくこと。五時半から『スケルツァンド』を合わせる」

以上、パート練習へ移ってくれ。そう言って、瑛太郎は音楽室を出て行く。みんな、何かに追われるようにペンを持ち、手帳にオーディションの日付を書き込んだ。

千学吹奏楽部の部員数は、六十四人。吹奏楽コンクール高校A部門の出場人数の上限は、指揮者を除いて五十五人。

九人、落とされる。

「今日から部長として、改めてよろしくお願いします」

サックスパートの練習の前に、基は同じパートの先輩達にそう頭を下げた。サックスパートは基を入れて七人。一年生が二人で、あとの五人はみんな先輩だ。昨日の放課後に部長として挨拶はしたけれど、同じパートの先輩達には改めて伝えたかった。

基礎練習前の椅子の並びは半月状で、アルトサックス、テナーサックス、バリトンサックスと、形の違う楽器が基を取り囲んでいる。

「僕を部長にと決めたのは瑛太郎先生ですけど、引き受けたのは僕の意志です。先輩方はいろいろと思うところもあると思いますが……」

話の途中で、二年の池辺先輩が喉を鳴らした。あまりにあからさまだった。縁なしの眼鏡の向こうから、鋭利な視線が基へ飛んでくる。

ちらりと、三年の越谷先輩を見た。自分の楽器を膝にのせ、彼は真っ直ぐ基を見ていた。話を遮るだけ遮って目を伏せたままの池辺先輩や、不満げな様子のまま顔を背けている他の二年生や、居心地悪そうに視線を泳がせている同級生とも、違う。

「僕、『僕なんかが部長になってすみません』とは言いませんから」

一人ひとりを見つめて、そう言い放った。強がっている。今、自分は爪先にぐっと力を入れて、必死に背伸びをしている。でも、気丈に振る舞わないといけない。じゃないと、自分はどうして玲於奈を泣かせてまで部長になったんだ。

「格好いいこと言うなあ、茶園は」

越谷先輩の手がするりと楽器から離れた。「よしよし、わかったわかった」と、小さな拍手をする。木々の隙間から木漏れ日が落ちるような、穏やかな顔で。

「鳴神から昨夜ＬＩＮＥが来てさ。後輩が部長をやることを不満に思うのはわかるけど、三年が率先して部長の足を引っ張るようなことのないように、ってお達しが三年全員に回ってるんだよ。鳴神にそう言われちゃあ、嫌ですなんて誰も言えない」

昨夜、自分と話したあと、玲於奈は部屋に戻ってそんなことをしていたのか。

「俺もさあ、思うところがないわけじゃないんだけど、俺がパート内で茶園に冷たく当たったりすると、パート練がとんでもない空気になるだろ？　それは嫌だから、とりあえず俺は茶園をサポートしようかなと思います」

言いながら、越谷先輩は隣に座っていた池辺先輩の椅子の足を爪先でこん、と蹴る。

池辺先輩は口をへの字にして、基を睨みつけてきた。

まさか、全員がいきなり受け入れてくれるとは思わない。もし自分が池辺先輩の立場だったら、同じことをしたかもしれない。

でもとりあえず、今は三年の越谷先輩が「応援する」と言ってくれるだけ、幸せだ。

「一年が生意気なこと言ってんじゃねえ」と胸ぐらを摑まれるくらいの覚悟は、していたから。

「ありがとうございます。よろしくお願いします」

「あ、言っとくけど、サックスパートのリーダーは俺だからな？　そこ、忘れるなよ」

越谷先輩が自分の顔を指さしながら、周囲に念を押すように言う。池辺先輩が「誰も盗りません」と言って、ほんの少し笑いが起こって、きりりと冷えていた教室が温かくなる。

「じゃあ、練習始めまーす」

遠くからトランペットの音が聞こえた。空を裂くように鋭い音は、間違いなく堂林だ。瑛太郎は彼を副部長に任命した。その音は、同じパートの部員をなぎ払うようだった。

＊　＊　＊

午前の授業が終わると同時に弁当を搔き込んで、教室を飛び出した。やや遅れて、メロンパンの端っこを口に突っ込んだ堂林もついて来た。

「ついに俺達、先輩にアレをされるんじゃないか、焼きを入れられるってやつ」

もごもごとメロンパンを咀嚼しながら言う堂林を、「物騒なこと言わないで」と振り返る。

「ただの幹部会議じゃん」

「ここぞとばかりに、部長と副部長になった生意気な一年にガツンと言うつもりかも」

今日は昼休みに音楽準備室で吹奏楽部の幹部会議が開かれる。部長と副部長、学指揮、各パートリーダーが集まって、今後の練習の進め方や部内でトラブルが起きていないかを確認し、顧問からの指示を細かく共有するための集まりだ。

正直、怖い。自分が「駄目だ」と烙印を押した先輩達の中に飛び込んでいくのだから。

幹部会議の会場である音楽準備室の戸を開けると、中にはすでに玲於奈がいた。

「残念、二番と三番」

部長らしく一番に到着しようという魂胆は見え見えだったようで、玲於奈は基と堂林を順番に指さして笑った。五分もしないうちに他の部員もやって来て、狭い音楽準備室はぎゅうぎゅうになった。しかも自分と堂林以外は全員三年生。威圧感を覚えながら、基は今日の議題のメモに視線を落とした。とりあえず、無難な議題から入ることにする。

「まず、パート練のときに使う教室ですが、瑛太郎先生より戸締まりや片付けを徹底するようにということです。窓の鍵の閉め忘れがあったと、他の先生から報告があったらしいです」

言い終えると、一拍置いて玲於奈と堂林と越谷先輩が返事をした。さらにそれに遅れて、他のパートリーダーが続く。

「続いて月末のオーディションについて、各パートで情報は共有されてるかどうか、改めて確認してください。パートごとに演奏範囲が違うので、間違いのないように」

「練習しとく範囲は聞いてるけど、どういう形で審査するかって、まだ決まらないの」

低音パートの増田（ますだ）先輩が、テーブルに頬杖をついたまま聞いてくる。チューバを吹く、長身で肩幅もある男子生徒だ。

「決まってない、と思います」

「なんだよ、思いますって」

小声で増田先輩がそうこぼすのが、しっかりと聞こえた。玲於奈が小さく溜め息をついて、基の代わりに答えた。

「瑛太郎先生の口振りだと、多分当日まで教えないと思う」

「せめて先生の前で一対一で吹くのか、全員の前で吹くのかくらい決めてもらわないと、こっちも気持ちの準備ってのがあるじゃん」

まだ不満そうな増田先輩のことを、堂林がわざとらしい笑顔で見た。

「別に、演奏することには変わりないんすから、どうでもいいんじゃないですか？」

嫌みが籠もった言い方に、基はテーブルの下でさり気なく彼の足を蹴った。

「……と、俺は思いますけどね」

顔を半分歪め、基を睨みながら堂林がそう付け足す。増田先輩がそれ以上に苦々しい顔で彼を見ているのに、気づいているのか、あえて無視しているのか。

「ていうか、部長は本当に先生から聞いてないの？」

フルートのパートリーダー、岸原先輩がすっと基の方を見て言う。目が笑っていない。

「こっそり教えてもらってるんじゃないの」という顔だった。

「……聞いてないですけど」

喉の奥から声を捻り出す。何故かそのまま「すみません」と謝りたくなった。

「部長も副部長も学指揮も聞いてないよ」

ぴしゃりと、また玲於奈が答える。

「瑛太郎先生と一対一かもしれないし、全員の前で吹く形かもしれない」

玲於奈がそう言ってやっと、岸原先輩も増田先輩も、他のパートリーダーの先輩達も納得してくれた。基は慌ててメモに視線を落とす。

「えーと、次なんですが、学指揮の鳴神先輩から、朝練について提案が出ています」

「朝練への参加人数について」。玲於奈があらかじめ出してくれた議題がすでにメモに書いてある。それを読み上げる形で、玲於奈は話し出した。

「朝練は自主練ということになってますけど、コンクールに向けた練習も本格的になって来たし、もう少し積極的に参加してほしいなと思っています」

玲於奈の声はよく通る。話し終えたあとの室内の静けさが、ちょっと怖くなるくらい。

「俺達もさ、別にサボりたくて朝練来てないわけじゃないんだけど」

渋い顔でそう言ったのは、クラリネットの大谷先輩だった。

「部活のあとに塾行って、帰って宿題片付けて、夜遅くに寝て。朝練まで強制参加ってなったら、過労死するよ、過労死」

大谷先輩の「過労死」という言葉に頷く人も、何人かいた。大谷先輩の言う「俺達」とは、彼等を含めてのことなのだろう。

「それは私もわかってる。でも、千学は月曜や夜の七時以降が部活禁止で、ただでさえ他の学校に比べて練習時間が短いから、もっとそれを自覚してほしい。少しでも練習しようって思わないと、また埼玉県大会敗退だよ」

「はーい、わかりました」

話を無理矢理終わらせるように、大谷先輩は少し声を張ってそう言った。

でも、話は穏便に終わってくれなかった。

「でもさあ、受験受験っていう人はどうして部に残ったのって話じゃない？　自分の受験が大事なら、二年までで引退すればよかったのに」

そう言ったのはトランペットの櫻井先輩だった。「あの先輩、性格はきついけど、やる気はある」なんて堂林が言っていたっけ。

千学では部活は三年の最後の大会まで続けることができるが、大学受験に備えて、二年までで辞めてしまう人も少なからずいる。

「じゃあ何だよ、朝練出れないなら引退しろってことかよ」

案の定、大谷先輩が応戦する。櫻井先輩も引かない。

「誰もそんなこと言ってないじゃない。でも、三年が率先して練習しないと、一、二年にこの程度でいいのかって思われちゃうでしょって話」

越谷先輩が「お二人ともまあまあ！」と割って入り、櫻井先輩がテーブルに乗り出しかけた体をさっと引いた。大谷先輩が音を出さずに舌打ちをしたのが基からは見えた。

「部長、議長なんだから話をまとめてよ」

岸原先輩が基を見る。今度は、「どうせできないだろうけど」という顔をしていた。

「せ、先輩方は特に、受験勉強で僕達なんかよりずっと忙しいと思います。そんな中……」

「でもさ、受験を理由にコンクールを大事にしてる部員の足を引っ張っていいことにはならないと思うけど」

櫻井先輩の言葉の棘は取れない。基の話を遮り、また大谷先輩に喧嘩腰で突っかかる。

「じゃあコンクールのせいで受験に落ちてもいいのかよ。櫻井だって受験するんだろ」

「そもそもオーディションの形式がぁ」と増田先輩が話を蒸し返しそうになって、慌てて玲於奈が止めた。今にも堂林が「先輩達がそんなだから一年に部長と副部長を取られるんですよー！」と言うんじゃないかと思い、あらかじめ彼の足を思い切り踏んだ。

この三年生達の上に、一体どうやって部長として立てというんだ。まだ堂林の方が好戦的な分、素質がありそうだ。

部長として全日本の舞台に立つ。そのイメージが、一歩、二歩と遠のいていった。

「お茶メガネも遠慮してないでガツンと言ってやれよ。瑛太郎先生に、うちの部は駄目だと思いますって言ったときみたいにさあ」

堂林がそんな鬱憤を吐き出したのは、放課後の練習を終え、音楽室の鍵閉め当番を基と二人で済ませて校舎を出た頃だった。

「お茶メガネって呼ばないでください……」

堂林は明らかに基に対して怒っている。幹部会議でも朝練へは自主的な参加を促すのみで、土日の練習時間を延ばすこともひとまず保留になった。といっても、話をまとめたのはほとんど玲於奈だ。基なんて、会議の後半は彼女の隣で首を縦に振っていただけだった。

「僕は先輩にガツンと行けるような性格じゃない、無理！」

「もう部長になっちまったんだから、言うべきことは言えよ。見てて苛々するから」

そんなこと言われてもなあ。頭を抱えながら、基は唸った。

「そもそも、闇雲に練習時間ばかり延ばすのもどうなんだろうって思うし」

「あ、もしかしてあれか？　鳴神先輩が塾通いだから？」

「……なんでそこで玲於奈が出てくるんだよ」

玲於奈も、大谷先輩達と同様に大学受験に向けて塾に通っている。今日も練習が終わると音楽室を飛び出していった。夜七時に部活が終わって、八時には塾で授業を受ける。吹奏楽部にはそんな部員が多くいる。三年生はもちろん、一、二年生にも。土日も、午前中に塾で授業を受けて午後から練習に参加する部員や、逆に午後から塾へ出かけ、夕方に再び部活に合流する部員もいる。いい練習環境なのかといわれたら、多分あまりよくない。でも、サボっているわけでも遊んでいるわけでもないのに、それを糾弾するのも心苦しい。

「確かに玲於奈も、親に受験のために部活は控えろって言われてるし。日曜なんか、玲於奈のお母さんがうちにお菓子持って来たよ。『部長を代わってくれてありがとう』って」

「うわー、俺、そういう親、無理だわ」

部活を終えて帰った基に、玲於奈のお母さんからもらったというカヌレを母が出してくれた。今頃お隣では喧嘩が勃発してそうだなと、香ばしい焼き目を眺めながら思った。

「先輩達もコンクールに出たいって本気で思うならオーディションに向けて練習するだろうし、足を引っ張るなんて言い方したら可哀想だよ」

ふうんと、堂林が鼻を鳴らす。何だか含みがあるというか、不満がありそうな様子だった。何でこんな奴が部長で自分が副部長なんだと、きっと思っている。言いたいことがあるならどうぞ。そう声にしようとしたとき、音が聞こえた。

肩を強ばらせて、足を止めた。

堂林が二歩、前へ行って振り返る。「どうした」と聞かれる前に声を張り上げた。

「『スケルツァンド』だ！」

は？　と言いかけた堂林の耳にも、聞こえたようだった。夜風にのって、踊るように微かに聞こえてくる、サックスの音色が。

「『スケルツァンド』の、アルトサックスのファースト！」

数音聞いただけで、体が反応する。

「瑛太郎先生が、チャペルで吹いてる」

並木道を外れてチャペルに駆けていくと、堂林もついて来た。木製の扉を静かに開け、チャペルへと足を踏み入れる。音はより鮮明に、大きく、色彩豊かになる。

基が部長を言い渡された日のように、ステンドグラスからは青い光が差していた。なのに、それを吹き飛ばしてしまうような軽快な音楽が、チャペルには響いている。

サックスを吹く瑛太郎は祭壇の手前の、ちょうど光が当たる明るい場所に立っていた。堂林と目が合う。なんとなく見つかってはいけないような気がして、二人で座席の陰に隠れた。基の上に堂林がのっかってくるような体勢になって、基は呻き声を上げた。

『スケルツァンド』は、課題曲の中でも飛び抜けて明るくおどけた雰囲気の曲だ。瑛太郎の体そのものが、軽やかに踊っているようだった。しかもクラリネットやトランペットのパートまで混ぜこぜにして吹いている。まるで楽譜と戯（たわむ）れるみたいに。

基は、奥歯を強く嚙んだ。

サックスのベルの部分から、色が弾け飛ぶ。

部長に任命された日の夜、この場所で『二つの交響的断章』を吹いたことが、それを瑛太郎に見られたことが、堪らなく恥ずかしくなった。体が焼け焦げそうだった。

演奏が終わった瞬間、堂林が基の手を引っ張った。

「逃げるぞ」

立ち上がるときに、基の足が座席に当たって音を立てた。瑛太郎がこちらを振り返ったけれど、構わず二人でチャペルを飛び出した。

「えらいもん見ちまったな」

止まれなかった。二人で、並木道を校門に向かって走った。

「君はいいじゃない、ペットなんだから。僕なんてどんぴしゃで自分のパートだよっ？」

「いやいやいや！　パートが一緒とか違うとか、そういう問題じゃないだろ」

「そんなのわかってるよ！」

堂林の「逃げるぞ」に込められた意味は、基にも伝わってきた。瑛太郎の演奏が目と耳にこびりついて、匂いや味までしてきそうで、怖かった。困った、これは困った。部長として先輩達とどう向き合っていけばいいか。そんな悩みは、瑛太郎の演奏に飲み込まれてしまった。

これから毎日、僕はあの演奏を思い浮かべながら練習する。そして、自分と理想の隔たりに、きっと毎日絶望する。

2 色と光の踊り

自分の音楽性なんてものを持っている高校生の方が珍しい。テンポ、リズム、音程。楽譜に書かれた要素を再現するのに精一杯で、それに達成感を覚えて止まってしまうのが大半だ。

「通してみたわけだが、今の演奏、君達はどう思う？」

指揮台の上から、六十四人の部員を見回して瑛太郎は言う。部員達は瑛太郎を見てはいるが、答えは返ってこない。

「スケルツァンドとは、《ふざける》とか《おどける》って意味だ。俺達はステージの上で、観客と審査員に見つめられながら、陽気にふざけないといけない」

自分の中に音楽がないから、誰かから指示を出されるのを待ち、課題を出されたらしっかり真面目にこなす。そんな内面性が、音に出る。とことん、音楽に向かない。

「じゃあ、今の『スケルツァンド』の自分の演奏、十段階評価で何点だと思う」

はい、十点だと思う奴。そう言って挙手を促すと、誰一人手を挙げなかった。九点——ただ一人、堂林が手を上げた。八、七、六、五、四……手の数が増えていく。

「一」

バンドの端から手が挙がった。茶園基だ。たった一人、自分の演奏に最低評価をつけた。彼に周囲の視線が集中する。「何故そんなに自己評価が低いんだ」と、驚きや心配、そして忌ま忌ましいという感情の滲む視線が。当の基は、俯いて自分の楽器を睨みつけていた。

「茶園」

瑛太郎の呼びかけに、彼がハッと顔を上げる。

「今の演奏、問題なかったと思うけど、どうして一点をつけたんだ」

音は伸びやかで、でもしつこくない。楽譜に書かれていることを彼なりに解釈して、瑛太郎の指示もしっかり織り込んで、ちゃんと音にしている。

言いづらそうに口をもごもごさせながら、基は「すみません」と頭を垂れた。

「自分で思ってたように吹けなかったんで」

この世の終わりのような顔をして、基はもう一度「すみません」と言った。これは相当迷い込んでそうだなあ。苦笑いを堪えて、瑛太郎はバンド全体に向き直る。

「まあいい。全体の平均は六点ってところかな」

上手に演奏できていると図に乗るつもりもないけれど、そこそこやれてはいると思う、ということだ。無難でつまらない答えだ。

「全日本コンクールでは、審査員はすべての団体をA、B、Cの三段階で評価する。A評価が過半数の場合は金賞、C評価が過半数なら銅賞、それ以外は銀賞。君等は自己評価が六点だから、銀賞ってところだな」

自分の意見は言わないけれど、人の話はよく聞く。部員達は瑛太郎の言わんとしていることを理解したようだ。

「埼玉の強豪を倒して西関東へ行き、全日本へ行くなら、十点じゃ足りない」

全日本に出場する学校は、きっと十五点や二十点という演奏をしてくる。

「今のが今日最初の合わせだったわけだが、チューニング後一発目の演奏の完成度が、コンクールで君達が披露できる演奏だ。二度目三度目で最高の状態にされても、本番のステージは一度しか上がらせてもらえない」

わかったなと言えば「はい！」と元気な声が返ってくる。返事の音量なんてどうでもいいから、もっと君達の中にある感情や意見を表に出してほしいんだけどな。なんて、無理な注文をしてしまいそうになる。

「『スケルツァンド』は一つのモチーフが形を変えて何度も登場する。シンプルだからこそ、バンドのサウンドが丸裸にされる。テンポもちょくちょく変わるから、指定されたテンポで演奏することで曲がどう変化するのか、しっかり考えるように」

音楽室全体から返事が飛んでくる。《ふざける》には、まだまだほど遠いな。コルクでできた持ち手を握り締め、瑛太郎は再び指揮棒を構えた。

「頭から」

六十四人が楽器を構える音は、まるで動物の群れを前にしているようだった。六十四人分のエネルギーを一つの音楽に束ねるのが、一筋縄でいくわけがない。

「ワン、ツー、さん――」

冒頭は、音が綺麗に揃ってまずまずの入りだった。まだまだ音に物語がのってなくて、のせる余裕もなくて、迷いと戸惑いがあって、何より彼等にはまだ見えていない。楽譜の上の情報を拾ってミスのない演奏をするその先に、何があるのか。

地区大会まで二ヶ月半。どれだけ彼等は変わるだろう。どれだけ、変えられるだろう。

こちらを睨みつけるようにサックスを構える基をちらりと見ながら、瑛太郎は指揮棒を振った。ときどき、指揮をするこちらが彼の視線に吸い寄せられそうになる。

＊＊＊

「ねえ、千学にテレビ来てるって本当っ？」

教室に入ってきた途端、楓は瑛太郎の元に突撃してきた。誰も座ってないのに隣の席を乱暴に陣取り、ボブカットの髪を揺らして瑛太郎に迫ってくる。眼前に迫った大きな瞳に、思わずノートで彼女の顔を払いのけていた。

「声がでかいっ。ていうか、なんで知ってるんだよ」

口元に人差し指を持っていき、声を潜め、でも語気は強めた。

「中学の同級生とか親とかからだだ漏れだって」

全国ネットのテレビ局が、瑛太郎のいる千間学院高校吹奏楽部に密着し始めたのは、今週に入ってからのことだ。こんなに早く楓の耳に入るとは思わなかった。

「ていうかさー、なんで千学なの？　うちに密着してくれたらよかったのにー」

今日はここで授業を受けるつもりらしく、楓はノートと参考書を広げ始めた。

「男子だけの吹奏楽部が面白そうだから、って聞いたけど」

「私も映りたかったなー、テレビ」

千学は、全日本コンクールに出場したことはない。いつも埼玉県大会で敗退してしまう。瑛太郎が一年のときも二年のときもそうだった。いくら男子校の吹奏楽部といっても、ドキュメンタリー番組にして面白くなるかわからない。

「千学が共学だったらな、私も千学行ってテレビで大活躍したのに」

「ざーんねん」

楓とは——水島楓とは中学時代、同じ吹奏楽部だった。仲はいいと思う。高校は別々になっても、塾でこうして顔を合わせれば話をする。話題は部活のことばかりだけれど。

中学までは同じ部の仲間だったけれど、高校では激戦の埼玉県大会で顔を合わせるライバル同士だ。もしかしたら自分達の間には距離ができるんじゃないかと思っていた。でも、案外、変わらないものだ。一緒に全日本に行こうと言い合っていた相手が、どちらが全日本に行けるか競い合う相手に変わっただけだった。

「でもさあ、頑張らないと格好悪いよね」

塾講師が教室に入ってきた。すぐに授業が始まる。でも、楓は話しかけてくる。

「テレビの前でさ、格好悪いところ晒せないじゃん」

「まあな」

事実、テレビカメラで撮られるようになってから、いい意味で緊張感のある練習が続いている。もしかしたら三好先生もそれを見越して取材を受けたのかもしれない。

格好悪い自分を映されたくないという自尊心。大勢のスタッフの期待に応えないという責任感。自分達はテレビに取り上げられるような存在なのだという期待感。そういったものを胸に秘めて、それぞれが練習している。自分だって、例外なくその一人だ。

「瑛太郎、楽しそうだね」

講師の板書をノートに取りながら、楓が言う。

「そう思う？」

「テレビに密着されて嫌がってるんじゃないかと思ってたけど、楽しそう」

視線を前に向けたまま、瑛太郎は唇の端を吊り上げた。顔が自然とほころんでしまう。

「ああ、超楽しい」

練習の合間にコメントを求められたり、頻繁に撮影スタッフが視界の端をうろうろしているのを鬱陶しいと思うこともある。でも、それらをひっくるめても、今、毎日が楽しい。

「腹立つ笑顔して」

こつんと、瑛太郎の靴を楓が蹴ってくる。

「そっちは？　楽しくないの？」

「楽しいよ。あとは結果が伴ってくれたらなあ」

最後だしさ。ぼそりとそう言った楓に、瑛太郎も「そうだな」と頷いた。講師が生徒を当てて問題を出し始めた。そのうち自分達にも回ってきそうだ。

「瑛太郎、私ね、音大の作曲科に行こうかと思ってるんだ」

板書で埋まっていくホワイトボードを見つめながら、「ふうん」と返事をしてしまった。返事をしてから、徐々に彼女の言葉の意味が全身に染み渡っていった。

「──はっ？」

楓は、机に肘をついてこちらをにやにやと流し見ていた。

「驚いた？」

「音大の作曲科ってなんだよ」

教育学部に進んで、将来は吹奏楽部の顧問になる。それが楓の目標だったはずなのに。

「お前、作曲家になるの？」

音大に行って、音楽の教員になり、吹奏楽部を指導する道だってある。でも、楓の目はそうではないと言っていた。

「吹奏楽部でさ、去年、定演用に編曲をやったの」

そういえば、オーケストラの曲を吹奏楽用にアレンジするのに楓は挑戦していた。実際に定演で演奏されたのを瑛太郎も聴いた。

「それがきっかけで作曲に興味が湧いて、そっちの方向もアリかなって思って」

「親に話したのか、それ」

「話したよ。勝手にしろって言う割に、ごにょごにょと文句は言ってる。今から音大受けるなんて、浪人も覚悟しないといけないから、その気持ちもわかるんだけどね」

「俺もまあびっくりしてるから、多分親はもっとびっくりしただろうな」

「瑛太郎はどう思う？」

　ノートを取る手を止めて、楓がこちらを見る。口元はほほえんでいるのに、目の奥は真剣そのもので、底光りして見えた。

「いいんじゃないの。作曲が楽しいんなら」

「うん、楽しい」

　へへ、と笑う楓を、先ほど俺はこういう顔をしていたのかと、瑛太郎はまじまじと見た。青空に走る飛行機雲のような、爽快な笑い方だった。

「腹立つ笑顔しやがって」

「瑛太郎が吹奏楽部の顧問になったら、私がコンクールの自由曲、作ってあげるよ」

「変な曲だったら使わないから」

「大丈夫、めっちゃいい曲だから」

　まだ簡単な編曲しかしたことない癖に、どこからその自信は湧いてくるのだろう。

「だから、その曲で全日本で金賞獲ってね」

「何年も先の話してないで、まず今年のコンクールだろ？」

講師がちらちらとこちらを見るようになった。お喋りは終わらせた方がよさそうだ。

「そうだね、まずは今年だね」

楓もそれに気づいたようで、声を潜めて大きく頷く。

中高と吹奏楽をやって来て、まだ一度も全日本のステージに立ったことがない。吹奏楽はこんなにも楽しいのだから、この気持ちを最高の舞台で披露してみたかった。部活を引退したあと、受験に向けて自分を再び追い込まないといけないのも、まあいいかと思える。

吹奏楽をやっている限り、自分の人生は大丈夫なのだという確信があった。

——それが変わったのは、いつからだろう。

「さて」

懐かしい記憶を振り払うようにして、瑛太郎は第一音楽室を見回した。皆、同じ顔をしている。緊張して、頬を強ばらせて、自分の楽器を握り締めている。

「始めるか、オーディション」

七年前、隣の席で授業を受けていたライバルは、いつの間にか海を越えて遠くに行ってしまった。そして、『風を見つめる者』という約束だけを剛速球で投げつけてきた。

こちらはまだ、何者にもなれていないというのに。

「パートごとに音楽室の後方に並んで順番に吹いてもらう。他の者は奏者に背を向けて、コンクールメンバーに相応しいと思う演奏に挙手する。手が多く挙がった者から合格だ」

え？　と誰かが言った。戸惑う者は戸惑い、不安に思う者は不安がり、覚悟を決めた者は小さく深呼吸をする。指揮台の上からは、さまざまな表情が見えた。

「コンクールメンバーを選ぶのは君達自身だ。自分の耳でしっかり聴いて、こいつには任せて大丈夫だと確信が持てる演奏を選ぶんだ」

◆

越谷先輩がクジを引くのを、瞬きもせずに見ていた。

「一番はトランペット」

各パートリーダーが引いたクジを瑛太郎が確認し、オーディションの順番を発表する。サックスパートは六番手だった。

「ちょうどいい真ん中のあたりを引いた俺を褒めろ、お前等」

戻ってきた越谷先輩が、パート内の緊張感を和らげようとそんなことを言う。そんな越谷先輩に何か言葉を返そうと思ったが、喉が湿った音を立てただけだった。

自分は今、緊張している。

「準備はいいな」

指揮台の上から、瑛太郎が音楽室の後方に確認する。

「審査する側は目を閉じて。審査が終わるまで目は開けないこと。演奏する者も、審査自体には参加してもらうから、自分以外の演奏をしっかり聴いておくこと。確認用にビデオは回してるけど、今日この場で合格者は決定するから、そのつもりで」

あ、ちなみに、俺は審査には参加しないから。

何気なくそう言われ、基は閉じかけていた目を見開いた。

「え、しないんですかっ？」

思わず、声を張ってそう聞いてしまった。

「いつも俺の指示を素直に受け取ってばっかりなんだ、たまには自分達で一緒に戦う仲間を選んでみたらどうだ」

ふふっと笑って、瑛太郎は改めて「目を閉じて」と言った。「なんだよ、それ」と基の隣で池辺先輩が小さな声で呟いて、神経質そうな溜め息をこぼした。

「それじゃあ一番から、課題曲と自由曲を順番に吹いて」

瑛太郎の言葉から三秒もしないうちに、火花が散るように、背後からトランペットの音が聞こえてきた。もう、一音聴いただけでわかった。これは堂林の音だって。

堂林の演奏は文句なしだった。いつも通り堂々と吹き切った。続く二番手の演奏も上手で、恐らくパートリーダーの櫻井先輩だろうなと、これまたわかってしまった。残りの六人は、前の二人の演奏に霞んでしまって、どれもイマイチだった。

「どうせ難しく考えたって答えは出ないんだから、さっさと行くぞ」

全員の演奏が終わったところで、瑛太郎がすぐさまそう言った。

「奏者も目を閉じて、コンクールメンバーに相応しいと思った演奏に手を挙げる。自分が相応しいと思うなら、自分に手を挙げるように」

「先生、一人何人まで手を挙げていいですか？」

誰かがそう聞いた。

「コンクールメンバーに相応しいと思うなら、何人でも挙げたらいいんじゃないか？」

瑛太郎の返答に、ざわざわと戸惑いの輪が広がった。トランペットパートは八人。コンクールメンバーに選ばれるのは、その中の六人といったところか。八人全員に手を挙げることもできる。誰も傷つかずに済む。もちろん、自分も。

でも、そんな優しさの皮を被った卑劣さを、瑛太郎が許すとも思えなかった。

「一番の演奏がいいと思った者」

周囲から衣擦れの音がする。基も高々と手を挙げた。二番、三番、四番と、挙手は続いていく。八人目までの審査が終わったところで、瑛太郎が「目を開けて」と言った。

「合格者を発表する」

ゆっくり瞼を上げると、蛍光灯の光がいつもより強く、鋭く感じた。

「堂林慶太、櫻井瞳（ひとみ）、高橋成実（たかはしなるみ）、秋山周也（あきやましゅうや）、岸田（きしだ）さやか、長谷川友美（はせがわともみ）、以上」

あまりにあっさりとした発表で、拍手をするタイミングも、落ちた人の顔を思い浮かべる余裕さえなかった。「はい次、ホルン」と促され、ホルンパートの人間が移動し始める。

恐る恐る、基は背後を振り返った。自分の席へと戻る堂林と目が合った。ていうか、向こうから基を見てきた。ガッツポーズまではしてこなかったけれど、ニッと笑いながら「どうよ？」と口元を動かす。コンクールメンバーから落ちてしまった二人ががっくりと肩を落とし、一人が泣き出したから、それに応えるどころではなかった。

「悪いけど、後悔するのも泣くのもあとにしてくれ」

腕を組んだ瑛太郎が、言い放つ。

「出番が終わったら、審査をする側だ。泣いてて審査できませんでした、では困る」

やや間を置いて「はい」というか細い声が聞こえ、すぐにホルンパートの審査が始まった。ホルン、フルート、トロンボーン、クラリネットとオーディションは続いていき、あっという間にサックスパートの番が回ってきた。

サックスパートは、アルトサックスとテナーサックスとバリトンサックスの三種類。楽譜は違うがみんな一緒にオーディションを受ける。バリトンサックスは一人しかいないから音で誰が吹いているかわかってしまうけれど、だからこそ瑛太郎はコンクールメンバーに相応しいと思った演奏に挙手と言ったのだと思う。たとえ部内に一人しかいない楽器でも、自動的にコンクールメンバーに選ばれることはないということだ。

演奏の順番は一番が越谷先輩で、次が池辺先輩、基は三番手だ。アルトサックスの演奏が終わったら、テナーサックスとバリトンサックスが続く。

握り込んだ拳を、基はゆっくりと開いた。指先が冷たくて、三月の定演を思い出す。心臓はうるさくない。ちゃんと自分の呼吸の音が聞こえる。でも唇がかさかさに乾いている。

越谷先輩、池辺先輩の演奏が終わり、基は唇を舌先でなぞってマウスピースを咥えた。視線の先には瑛太郎がいる。指揮台の上に仁王立ちして、真っ直ぐ基を見ている。自分は審査に加わらないと言ったのに、視線でこちらを射貫こうとしているようだった。

演奏するのは、『スケルツァンド』『風を見つめる者』の冒頭。青い光の中で演奏する瑛太郎を思い浮かべ、息を吸って、口の中で密度を高めて、アルトサックスに吹き込む。

冒頭は特にアクセントを利かせて、はっきりと、でも音の強さを均一に。薄くならないように、厚みを持たせて。舌先でしっかり音を切って、一つ一つの音に躍動感を持たせて。

ミスなく吹けているのに、頭の中で誰かが「違う」と言う。

ほんの数週間前、チャペルで『スケルツァンド』を吹く瑛太郎を見た。彼の音は明るくて、ちょっとおどけてて、神聖なチャペルの中で音符が踊り狂っていた。

あれから毎日、瑛太郎の演奏を脳裏に思い浮かべながら吹いた。吹くたびに「違う」という声が聞こえた。自分の音はあんな風にカラフルでなくて、踊ってもいなくて。理想に追いつこうと無様に飛び跳ねているだけだ。

気がついたら演奏すべき範囲は終わっていた。ゆっくりマウスピースから口を離し、前を見る。瑛太郎は表情を変えずにそこにいた。

テナーサックスとバリトンサックスの演奏が終わり、基はすぐに目を閉じた。瑛太郎が今日何度目かの「一番の演奏がいいと思った者」を言い、順番に手を挙げていく。基も、いいと思った演奏に手を挙げた。

「次、三番の演奏がいいと思った者」

手を挙げようとした瞬間、また、頭の中で「違う」という声がした。誰の声なのかはつきりわかった。瑛太郎だ。これは不破瑛太郎の声だ。

「――それでは、サックスの合格者を発表する」

一呼吸置いて、瑛太郎がこちらを見た気がした。ひやりと背筋が寒くなった。

「アルトサックスが茶園基、越谷和彦。テナーが柄本純子、バリトンが矢沢美穂」

これまで同様に淡泊にそう告げた瑛太郎は突然、「茶園」と基を呼んだ。

「どうして、自分に手を挙げなかった」

瑛太郎の声も視線も、決して怒ってはいなかった。ただ、一斉に振り返った部員達の顔は冷ややかで、憤りや苛立ちに満ちていて、たくさんの視線に基は串刺しにされた。

「……すみません」

深々と頭を下げ、そのまま動けなくなる。つむじに感じる鋭い視線は、和らぐことがない。

「お前は、自分の演奏がコンクールメンバーに相応しくないと、そう思ったのか」

「違います」

喰い気味に答えると、目の前に座る部員達の中から、確かに、「はあ？」という声がした。悪意に満ちた、基を糾弾する声が。

「オーディションとかコンクールとか関係なく、ただ、納得がいかなかったんです」

基が言い終わらないうちに、隣から――池辺先輩の手が伸びてきた。乱暴に胸ぐらを摑まれて、切れ長の目が基を睨んでくる。

「お前、俺を馬鹿にしてんのかっ！」

池辺先輩の唾が、基の頰に飛んでくる。ワイシャツの襟がねじり上げられ、息が苦しくなる。自分の演奏に夢中で、すっかり忘れていた。池辺先輩がコンクールメンバーに落ちたこと。アルトサックスでは、ただ一人。

「納得がいかなかった？　落ちた俺への当てつけかよ。落ちた他の連中に対する嫌みかよ！」

池辺先輩の怒鳴り声に、周囲が静まりかえる。誰も何も言わない。越谷先輩が止めに入ろうとしているけれど、言葉が出てこないみたいだった。きっと、ここにいる全員が池辺先輩と同じことを思っているのだ。

自分を、張り倒したくなった。罵って、引っぱたいて……そして、どうすればいいんだろう。

「池辺」

瑛太郎の声が、聞こえた。さざ波のように、基に淡く打ちつける。

「気持ちはわかるが、お前が落ちたのは茶園のせいじゃない。みんなの選択の結果だ」

唇を噛んだ池辺先輩は、基を一睨みして、胸ぐらから手を離した。基にしか聞こえない微かな舌打ちをして、自分の席に戻っていく。越谷先輩が困ったように笑って、でも頰を強ばらせながら基の前を通り過ぎる。他の先輩達も同じだった。

窓の外が真っ暗になる頃、すべてのパートの審査が終わった。六十四人の部員の中から五十五人が選ばれ、九人が落ちた。

「君達が君達の判断で選んだ五十五人で、全日本を目指して明日からまた練習していく。ただ、コンクールのステージに上がる直前まで気は抜かないように。落ちた九人の方がいい演奏ができるようなら、積極的に替えていくから」

瑛太郎の言葉が自分の中を素通りしていく。辛うじて「今日はここまで」という声に、部長として号令を掛けることができた。

基に謝罪のチャンスすら与えず、池辺先輩は真っ直ぐ音楽室を出て行ってしまった。

サックスを抱えたまま呆然と立ち尽くしていた基のもとに、玲於奈がやって来る。

「あのね、基」

「あれはない、って私も思ったよ」

頑張って練習したのに、落ちちゃった人もいるんだからね。玲於奈が呆れながらも、でも穏やかな声色で話し始めたときだった。

「瑛太郎先生、茶園は結局、コンクールメンバーになるんですか？」

誰かが、そう言った。声だけで誰だかはわかった。わかったけれど、基はそちらを見ないようにした。見てしまったら、もう、明日からここに来られない気がする。

「先生がさっき言った通り、自分に挙手しなかったってことは、自分はコンクールメンバーに相応しくない、つまり、オーディションを辞退したのと一緒だと思います」

音楽室内の空気が蠢いて、「確かにそうだ」という声が聞こえてきた。

「ちょっとちょっと、そういう言い方はないでしょ」

玲於奈が制したけれど、収まらない。不愉快なものをみんなで排除しようという圧が、どんどん大きくなる。

「勘違いするなよ」

入道雲のように膨れあがる険悪な空気を破ったのは、やはり、瑛太郎の声だった。笑いを含んだ声に、基は顔を上げる。譜面台に頬杖をついた瑛太郎は、何故か口の端を吊り上げていた。

「さっきも言っただろ。今、君達が腹を立てている茶園をコンクールメンバーに選んだのは、君達自身だ。まあ、部長にしたのは俺だけどな」

基をコンクールメンバーから外す気も、部長を交代させる気もない。瑛太郎の微笑みは、雄弁にそう語っていた。一人、また一人、渋々という顔で口を噤んでいく。

　みんなが帰り支度をしている中、基は動くことができなかった。鞄を抱えた堂林が、

「あんまり気にすんなよ」と基の肩を叩いて帰って行った。

「茶園」

　やっと動くことができたのは、瑛太郎にそう名前を呼ばれてからだった。

「あとで音楽準備室に来い」

　音楽準備室に入ると、瑛太郎はリュックサックを背負って戸の前に立っていた。

「来いとは言ったものの、よく考えたらもうすぐ下校時刻だ」

　校舎を出ようと背中を押され、言われるがまま廊下に出た。すでに第一音楽室は施錠され、廊下は真っ暗だ。準備室に鍵を掛けた瑛太郎は、基を連れて昇降口に向かった。

　正門を目指す瑛太郎の手にサックスのケースがあるのが、気になって仕方がなかった。

「先生、話って、池辺先輩のこと……ですよね」

「茶園はそう思うのか？」

「違うんですか？」

「それだけじゃない、って感じかな」

　怒られるのを覚悟していたから、瑛太郎の穏やかな様子に拍子抜けした。

　ここでいいか、と瑛太郎が立ち止まったのは、チャペルの前だった。あの夜のことが蘇って渋い顔をしてしまったが、言われるがまま瑛太郎に続いて中に入った。

「今日は月が半分しか出てないから、ちょっと暗いな」

通路を進んだ瑛太郎は、最前列の椅子にリュックと楽器ケースを置く。当然という顔でケースを開け、ネックストラップを首に通した。

ここでまた、彼は吹くつもりだ。『スケルツァンド』か『風を見つめる者』か、もしくは『二つの交響的断章』か。どの曲を吹かれても、きつい。今はどれも苦しい。

「池辺のことは、茶園はどう思ってるんだ」

床に膝をつき、リードを口に含んで湿らせながら瑛太郎が聞いてくる。

「僕が部長になったのが気に入らないんだってわかってるんです。先輩だからってオーディションで遠慮をするつもりもなかったし、自分がメンバーに選ばれてよかったと思ってます」

「受かったのはちゃんと嬉しいんだな。よかったよ」

「コンクールメンバーになれて、もちろん嬉しいです。ただ、本当に自分が思ったように吹けなくて、悔しかったんです」

「なるほど」

リードを咥えたまま満足そうに笑う瑛太郎の横顔に、基は「でも」と続けた。

「僕は、オーディションで池辺先輩が落ちたこと、眼中にありませんでした」

自分の演奏が思った通りいかなかった。理想からほど遠かった。瑛太郎の背中が見えもしなかった。心を占めていたのはそんな思いばかりで、池辺先輩がオーディション落ちしたのに、同じパートのメンバーとしても、部長としても、何も気にかけなかった。

「僕は自分のことで精一杯でした。池辺先輩のことだけじゃなくて、部長として上手くやれてるとも思えないし、玲於奈や堂林君の方が余程リーダーシップがあるし」

話しながら、どんどん自分の愚かさが身に染みてきた。無音が怖くて、そのまま「すみませんでした」と瑛太郎に頭を下げた。

「少し前から気になってたんだ」

リードをマウスピースに取り付けて、瑛太郎は立ち上がる。「出しなよ」と基が肩から提げたサックスのケースを指さした。

「茶園は、どうも自分の演奏に納得がいってないみたいだって。まさかオーディションで自分に手を挙げないとは思わなかったけど」

楽器ケースを開けた基は、彼の言葉にうな垂れた。

「茶園、この前堂林とここで、俺が『スケルツァンド』を吹いてるのを覗いただろ」

「ばれてたんですね」

基がリードを準備し楽器を組み立てるのを、瑛太郎は座席に座って待っていてくれた。リードをマウスピースに固定しながら、基は淡い青色に染まる十字架を見上げた。

「楽譜通り正確なリズムや音程で吹けるとか、指のテクニックとか、そういうのは練習すれば何とかなります。そうじゃなくて、先生みたいに吹いてみたいなって思って。でも僕の力じゃ逆立ちしても真似できなくて」

適切な表現がすぐに出てこなくて、基は口をぱくぱくと数回動かした。

「砂の……砂の海みたいなところを、ずっと泳いでるんです。カラカラで、息ができなくて、出口がなくて、苦しいんです」

両目の奥に鈍い痛みが走った。風船が膨らむみたいにそれは大きくなって、目頭が熱くなる。やはり自分の胸を占めているのはこれなのだ。池辺先輩のこと、部長としての至らなさ。それらを小さく感じてしまうくらい、自分は自分の演奏に夢中になっている。

「自分の理想に追いつきたいのに追いつけないっていうのは、しんどいもんだ」

「しんどいです」

擦れた声で基が頷くと、瑛太郎が立ち上がった。基が楽器の準備を終えたのを見て、「しんどいよな」と繰り返す。

「茶園には魔法がかかってるみたいだ。ていうか、魔法じゃなくて、呪いかな」

基を指さしたあと、瑛太郎は自分の顔を指さした。

「君は、不破瑛太郎が素晴らしい人間だという思い込みが強すぎる」

どこか自嘲気味に、そんなことを言う。

「確かに俺は七年前に千学の部長で、テレビにも出て、全日本にも出場した。茶園はそれに憧れて吹奏楽を始めたかもしれない。でも、今の俺はただのコーチだ」

「でも、僕は先生の『スケルツァンド』を聴いて、どうして自分はあんな風に吹けないんだろうって、毎日毎日……毎日思いました。今だって思ってます」

「では、そんな茶園に一つアドバイスをしよう」

十字架を背に、瑛太郎はサックスのキーに指をかけた。

「憧れの向こう側にあるものには、追いつけなくて当然だ。だから焦らなくていい。君は君の理想を、コンクールまでじっくり追いかけていけばいい」

「でも、部長は自分のことばかりじゃいけない」

「みんなに気を配ってほしいとか、上級生相手にリーダーシップを発揮してほしいなら、俺は茶園を部長になんてしなかったよ」

「じゃあ、どうして」

自然と俯いてしまっていた顔を上げて、基は問いかけた。喉が軋んで声にならなかったのに、瑛太郎にはちゃんと届いていた。

「お前がオーディションに受かることじゃなくて、自分の理想を追いかけることに一生懸命になれる奴だからだよ」

ははっと笑った彼の口が、マウスピースに触れる。ふう、と息を吹き入れ、音を伸ばす。低い音から高い音へ、高い音から低い音へ。

「あの……」

そんなさらりと言わないでほしい。音出しの合間の雑談みたいな扱い、しないでほしい。できることならもう一度同じ台詞(せりふ)を言ってほしい。

彼の今の言葉を、一生、自分の中に焼き付けておきたかった。

「先生は、今から何をするつもりですか」

「砂の海を藻掻きながら泳いでいるのを助けてやることはできないが、一緒に泳ぐくらいはしてやろうと思って」

「一緒に……って」

「オーディション前だと茶園に特別指導をしたって誤解されると思って、控えてたんだ」

『スケルツァンド』、頭から。そう言って彼は音出しを続ける。慌ててサックスに息を吹き入れたが、満足に音出しもできないまま、瑛太郎は「ワン、ツー、さん」と合図を送ってきた。

大事な大事な最初の一音を、盛大に外した。口が力んでリードが上手く振動せず、悲鳴のような甲高い音がこぼれる。歪な音が不格好に間延びして、瑛太郎が噴き出した。そのせいで彼の音も揺れる。まるで、スキップでもするみたいに。

自分がアルトサックスのファーストを吹けばいいのか、セカンドの楽譜に従って吹けばいいのかもわからないまま、瑛太郎の音に引き摺られるようにして曲は進む。無茶苦茶だ。彼はファーストを吹いたと思ったらさっとそれを基に譲り、クラリネットやトランペットのパートを吹いたりした。油断すると戻ってきて、基が吹こうとした主旋律を奪う――と思ったら、ぽいと基に返してくる。彼の頭にはスコアが叩き込まれていて、ひょいひょいといろんなパートを行ったり来たりできるのだ。面白そうなところ、楽しそうなところに、自由気ままに。

ふざけやがって。

そんな言葉が、ふっと湧き上がってくる。ああ、なんてふざけた演奏だ。あたふたと演奏する基のことを、楽しそうにこの人は見ている。さっきまでいろいろ悩んでいたのに。今日まで苦しい思いをしてきたのに。恐らく、明日からもするのに。

不思議なもので、そんな不安とかうんざりした気持ちが、ベルから音になって飛んでいく。ステンドグラス越しに青く発光しながら、くるくる回って消えていく。

音も合っていないし、テンポもずれてる。和音も歪。コンクールだったら減点の嵐だ。

でも、
でも。

困ったことに、堪らなく楽しかった。スケルツァンドって、きっとこういうことだ。不破瑛太郎と自分が今、一緒に演奏しているんだという事実を、基は嚙み締めた。何だか、口の中が甘かった。花のような甘い香りが鼻孔をくすぐった。

こういう気持ちに、コンクールのステージの上でなれたらいい。そうしたらきっと、僕達は全日本にだってどこにだって行ける。

3　煌めき

自分の下駄箱を開けたら、中に一枚メモ用紙が入っていた。

「またか……」

学校内で瑛太郎に用がある人は音楽準備室に来てくれることが多い。しかし、わざわざ特別棟まで行くのが面倒なのか、河西先生はいつも下駄箱にメモを放り込んでいく。

「しかもお呼び出しですか」

メモには、職員室へ来るようにと書いてあった。面倒なことになりそうだなあ、と思いながら、瑛太郎は校舎の二階にある職員室へ向かった。

渋い顔をした河西先生は、瑛太郎を面談室へ連れて行った。

「うちのクラスの幸村望のことなんだけどね」

てっきり鳴神玲於奈のことだと思ったのに、河西先生の口から出てきたのは彼女と同じクラスの男子生徒、幸村の名前だった。

「彼から吹奏楽部を退部したいという相談を受けてます」

「……そうですか」

幸村はトロンボーンパートだ。しかし、半月前のオーディションで、三年生で唯一コンクールメンバーになれなかった。

「彼、コンクールのオーディションに落ちたんでしょ？　コンクールに出られないなら無理して部活に出るより、引退して勉強に専念するべきだと思うんだよね」

「幸村本人が言ってるんですか？」

瑛太郎が疑っているとでも思ったのか、河西先生は若干眉を寄せて頷いた。

「他の三年や不破君にそれを言ったら大事になりそうだから、どうしたらいいかと」

「俺が『部活もやり切れない奴が受験で勝てるわけがない』なんて言って退部を阻止しようとするんじゃないか、ということですね」

心外だなあ、と笑ってみせると、先生はばつの悪そうな顔で咳払いをした。まるで、彼の表面を覆っていた《先生》という皮膜を、びりりと破るみたいに。

「僕だって、みんなが一生懸命に活動してるところに、水を差したいわけじゃない」

掌で緩くテーブルを叩きながら、河西先生は早口で捲し立てる。

「僕だってねえ、不破君が吹奏楽部にいた頃、受験なんていいから今は思う存分部活を頑張ってくれと思ってたよ。不破君の担任じゃなかったけどさ、宮地や花本があのあと志望校に落ちちゃったとき、僕がブレーキを掛けるべきだったって後悔した」

宮地に花本。懐かしい名前に、瞼がぴくりと痙攣する。二人とも吹奏楽部だった。『熱奏 吹部物語』でも、二人の姿は何度もフォーカスされた。けれどコンクール後に二人が志望校に落ちたことは放送されていない。あの輝かしい物語は全日本吹奏楽コンクールで金賞を受賞したところで、綺麗に美しく終わっているのだから。

「俺は別に、部活より学業を優先させたいという生徒に無理強いはしないです。受験が上手く行かなかったときに、部活のせいにするなんて悲しいことをしてほしくない。自分の判断で退部するというなら、俺は反対しません」

「そう……なら、よかった。幸村にも伝えておくよ」

　心の底から安心した、という顔を先生はした。高校時代だったら、この人をただ嫌いになってしまえば済む話なのに、大人になるって厄介だ。

「ただ、退部するならするで、自分の口でしっかり言いに来いと伝えてください」

　去り際に河西先生にそう告げて、瑛太郎は音楽準備室がある特別棟の四階に向かった。

　三十分もしないうちに、幸村はやって来た。退部届を鞄に忍ばせて。

　退部届を差し出した幸村に「河西先生から聞いてる」となるべく穏やかに答えた。

「県大会後と支部大会後に、コンクールメンバーを再度オーディションするつもりだったんだが、いいんだな？」

　そう念を押すと、長い沈黙の果てに彼はゆっくりと頷いた。

「河西先生からも親からも塾の先生からも、今の成績じゃ、夏に余程頑張らないと志望校は厳しいって言われてて。勉強と両立して練習してくのはきついなと思ってます」

「そうか、わかった」

　そう言うと、幸村は何かに引っ張られるように「でも」と続けた。

「セッティングメンバーとして、コンクール当日は一緒に行っては駄目ですか？」

　セッティングメンバー。ステージ上では演奏せず、楽器の搬入を手伝う人員のことだ。オーディションに落ちてしまった部員が担うことになっている。

「勝手だなって思うんですけど、三年のみんなとはずっと一緒に頑張ってきたんで」

《みんなと頑張る部活》と《自分の将来》を天秤に掛けて、後者を取った。でも、これまでの吹奏楽部での日々を大切にしたい。そんな風に幸村は話してくれた。

「幸村がそのつもりなら、セッティングメンバーとして参加してもらって構わない。ただ、夏休み中は夏期講習やら模試やらいろいろあるだろうから、無理はしないように」

幸村の顔がやっと晴れやかになる。これが本人が一番望んだ結果なのだろう。

「あと、自分の口でみんなに説明すること」

緊張気味に幸村は「はい」と返事をし、その日の合奏が終わってから、部全体に向けて退部の意向をちゃんと話した。三年生はもちろん下級生も驚いていたけれど、誰かが強く引き留めるとか、幸村を責めるようなことはなかった。

「途中離脱することになってしまって本当にすみません。でも、みんなが全日本にいけるよう祈ってます。どうか頑張ってください」

幸村はそう言って深々と頭を下げ、部を去っていった。

＊＊＊

「二日目の、ど真ん中か」

張り出された一覧表を見つめて、瑛太郎はそんな独り言を漏らした。

千学から電車を乗り継いで一時間の場所にある文化センターで今日行われているのが、埼玉県吹奏楽コンクール地区大会の演奏順を決める抽選会だった。地区大会は八月一日、二日の二日間かけて行われ、ここを突破した学校には県大会出場権が与えられる。

千学は、二日の十一番目。二日目の出場校は全部で二十一校だから、ちょうど真ん中だ。

演奏順の一覧を、改めて見渡す。出場する高校は四十三校。シード校七校は演奏こそするものの県大会出場がすでに決まっているから、残る三十六校で県大会への切符を争う。千学は例年地区大会を金賞で通過しているし、今年も順当に行けば手堅いはずだ。

「春辺に伊奈北に埼玉栄光……」

シード権を持つ強豪校の名前を、思わず声に出していた。瑛太郎が高校生のときもこの三校が千学の前に立ちはだかっていた。埼玉県大会を突破し西関東大会へ進んだとしても、彼等と再び競わなければならない。

「七年前は、確かに並んでたんだけどな」

改めて千学の演奏順を確認し、ついでに前後にどの学校が来るのかもメモして、すぐに会場を出た。千学に到着する頃には、放課後の練習が始まる時間になっていた。鞄を抱えた部員達が次々と第一音楽室の扉を開けては入っていく。

玲於奈の声が聞こえて、瑛太郎は音楽準備室の戸を開けて呼び止めた。

「今日、抽選会だったんですよね？」

パイプ椅子に腰掛けた玲於奈が、身を乗り出して「何番目ですか？」と聞いてくる。

「二日目の十一番目。ちょうど真ん中だ」

「朝イチだとピッチも合わせづらいし、ちょうどいいですね。いよいよって感じです」

梅雨入りした割に雨の降らない空の下を歩きながら、ずっと考えていたことがある。

玲於奈の「いよいよ」という言葉に、最後の最後で思考がぽんと前に突き動かされた。

「自由曲のソロパートのこと」

『風を見つめる者』には多数のソロパートがある。特に重要なのが中盤にあるオーボエのソロだ。曲中で一際目立ち、躍動感のあるメロディが響き渡る。

「俺はどんな曲も冒頭が肝だと思ってる。どんなにいい演奏をするバンドも、冒頭で転けたらすべてが台無しだ。だから普段の練習も冒頭に一番時間をかける。でも『風を見つめる者』は、冒頭と同じくらいオーボエのソロで始まる中間部が重要だと考えてる」

「私が失敗したら、それで千学はおしまいだってことですか？」

「鳴神が賞を左右するような失敗をするとは思ってない」

一定のレベルを超えた子は、余程のことがなければ練習通りの力を本番で発揮できる。逆に、練習で出せなかったものが本番で出せるなんてことは有り得ない。

「オーボエでソロを任せるなら、確かに鳴神だ。でも、オーボエのソロは、代役としてアルトサックスで演奏するのも可、という作曲家からの指示が入ってる」

瑛太郎が言わんとしていることを察して、玲於奈が息を呑むのが聞こえた。

「基にやらせるんですか？　ソロパート」

茶園基は、アルトサックスのオーディションで最多の票を獲得した。ブーイングを浴びながらも彼はアルトサックスのファーストを勝ち取ったわけで、ソロとなれば自然と名前が挙がる。

「本番直前に、どうするか判断しようと思ってる。とりあえず練習をさせてみようと思って」

「今の時点で私にそれを言うってことは、二人でソロを競い合えってことですよね」

期待してるんですね、基に。ぽつりとそう言った玲於奈の顔を、瑛太郎は凝視する。玲於奈が慌てたように「あっ、違いますから」と胸の前で両手を振った。

「先生が基を贔屓してるとか、そういうこと考えてませんから。あいつはオーディションのときも凄く頑張ってたし、ずっと気を抜かないで練習してるし」

誤解なきよう、お願いします。念を押すようにそう言った玲於奈は、微かに頰を強ばらせて瑛太郎を見た。

「オーディションの日、瑛太郎先生、基と一緒に『スケルツァンド』吹いたんですよね？」

「……知ってるのか」

「基からあの夜、めちゃくちゃ自慢されましたから。余程嬉しかったんでしょうね。池辺や他のみんなにいろいろ言われて落ち込んでると思ったら、すっかり元気になっちゃって」

本当、単純なんだから。そんな声が聞こえてきそうな顔で玲於奈は笑った。

「そういう純粋なところも、瑛太郎先生があいつを部長にしようと思った理由なんだろうなって、最近思うようになりました」

がちゃがちゃという音が廊下から聞こえてきて、曇りガラスの向こうを楽器を抱えた部員達が移動していくのが見える。玲於奈もそれを見てさっと立ち上がった。

「私、基とソロパートを賭けて戦います。今度は負けないです。元部長の意地です」

オーディションの直後に衣替えをして、生徒達の制服は涼しげなものになった。玲於奈は水色のシャツを腕まくりして、拳を作ってみせた。

「受験勉強もあるだろうから、あまり無理はしないようにな」

退部した幸村と玲於奈が同じクラスなのを思い出し、そんなことを口走ってしまう。うんざりとした顔で、「先生までそんなこと言わないでくださいよ」と玲於奈は眉を寄せた。

「河西先生も親も、塾の先生も、『部活はほどほどに』ってうるさいんですから、最近特に」

「そんなときに俺が『部活に集中しろ』って言ったら、鳴神は逃げ場がないだろ」

無理するなよ、ともう一度言うと、玲於奈は驚いたように目を見開いた。瑛太郎の顔を見つめたまま、何も言ってこない。

「勉強も部活も、自分が納得いくように頑張って。他の誰かじゃなくて、自分のためにな」

そう続けると、玲於奈はハッと我に返ったように大きく息を吸って、「ありがとうございます」とブルーのネクタイを揺らして頭を下げた。

音楽準備室を出て行く玲於奈の背中を見送りながら、自分の放った言葉を口の中で反芻する。そのまま窓ガラスにぼんやりと映る自分の顔を睨みつけた。

お前だって、そんなことできなかった癖に。何を偉そうに生徒達に「頑張れ」なんて言っているんだ。そう、毒づきたくなった。

『瑛太郎君、将来は何になりたいの？』

懐かしい声が、突然耳の奥で蘇って、胸が苦しくなる。

夏休みを目前に控えた月明かりの下で吹くネリベルの『二つの交響的断章』は、出口の見えない鬱蒼とした森を手探りで進むようだ。でもその先に輝かしい何かが待っていると、瑛太郎に教える。ここが校舎の非常階段だということすらも、忘れさせる。

「瑛太郎君、将来は何になりたいの？」

区切りのいいところで、突然、カメラを構えた森崎さんがドアを開けて姿を現した。

「なんですか、いきなり」

「もう高三でしょ？　将来どうするのかなって、おじさん気になっちゃって」

咥えかけたマウスピースを離し、空を見上げた。今日は満月だから眩しい。

「今は正直、コンクールのことしか考えられないです」

正確には、吹奏楽以外にやりたいことなんて思いつかない。きっと、コンクールまで何もかも音楽に捧げて、全力で走り切らないと、自分は他のことなど何もできない。それをどう簡潔に言葉にできるか考えて、果たしてこの人にわかってもらえるのだろうかと、森崎さんの方を振り返ったときだった。

「……なんですか」

笑いを必死に嚙み殺しながら、森崎さんがこちらに向かって掌を差し出していた。月の光を自分の手で遮るようにしながら、「眩しい……眩しすぎる〜」と、ついには笑い出す。

「なんですか」

今度こそ苛々を声にのせて、森崎さんにぶつけた。

「何かに一生懸命になる高校生の姿が、おじさんには眩しすぎて、つい」

ヘラヘラと笑いながら、森崎さんは続ける。

「実を言うとさ、男子校の吹奏楽部でドキュメンタリーを撮ろうって自分で企画を立てておいて、男だらけの部活に密着するなんてむさ苦しくてどうなんだろうって思ってたんだ」

そんなの知らないですよ。そう言い返そうとして、森崎さんの笑い声に遮られた。

「うーん、でもいいなあ。若い子が一つのことに一生懸命になってるの、眩しくていいね。いいドキュメンタリーになるよ。『最近の若者は……』って偉そうに踏ん反り返ってる大人達に、忘れてた大切なことを思い出させてくれるようなね」

コンクールに向かって練習している自分達の姿が、見ず知らずの誰かの心を一体どれだけ動かすのだろうか。瑛太郎の疑問が伝わってしまったのか、森崎さんはニヤッと笑った。

「僕はね、今の瑛太郎君を見て、そういう番組にできるって確信したよ」

変な人。胸の奥で思ったことが声に出てしまいそうになって、両頬に力を込めた。多分そんな自分の顔が、森崎さんには笑っているように見えたに違いない。

「瑛太郎君も大人になったらわかるよ。高校生って眩しいんだよー。パワーっていうか、素直な熱の固まりって感じ。とりあえず焼き肉食わせたくなっちゃう」

今度は、本当に笑ってしまった。サックスを揺らして笑う瑛太郎に、森崎さんはカメラを向けはしなかった。

「なんすか、焼き肉食わせたい、って」

肩を揺らすのに合わせて、サックスに映り込む月明かりが揺らめく。ゆらゆら、ゆらゆら。まるで楽器自体が笑っているみたいに。

「高校生にはわかんないって、この気持ち！」

非常階段の手すりに寄りかかって、森崎さんも笑う。カメラは完全に今日の仕事を終え、森崎さんの手の中でただの黒く冷たい固まりになっていた。

「じゃあ、全日本コンクールに行けたら、焼き肉奢ってくださいね」

冗談半分にそう言うと、森崎さんは笑顔のまま、目の奥を真剣に光らせた。細く鋭い何かが、自分の胸にすうっと刺さったような感覚がした。

「いいよ。とびっきり高い肉、食べさせてあげるよ」

それは宣戦布告のようにも、もっと温かで熱いエールのようにも聞こえた。

「約束ですよ」

森崎さんの前を通り抜け、非常口のドアを開けて、まだ廊下や音楽室の前に残っていた吹奏楽部の部員達に向かって、瑛太郎は叫んだ。

「なあ、全日本行けたら森崎さんが高級焼き肉食わせてくれるって！　吹奏楽部全員に！」

「マジで？　やったー！」という野太い声が廊下に響く。床や天井にその声が何重にもなって、音楽室が入る特別棟全体を揺らすみたいだった。

4　勝色の風

「だ……駄目だ」

カラフルなライトに照らされた薄暗い天井を見上げ、隣の部屋から聞こえてくる調子外れな歌を聞きながら、基は大きく溜め息をついた。

朝練で一時間半、昼休みに三十分、放課後に二時間半。そして学校帰りに自宅近くのカラオケボックスで一時間。これがここ数日の基の練習メニューだ。唇が痛い。横隔膜が痛い。指が痛い。耳も痛い。なのに全然足りない。

瑛太郎から『風を見つめる者』のオーボエソロをアルトサックスで練習しておけと指示されたのは、三週間と少し前。でも、基は一度も合奏でソロを吹いてない。

わざわざ玲於奈のソロを自分に代えるだけの演奏に、自分が至っていないからだ。

『風を見つめる者』のアルトサックスソロは、この世界の誰も聞いたことがない。だから難しい。吹くたびに基の中を流れる色や匂いが変わり、どれが本当なのかわからなくなる。これだと思って手を伸ばすともうそこにはなくて、また迷子になる。

そうこうしているうちに、店員から「十八歳未満は十時で退店してくれ」と案内されてしまった。一時間だけ練習するつもりが、二時間以上個室に籠もってしまった。

慌てて会計をして、自宅まで走った。玄関を開けると、リビングダイニングが煌々と明るかった。廊下にこぼれるその光に、あ、やばい、と思った。

眉間に深い深い皺を作った母が、その光の向こうからぬっと姿を現したから。

「メールもＬＩＮＥも返事寄こさないで何してたの」

何も言わず、基は鞄からスマホを取り出した。メールとＬＩＮＥが三通ずつと、着信が五件。ほとんどが母からで、一通だけ玲於奈からＬＩＮＥが届いていた。

部活が終わって学校を出るのが夜七時。普段、基は八時には家で夕飯を食べている。母が心配するのも、不審に思うのも当然だ。カラオケボックスに入ったとき、集中したいからと通知音や着信音を切ってしまったのが間違いだった。

「ごめん、ちょっと、練習……」

「こんな時間までどこで練習してたっていうの」

「駅のところの、カラオケ」

正直に言って、しまったと思った。

高校生がこんな時間まで黙って出歩いてていいと思ってるの。連絡の一つもしないなんて。そうやって母が怒鳴るのを、黙って聞いていた。でも、頭の奥ではやっぱり、ソロのことを考えている。思考が、音楽に侵食されていく。

母の怒りが徐々に今夜のことではなく、最近部活ばかりで勉強が疎かになってるんじゃないかとか、そういう話題に移ってきて、弱ったな、と思ったときだった。

背後の玄関が開いて、里央が帰ってきたのは。

「里央……今日は早かったのね」

就職して三ヶ月半。朝、里央は何も食べず家を出る。夜の零時過ぎ、基が布団に入る頃に階段を上ってくる音がする。土日も休日出勤をしている。

「姉ちゃん、今日は仕事、早く終わったの？」

夜の十時に帰宅するのを「早い」と言うのもおかしい。里央の顔は化粧が崩れて、鼻の頭とおでこがテカっている。目元の隈は五月の頃よりずっと濃く大きくなった。

「明日会社行くから、今日は早めに帰ってきただけ」

「里央、また土曜も会社行くの？」

母が、ちょっと非難がましくそう言う。

「行くよ。仕事あるんだから、仕方ないじゃん」

「でも、ここのところ毎週じゃない」

「だから、しょうがないじゃん」

鞄を抱えて、里央はリビングを通り抜けて二階に上がっていく。母に「ご飯は？」と聞かれても、何も答えない。

「全くもうっ、基も里央も、人の気も知らないで、部活だ仕事だって！」

額を右手で押さえ、そうぶつぶつと言いながら母はリビングへ戻っていく。基もそれに続いた。さっさと風呂に入って、部屋に引っ込もう。

「基、ご飯食べちゃって」

そう言われ、諦めて食卓につく。ラップをしてテーブルに置いてあった魚のフライを、母が電子レンジに入れる。レンジの音をぼんやり聞いていたら、目の前に一枚の紙を置かれた。

見覚えのあるグリーンの色使いのチラシ。わざとらしいくらい満面の笑みを浮かべた女子高生が「高一の夏から始める受験対策！」と叫んでいる。

「あー……これね」

カラオケとは駅を挟んで反対側にある塾の夏期講習のチラシだ。玲於奈もここに通っている。

「オーディションも済んだんでしょ？　本当なら五月から通うって約束だったじゃない」

先週も、その前も、この話をされた。のらりくらりと躱している間に夏休みに入ってしまえばいいのになんて考えていたけれど、今日は逃げることは許されないみたいだ。

「基、あんたお父さんとも、部活と勉強は両立させるって約束したでしょ？　自分の言ったことには責任を持ちなさい」

「ていうか、オーディションが終わったからこそ、今からが大変なんだけども……」

「いい？　基」

テーブルに身を乗り出した母は、真剣な顔で基の目を見た。

「お父さんがもうすぐ会社を辞めて独立するの、基も知ってるでしょ？」

基の父は、都内にある大手建築設計事務所に勤めている。そこを今年の秋に退職し、自分の事務所を開業するのだという。学生時代からの目標だったのだと、半年ほど前、父が言っていた。

「お父さんの仕事が上手くいかなかったら、あんたの学費も払えなくなって、千学を辞めることになっちゃうかもしれないのよ？　部活どころじゃなくなっちゃうんだから」

今の会社の方が給料もいいし、安定している。母が「独立はやめてほしい」と思っていることは基も、そして父も知っている。でも、そんな深刻な事態になっているとは思ってなかった。

「……そ、そんな大変なことだったの？　父さんの独立って」

思わず発した呑気な一言に、母は途端に荒っぽい目をした。しまった、と思っても遅い。

「当たり前じゃない。こんな状況でもあんたをちゃんと大学まで行かせてあげたいって思うから、お母さん、頑張って塾代も出そうとしてるの！」

あんたはいつもそうやって自分のことばっかりなんだから！　母の怒鳴り声に合わせるように、レンジがチンと鳴った。

母が大きく深呼吸をする。「どのコースと科目を受けるか決めておいて」と投げ捨てるように言い、レンジから魚のフライを取り出した。ご飯と味噌汁、冷蔵庫からサラダが出てくる。

水分を吸ってべたっとしたフライを囓りながら必死に溜め息を堪えた。溜め息なんてついたら、母は怒り狂うだろう。下手したら、部を辞めろと言い出すかもしれない。

自分には二階建ての立派な家があって、両親も健在で、食べるものにも着るものにも困らなくて、私立の高校にも行かせてもらえて、部活もやらせてもらえている。そんな当たり前の日常が、消えてなくなるかもしれない。もしかしたら半年後、自分は吹奏楽部にいられない状況に陥っているかもしれない。

そんな自分を想像したら、吐き気が込み上げてきた。怖い。堪らなく、怖い。

玲於奈からのLINEは、『こんな時間までどこで何してるの？』というものだった。どうやら母は、基がどこに行っているのか玲於奈に聞いたらしい。

『カラオケでソロの練習してた』

そう返信してベランダに出る。ちょうど玲於奈が自分の部屋から顔を出したところだった。

「カラオケって、駅前の？　熱心だねえ」

微笑ましいという顔でこちらを見る玲於奈に、「当たり前だろ」と投げつける。風呂上がりの濡れた髪に、生ぬるい風が染み入った。

「まだ、一回も合奏で吹かせてもらえてないんだから」

「とりあえずさ、おばさんからのメールくらい返信しないと。夕飯食べてたらおばさんから電話が来て、びっくりした」

「練習に夢中で、全然気づかなかったんだよ。ソロのことで頭がいっぱいだった」

馬鹿だなあ、と笑われるかと思ったのに、玲於奈の笑い声は一向に聞こえてこない。

「おかげで、母さんから塾に行けって話が出て来ちゃうしさあ。オーディションは終わったんだからもういいでしょ、みたいな言い方で」

「うわ、やばいよそれ。それ言い始めたら、どんどん鬱陶しくなるから。うちの親も、『オーディション受かったんだからもう朝練行かなくていいんじゃないの？』とか言ってるもん。いやいや、受かったから大変なんじゃん。気ぃ抜けないじゃんって話」

どうして母さんも、多分父さんも、わからないんだ。二人にだって高校時代があっただろう。部活に一生懸命なときが、親が口うるさくてうんざりしたときが、あっただろうに。

「高三になったら、玲於奈みたいにもっとガミガミ言われるようになるのかなあ」

玲於奈が志望しているのは、千葉にある国立大学の薬学部だ。半導体メーカーで研究職をしているお父さんが江崎玲於奈から取って娘を名付けたのだけれど、本人が目指すのは薬剤師で、薬の開発や製造に携わりたいらしい。

「通うの？　塾」

「そうなりそう。なんか、父さんの会社が上手くいかなかったら退学することになるかもしれない、とか脅されたし。それでも塾に行かせてやるんだから感謝しろ、って感じだった」

「まあ、会社から独立するって、そういうことだもんね」

部長らしいことなど何もできず、先輩達からは反感を買って、そのくせソロも満足に吹けない。塾だとか受験だとか、父の仕事だとか、余計な悩みばかり増える。

「瑛太郎先生は応援してくれると思うよ」

突然出てきた瑛太郎の名前に、基は「え？」と顔を上げた。

嬉しそうに笑った玲於奈の黒髪が、さらりと肩から落ちた。

◆

目を閉じて、全身の神経を耳に集中させた。暗闇の向こうで光の粒が弾けたような感覚に、頰が緩みそうになる。

指揮棒を振る手を止め、合奏を中断させる。瑛太郎は音楽室の後方を見やった。

「ペットのソロは堂林で行く」

たった今ソロを吹いた堂林が、胸の前で小さくガッツポーズをする。同じくトランペットのファーストで三年の櫻井がわずかに肩を落とし、堂林の背中をばん！　と叩いた。

『風を見つめる者』はソロが多い。作曲者の趣味なのか、指導者への嫌がらせなのか、なんなのか。しかし何とかソロを誰に演奏させるかも固まり、曲が組み上がってきた。

あとは――。

「茶園、オーボエのソロのところ、サックスで入ってくれ」

瑛太郎の指示に、基は驚かなかった。平坦な声で返事をして、サックスを構える。

「オーボエのソロは、アルトサックスで代替可能とされてる。どちらで行くか今日決める」

全員に向かってそう言って、指揮棒を持ち上げた。ソロの少し前を指定し、振る。チューバやユーフォニアムの低音に、ホルンの伸びやかな音が重なる。グロッケンやシロフォンの旋律はどこか悲しげで、寒々しい冬の大地に吹く風を思わせる。そこに響き渡るソロは、寒空に差す木漏れ日のようなものだ。

　基がソロパートを熱心に練習していたのは、重々承知している。安定感のある高音も、体の芯に届く低音も申し分ない美しさだった。己の中で音の一つ一つを、音符の繋がりを必死に解釈して、語ろうとしている。必死に口を開けて《何か》を歌い上げようとしている。オーディションであまりに純粋すぎる発言をして周囲から反感を買って以降、一人黙々と練習している姿が今まで以上に目立つようになった。孤立感を振り払うように、音楽に没頭していた。

　それでも、《何か》を見つけるには、まだ時間が足りなかったか。

「次、同じところを鳴神で」

　アルトサックスとオーボエでは、そもそも音が違う。どちらを使うかでソロパートの印象は大きく変化し、曲そのものの匂いが変わる。オーボエの音は直前の低音パートやホルン、打楽器の音と見事に調和し、まるでその残響を掬い上げるような温かなものだった。

「やめ」

　指揮台に手をついて、瑛太郎はもう一度目を閉じる。物語を主張するアルトサックスと、周囲と調和するオーボエ。鼻から浅く息を吸い、口を真一文字に結んだ。

「ソロはオーボエで行く」

　自分の声が、いつもより音楽室に響いて聞こえた。拍手など起こらない。玲於奈を賞賛する声も、基を励ます声も。

「上位大会に進んだら、その都度一番調子のいい者にソロも代えていこうと思う。そのつもりで、地区大会で演奏しない者も、練習しておくように」

元気のいい「はい！」という声を聞きながら、ちらりと基を見た。彼は自分の楽譜を睨みつけていた。隣で池辺が「いい気味だ」という顔をしても、周囲から冷ややかな視線が飛んできても、お構いなしに。

音楽の神様に、五感も四肢もすべて捧げるようにして。

＊　＊　＊

部活という日常の中にテレビカメラが入るようになって、早三ヶ月。狙撃手のように自分達の横顔をレンズが狙っているのも、いつの間にか部の空気の一部になった。

「よーし、いいぞ。朝だけどいい音出せるじゃあねえか、お前等」

指揮台の上の三好先生は上機嫌だった。地区大会の抽選会で朝イチの演奏順を引き当ててしまったことをずっと気に病んでいたけれど、通しで演奏した課題曲と自由曲にご満悦な様子だ。朝五時に学校に集合して音出しをした甲斐があった。

「じゃあ練習はここまでにして、会場行くか！」

はい！　と返事をして立ち上がる。パイプ椅子の軋む音に、大勢の男子生徒の足音と楽器を片付ける音が重なった。

パーカッションのパートリーダーでもある徳村を中心に打楽器をトラックに積み込む。楽器を運ぶときだけは鬼教官のような顔になるパーカスの部員達を撮影スタッフが追いかけ、「そこ危ないっすから！」と徳村に怒鳴られるのを、瑛太郎は笑いを噛み殺しながら眺めていた。

「いよいよ始まるねえ」

どたどたと足音を立てて近づいてきた声が、昇降口に向かっていた瑛太郎の隣に並ぶ。やや遅れてカメラマンもやって来た。

「そうっすね」

「僕まで緊張して来ちゃったよ」

「緊張って、森崎さんは演奏しないじゃないっすか」

瑛太郎が呆れて笑うと、森崎さんも笑う。がははっという、怪獣のような笑い声で。密着当初は森崎さんに話しかけられるたびに立ち止まり敬語で丁寧に受け答えしていたけれど、いつの間にかそんなことはなくなり、敬語は柔らかく砕けていった。

「楽しみ」

自分の声が廊下にすーっと響くのを感じた。自分達の前後も昇降口の外も部員達の声や楽器を運ぶ音で賑やかなのに、不思議と。

「緊張しないんだね」

「してますよ。緊張してるけど、楽しみな気持ちの方が大きいから」

「凄いねー。瑛太郎君は将来大物になるよ、きっと」

「森崎さんってホント調子いいっすよね。緊張しまくって地区大会で敗退、なんてことになったら森崎さん達も困るでしょ？」

「まあ、できればもっと上位大会まで行ってほしいかな。テレビマンとしても、君達をずっと見てきた大人の一人としてもね」

いいことを言っているはずなのに、顔はいつも通りヘラヘラとしているから今ひとつ説得力がない。調子いいこと言っちゃって、という感じだ。

「任せてください」

昇降口で靴を履き替え、外に出た。ロータリーには楽器搬入用のトラックと大型バスが停まっている。まだ八時前なのに、蟬の鳴き声と太陽の日差しに押し潰されそうだった。

「連れてってあげますよ、全日本コンクール」

靴を履き替えるのに手間取ったのか、少し遅れてやって来た森崎さんとカメラマンを振り返って、瑛太郎は言った。

どこからそんな自信が出てくるのか、自分でもわからない。

ただ、今日から始まる長い長いコンクールが、自分の人生で特別輝いたものになる予感がした。体を突き破って今にも天に飛んでいきそうなくらい、強く強く。

「君等、緊張してるか？」

指揮棒を下ろし、七年前の自分を思い出しながら、瑛太郎は部員達に聞いた。地区大会の会場、本番直前のリハーサル室で、部員達は概ね似たような表情をしていた。緊張はしている。でも胸の奥に「ここはまだ地区大会だ」「ここで敗退しちゃいけない」という思いがあって、それらが複雑に絡み合っている。

「ちょっとはしてます」

前列に座った玲於奈がそう答えた。自由曲のソロを勝ち取った彼女だが、そのおかげなのかどうなのか、清々しい顔をしている。嫌な緊張もしていないようだった。

「部長はどうだ？」

基を見ると、彼は一瞬自分の両手に視線を落としてから深く頷いた。

「指もしっかり動くので、大丈夫です」

笑顔も自然で、顔色もいい。あんなに熱心に練習していたソロを玲於奈に取られた割に、そのことを引き摺っている様子もない。

「七年前、俺が高三だったときは、三好先生が抽選で朝イチを引いて来やがったんだ」

バンドの後方にいた三好先生が腹を抱えて笑い出した。構わず続けることにする。

「朝の五時に学校に集合して練習して、十時半から本番だった。もう、眠いのなんの。俺は割れたリードでずっとロングトーンをやってて、三好先生に激怒された。あの日の演奏はあんまりよくなくて、演奏が終わってから何かが足りないってみんなで言い合ってた」

当時のことを部員達に話すのは、今日が初めてかもしれない。地区大会での演奏は楽しかった。でも、《楽しさ》にはまだ余白があった。金賞を受賞して県大会へと駒を進め、ディレクターの森崎さんからは「感動したよ」と言われても、やっぱり何かが足りなかった。

「今日はそんな風にならないよう、君達は今やれることをしっかりやり切ってくれ」

はい！　という元気な声に頷いて、瑛太郎はパイプ椅子から腰を浮かせた。そろそろスタッフの誘導が始まるだろう。

コンクールメンバーは冬服でステージに立つ。全身を黒に近い紺色で包んだ五十五人を、瑛太郎は見渡した。

「この色は、《勝色》っていうんだ。勝負に勝つの、勝色。縁起のいい色だ。肩の力を抜いて、楽しい演奏会にしてこようじゃないか」

指揮者である自分だけが黒いスーツを着ているから、仲間外れだけど。上等な燕尾服を着る気には、どうしてもなれなかった。

リハーサル室を出たらすぐに舞台袖に誘導され、前の学校の演奏が終わったと思ったらあっという間にステージの上だ。追い立てられるようなこの感覚は、いつだって変わらない。奏者だった頃も、指揮者になった今も。

それぞれの位置につく部員達を、指示を出しながら指揮台の横から眺めていた。

前から二列目、一番右端の椅子に腰を下ろした基と目が合った。

あ、と声が漏れそうになって、瑛太郎は指揮棒で彼を差した。目を丸くして腰を浮かしかけた基に、ぽろりと言葉が漏れる。

「俺も、そこで吹いた」

自分は当時アルトサックスのファーストで、基もそうだ。座り位置の変更もしていないから、同じ場所に彼が座っているのは全くもって自然なことだ。しかし、本番直前の、ステージの上で言うことじゃない。

「は、はい……」

反応に困った基が、壊れたおもちゃのように何度も何度も首を縦に振る。

もしかして、俺は緊張しているのか。自分が現役の吹奏楽部員だった頃、本番直前はいつも武者震いがした。これから始まる幸福な十二分間を前に、全身の感覚が研ぎ澄まされ、色という色が鮮明になって、周囲の匂いが濃くなる。焼き切られそうな照明の熱さや、首筋に感じる汗の匂い、誰かの呼吸の音、勝色の制服、客席に座る大勢の人の熱量。サックスのマウスピースを咥えると、舌先に触れるリードの感触に、森の香りが鼻を抜ける。頰に風を感じる。

指揮者として客席に向かって一礼すると、拍手が起こった。肌に感じるぴりぴりとした熱い痛みは、経験したことのないものだった。

『あんたに風が吹いてるときって、客席で見ててもわかるよ。ああ、風吹いてるなー。超吹いてるなーって』

水島楓が瑛太郎にそう言ったのは、七年前の西関東吹奏楽コンクールだった。自分はダメ金で全日本出場を逃したのに、彼女は笑顔だった。

『風吹いてるとき、最強だもんね、瑛太郎は』

指揮棒を構え、その細く鋭い切っ先で空をなぞる。空間に切れ込みを入れるように。そこから何かを引きずり出すように。

花火が打ち上がるように、課題曲『スケルツァンド』は始まった。

楽しめよ。

楽器を構え、息を吹き込み、バチを振り下ろし、弦を弾く。一人ひとりの顔を見つめながら、瑛太郎は念じた。楽しく演奏しろよ。楽しく演奏しないと、音楽の神様は絶対に会いに来てくれない。だから楽しんで楽しんで楽しんで、その先にあるものを見つけてこい。

いや、一緒に、見つけに行こう。

第三章

僕達は『汐風のマーチ』になりたかった

1　未知なる領域

「一番練習したいときに練習できないってのは、なかなかのジレンマだよな」

隣を歩く三好先生が、遠くから聞こえるロングトーンの音に耳をすませながら言う。窓を開けてもちっとも風の吹き込まない廊下に響くこの音は、ホルンだ。

「まあ、それは俺達教える側だけじゃなくて、子供等もだろうけどよ」

夏休みに入って三好先生も仕事に余裕ができたらしく、部活に顔を出すようになった。合奏は瑛太郎に任せてくれるが、パート練習は手分けして見て回っている。

千学は、埼玉県吹奏楽コンクール地区大会を無事突破し、県大会へ駒を進めた。県大会の次は西関東大会、そして全日本。まだ道は長い。

しかし、県大会まで一週間しかないというのに、夏休みに入った千学では三年生を対象とした夏期講習が行われている。土日とお盆を挟んだ一週間を除いて、平日の午前中に、ずっと。希望制らしいが、ほとんどの三年生が塾通いと並行して受講しているとか。

県大会から西関東大会へ進めるのは上位九校。一体、一週間で何ができるか。

「今日、合奏できるのか？」

地区大会直後から全員揃っての合奏をほとんどできていない。今日は今日で、三年の部員が多く通っている塾でテストがあるとかで、ほとんどの三年生が欠席していた。

「テストが終わったら練習に顔を出すって言ってる子もいるんで、やるつもりです」

「大変だなあ。ホント、今の高校生は大変だよ。部活だけやってても文句を言われ、勉強だけやってても文句を言われ、受験や就職で転けたら自己責任だ」

ぶつぶつとこぼす三好先生と、階段の前で別れた。先生はクラリネットパートへ、瑛太郎は一階上で練習するトロンボーンパートの元へ向かった。

教室のドアを開けると、意外な人物がいた。

「幸村、どうした」

一ヶ月以上前に退部したはずの三年の幸村望が、車座になったトロンボーンパートの中央に立ち、メトロノームに合わせてバチで譜面台を叩いてリズムを取っていた。瑛太郎を見て、ばつが悪そうに口をもごもごとさせる。

「今日は、塾が休みなので」

「そういう日を練習じゃなくて勉強に充てるために退部したんじゃないのか」

「三年が今日はテストで休みだって聞いたので、ちょっと練習の手伝いでもしようかなと」

瑛太郎と入れ替わるようにして、幸村はコンクールメンバーから落ちてしまった下級生の練習を見てくると言って、教室を出て行った。

「幸村が手伝ってくれると、助かるか？」

パートリーダーの駒澤忠士に、試しにそう聞いてみた。トロンボーンを抱えた彼は、「助かるっていうか、安心しますよね」と即答する。

「こっちも頑張らなきゃって思うじゃないですか。それに、一年の練習を見てくれるから、今日みたいに三年が俺しかいない日なんかも、自分の練習に集中できるし」

その言葉に違和感を覚えてしまうのは、自分が半端に年を重ねてしまったからだろうか。

胸の奥にぼんやりとした不快感を抱えたまま、練習を始めた。全員揃って合奏ができないなら、パート練習で細かな部分を微調整することに時間を割ける。トロンボーンのあとに、同じように三年生がいない低音パートを見た。そのあと向かったトランペットパートは全員が練習に参加していた。パートリーダーの櫻井は「三年がいないと一、二年に示しが付かないから」と、塾のテストを休んだという。

パートを渡り歩くごとに小さな悩みが積み重なっていき、結局「県大会をどう乗り越えるか」という大きな悩みに吸収される。

サックスパートの練習する教室に辿り着くと、そのタイミングを見計らったように池辺豊が教室に入ってきた。慌ててやって来たのか、眼鏡が鼻からずり落ちそうになっている。

「三年生の代わりに、入ってもいいですか」

別室で練習していたのか、アルトサックスと譜面台を抱えて「お願いします」と瑛太郎に頭を下げてくる。今日は三年の越谷が塾のテストのために練習を欠席している。アルトサックスが基だけではパート練習も何もないなと思っていたから、ちょうどよかった。池辺だって、それをチャンスだと思っているだろうから。

「じゃあ、セカンドで入ってくれ」

池辺を加えて始まったパート練習だったが、数分で瑛太郎は目を瞠ることになった。

「池辺、随分上手になったな」

思わずそうこぼすと、池辺はマウスピースから口を離し、「ありがとうございます」と平坦に礼を言ってきた。でも、その頰が微かに上気している。

「音が柔らかくなって、前に広がるようになった」

オーディションのときは音が刺々しくて、張り詰めて聞こえた。音が上に抜けてしまうようなもったいない吹き方だった。それがちゃんと改善されている。

「一年にでかい顔させてらんないですから」

棘を隠そうともしない声を、ストレートに隣に座る基へぶつける。案の定、基がちらりと彼の方へ視線をやり、気まずそうに眉を寄せる。

「いいことだ」

長期間に及ぶコンクールのメンバーを選ぶオーディションだからこそ、落ちたことをバネに大きく成長する者もいる。

「県大会までは時間がないから今のメンバーで行くけど、支部大会の前にもう一度オーディションをする。だから、もう少し粘って頑張れ」

池辺はもう一度「ありがとうございます」と頷いて、口の端を嬉しそうに吊り上げた。

サックスパートの他の部員を先に音楽室へ帰し、基のソロを見ることにした。というより、本人からそう頼まれた。顔に焦りの色が浮かんでいるのは、池辺の影響だろうか。

「自分でどう思う?」

『風を見つめる者』のソロを吹き終えた基は、緊迫した面持ちで瑛太郎を見つめた。

「県大会で、鳴神とソロを交代するに足る演奏だったと思うか?」

そう聞くと、基は唸り声を上げながら椅子の背もたれに崩れ落ちた。

「自分でまだ納得がいってないだろ。それが音に出てるぞ」

「だって、やればやるだけわからなくなるんですもん」

額の汗を拭って、基が盛大に溜め息をつく。生徒用の椅子に腰掛け、瑛太郎は苦笑した。

「サックスは音楽の歴史の中でも比較的新しい楽器だ。その分、歌わせやすい。だからこそ茶園のソロは圧倒的じゃないといけないんだ。作曲者がひっくり返るくらいな」

「先生、『風を見つめる者』の作曲家と、知り合いなんですか?」

突然、基がそんなことを聞いてくる。

「何だか、友達のことを話してるみたいだから」

　果たして、奴は今、俺の何なのだろうか。馬鹿らしいと思うのに、そんなことを考えてしまう。今更自分と水島楓の関係に名前をつけようだなんて、ナンセンスだ。

「中学のときに、同じ吹奏楽部だった」

「凄い、同級生が作曲家なんですね」

　両目を輝かせる基に、ごちゃごちゃと言い訳の言葉を重ねる気にはなれなかった。

「そいつがよく言ってたよ。『コンクールは十二分間の演奏会』だって」

「地区大会の前に瑛太郎先生もそう言ってましたよね。『楽しい演奏会にしてこよう』って」

「コンクールだろうと、ステージに立つってことは演奏会を開いてるのと同じなんだ。ポイント稼ぎとか減点を避けるとかじゃなくて、審査員を含めた観客をどれだけ楽しませるかだ」

　綺麗事だと言う人もいるだろう。観客を楽しませたからといって金賞を取れるとは限らない。金賞を取らなければ上位大会には進めない。

「ある日突然視界が開けて、見つかるから」

　上手く言い表せない気がして、「こんな風に」と両手を基の前でパチンと合わせてみせる。

「茶園の思う『風を見つめる者』にぴったり嵌まる風景とか、色とか匂いが見つかる瞬間が、絶対にある。茶園が納得のいくソロが吹けるようになったら、俺に聴かせに来い」

「自分と……先輩達が、納得するくらいのソロ、ですか？」

浮かない表情で基が聞いてくる。自分の膝に頰杖をついて、瑛太郎は基に問いかけた。

「しんどいか？」

虚を突かれたような顔をして、基がこちらを見上げてくる。

「オーディション以降、池辺とか、他の二、三年からも、当たりがきつそうだから」

「別に、あからさまに嫌がらせされたりとか、そんなことはないです。自業自得だなと思ってるし……全然気にならないってわけでもないですけど」

ぽつりとこぼれた基の本音に、瑛太郎は唇を引き結んだ。

彼の性格を知った上で部長にしたのも、コンクールメンバーに残したのも自分だ。基が周囲から孤立してしまう元凶は、どう考えても瑛太郎だろう。

「きっと、みんな、玲於奈にソロを吹いてほしいと思ってます。いい演奏だとか悪い演奏だとか以前に、みんなの心情として」

その場面を想像し、確かになと瑛太郎は頷いた。でも、基はか細い声で「だけど」と続ける。

「『あいつは腹が立つからソロを吹かせたくない』っていうみんなの気持ちを、僕が自分の演奏で覆せればいいんですよね」

言っていることは好戦的なのに、基は苦しそうだった。

「楽しみにしてる」

一瞬だけ迷って、瑛太郎は基の頭に手を伸ばした。ぐりぐりぐりと、彼の頭を撫で回す。

「どうしてもしんどくなったら、またチャペルで『スケルツァンド』でも吹こう」

「あ、いいですね、それ」

基がやっと笑顔を見せてくれて、瑛太郎は安堵した。

そろそろ合奏を始める時間だ。人が足りなくて完璧な合奏とはいかないだろうが、池辺のようにこれをチャンスだと思って我も我もと乗り込んでくる部員がいるかもしれない。

瑛太郎が椅子から腰を上げるより先に、楽器を抱えた基が立ち上がった。瑛太郎を見下ろし、「先生は……」と言葉を探すように聞いてくる。

「七年前、課題曲だった『汐風のマーチ』を、何を想いながら吹いたんですか」

懐かしい曲名に、一瞬言葉を失う。基が「参考までに聞きたいんです」と付け加えた。

「『風を見つめる者』のソロのヒントを先生からもらうのは卑怯だと思うので、先生がコンクールで演奏した『汐風のマーチ』がいいかなって。僕も中学の頃に吹いたので」

当時を思い返しながら、瑛太郎は腕を組んだ。楓に、番組ディレクターの森崎さん、吹奏楽部のみんなの顔。音楽室、ステージ、客席。潮が満ちるように一つの光景に行き着く。

「アクアアルタかな」

身を乗り出すように猫背になった基が、「……はい?」とぎこちなく首を傾げる。

「全員がその通りってわけじゃないけどな」

当時、瑛太郎達は曲のイメージを統一しなかった。各々が最高と思うものを持ち寄り、指揮者が一つにする。あの十二分間は、音楽の神様に自分達の音楽を献上する時間だった。

「アクアアルタ、調べてみます」

「あくまで俺の場合は、だからな」

教室を出ると、すべてのパートが音楽室へ戻ったようで、微かにロングトーンの音が聞こえた。学指揮の玲於奈が今日は欠席だから、誰かが代わりに指揮台に立っているのだろう。もしかしたら、幸村かもしれない。

「うっ……」

先ほど、基が地区大会のときのことを話したからだろうか。突然、思い出した。

呻き声を上げて立ち止まった瑛太郎を怪訝そうに振り返った基に、両手を合わせる。

「地区大会のときは悪かった。演奏の直前に変なこと言って」

ああ、と合点のいった顔をした基は、「びっくりしました」と肩を揺らして笑う。

「『俺がいた場所なんだから、失敗したら承知しねえぞ』ってことかと思いました」

「何様だよ、そいつ」

釣られて笑いながら、自分があんなことを言った理由が、なんとなくわかった気がした。

「先生がですか？」

「緊張してたのかもな」

嘘だあ、という顔でこちらを見る基の肩を叩いて、再び歩き出す。

「コンクールで指揮をするのは、初めてだったから」

「先生でも緊張したりするんですね」

「するさ、人間だからな」

笑い合いながら第一音楽室の前まで移動して、思い立って第二音楽室のドアを開けた。コンクールメンバーから漏れた八人の部員が、各々の課題に取り組んでいる。彼等を引き連れて第一音楽室へ入ると、指揮台の上でテンポを取っていたのはやはり幸村だった。

「人数も少ないことだし、彼等にも合奏に入ってもらうから」

幸村に礼を言って場所を代わり、セッティングメンバー達を空いている席に座らせる。明らかに、コンクールメンバーの顔色が変わった。

「別に、練習を休んだらコンクールメンバーから下ろすってわけじゃない。ただ、セッティングメンバーにとってはチャンスだよなと思って。県大会前に互いにいい刺激になるだろ」

譜面台に置いてあったスコアを捲り、『スケルツァンド』という曲名を睨みつけながら、浅く息を吸って、もう一度室内を見回した。

「三年は受験勉強もあるし、一、二年だって塾の夏期講習やら何やらで忙しいだろう。部活と同じくらい進路だって大事なわけだから、そちらを蔑ろにしてまで無理に部活に来いとは言わない。時間ばかり取ってひたすら練習するだけが練習じゃないしな」

パチンと、胸の奥で音がした。悩んだところで練習時間が増えるわけでも、部員達が何もかも投げ出して練習に打ち込めるわけでもない。そんなことさせたくない。

「時間がないなら、短い時間で中身の濃い練習をしていこう。中身の濃い練習をするには、それなりに精神力がいる。ただ同じ箇所を時間を掛けて繰り返せばいいってもんじゃない」

指揮棒を手に取る。コルクでできた持ち手を握りながら、瑛太郎は静かに頷いた。

「全日本まで毎日、楽器に触れる喜びを感じながら練習して行こうじゃないか」

これはなかなか難しい課題を与えているなと、自分でも思った。

でも、課題を与えられたら、まずこなそうとするのが彼等だ。これから県大会まで、「中身が濃いってなんだよ」と悩みながら練習するのだろう。

あと一週間弱でそれがどう作用するか。不思議と楽しみに思いながら、指揮棒を振った。

2　アクアアルタへの行進

どうして姉の部屋のドアをノックするのにこんなに勇気が必要なのか。里央が就職する前は、こうじゃなかったのに。憤りながら、基は木製のドアをノックした。だいぶ間を置いてから、「なあに?」と返答がある。

ドアを開けると、里央はラグの上でクッションを抱えてスマホをいじっていた。部屋の内装は以前と変わりない。壁に仕事用のスーツが掛けられるようになったの以外は。

「ちょっと聞きたいことがあるんだけどさ」

今日は、珍しく里央が零時前に帰ってきた。

「いいけど、何?」

「姉ちゃんさ、二月に卒業旅行でヴェネチア行ったでしょ?　せっかくカーニバルを見に行ったのに、アクアアルタで大変だったって言ってたから」

「確かに大変だったけど、それが?　何なの?　夏休みの宿題?」

こめかみを親指でぐりぐりと揉みながら、里央が聞いてくる。

「部活だよ。アクアアルタをイメージした曲があってさ。どんな感じなのかなって」

「なんだ、部活か」

呆れたという顔で里央は肩を竦めた。けれど、重たい体を引き摺るようにして立ち上がって、本棚から大量のポストカードを持って来てくれた。

「ヴェネチアで買ったやつ」

里央は旅行に行くと、必ずポストカードを買ってくる。

「凄いね」

ポストカードを眺めながら、基は声を上げた。真っ青な海が街の目の前まで迫り、海鳥が飛んでいる。映画の舞台のような古い街並みの中を水路が巡り、ゴンドラが浮かぶ。

「これ、アクアアルタのときのやつ」

里央が指さしたポストカードは、高潮に浸水した広場を写したものだった。アクアアルタとはイタリア語で高潮を意味し、ヴェネチアのあるイタリア北部では冬になると定期的にアクアアルタが発生して、街が浸水するらしい。

「綺麗だね」

水面に街並みや空の色が反射し、ファンタジー小説のワンシーンのようだった。

「実際は、寒いし靴も服もびしょびしょになって、最悪だったけどね」

里央がスマホで当時の写真を見せてくれた。大学の友人四人と行った卒業旅行。浸水した広場でピースサインをする里央。重厚な衣装と仮面をまとったカーニバルの一行。魚介を使った美味しそうなパスタ。寒かったという割に何度も登場する色とりどりのジェラート。写真の中で楽しそうに笑う里央の顔は、今よりふっくらと健康的だった。

「寒かったし、アクアアルタで街中水浸しだったけど、でも確かに綺麗だったよね。別世界に来てるみたいで、なんか自分の未来が明るいような気がした」

　思わず、里央の横顔を凝視した。気づいた里央が、しかめっ面でこちらを見てくる。

「こんな話、部活の役に立つの？」

「立つ立つ、凄く役立つ」

　ふっと吐息のような笑いを里央がこぼしたのが聞こえて、何だか安心した。

「アクアアルタの曲って、コンクールで吹くの？」

「関係はあるんだけど、コンクールでは吹かないかな。ていうか、県大会、明日だし」

　里央が目を丸くし、ポストカードの山を手渡してきた。「貸してあげるから早く寝な」と。

「あんたって本当、マイペースだよね。母さんがイライラするわけだよ」

「えー、僕のせいなの？」

「父さんが会社辞めるから、うちも大変なんだよ。なのにあんたは部活ばっかりだから」

「姉ちゃんだって自分の仕事ばっかりじゃん」

　うるさい、高校生に何がわかんのよ。そう言われて部屋を追い出されたけれど、久々に里央と長く話をしたことに、できたことに、無性に安心した。

＊　＊　＊

　普段よりずっと早い電車で登校したら、音楽室に六時に着いた。すでに日は昇ってあたりは明るいのだけれど、集合時間は七時だ。さすがにまだ誰も来ていない。自分の椅子に腰掛けてサックスのケースを開けると、大きな欠伸が出た。三時間半ほどしか寝ていない。でも、頭は冴えていた。

音出しもそこそこに、目を閉じる。わかっている。今日は県大会当日で、一分でも一秒でも長く、『スケルツァンド』と『風を見つめる者』を練習するべきだ。こんなことをしていたらまた、先輩達から白い目で見られるかもしれない。

わかっている癖に、『汐風のマーチ』を吹いた。誰もいない校舎に響く行進曲は、今日のコンクールを幸先いいものにしてくれる気がしたし、何より、吹かないと何も始められない。

里央が見せてくれたヴェネチアの風景を思い浮かべながら吹く『汐風のマーチ』は、今までとは違う曲に聞こえた。中学時代にこの曲を吹いたのは……体育祭の入場行進だ。あのとき自分は、顧問から言われた「軽やかに」とか「前へ進むように」という言葉を必死に表現しようとして、それに精一杯で、頭の中に風景なんてなかった気がする。

中学三年間、死に物狂いで練習しても全日本へは行けなかった。力尽きて吹奏楽から離れようとした。指揮者に言われるがまま指を動かしていただけののっぺらぼうな演奏で、何を偉そうに頑張った気になっているんだと、あの頃の自分を叱咤したくなる。

実際には訪れたことのないヴェネチアの街が、アクアアルタで海に浸る。青空の下を風が吹き抜ける。古びた宝石のような街に打ち寄せる波の音がする。潮の香りがする。

水面に美しい街並みと青空が映り込み、誰かがその上を走る。水しぶきが飛ぶ。色彩豊かな衣装を身にまとった人々が踊る。その中に、かつて憧れた千学吹奏楽部の一行が楽器を手に混ざっている。

もちろん、高校三年生の不破瑛太郎も。

七年前。小学生の基がテレビの前で見ていた不破瑛太郎は、こんな景色の中で『汐風のマーチ』を吹いていたのかもしれない。その欠片が自分と繋がったことを、基は嬉しく思った。

「――基」

何度目かの『汐風のマーチ』を吹き終えた瞬間、名前を呼ばれた。玲於奈の声だった。振り返った瞬間、自分の両目から何かが流れ伝っていって、「うわっ」と声を上げた。

それ以上の戸惑いの声が、音楽室の出入り口の方から聞こえてきた。

時計を確認すると、集合時間まであと十分ほどになっていた。吹奏楽部の部員達が、音楽室の入り口にわらわらと溜まっている。ああ、多分、僕がいるせいで入ってこられなかったんだ。県大会当日に部長が課題曲でも自由曲でもない『汐風のマーチ』を吹いているんだから。

しかも、両目からぼろぼろと涙を流しながら。

「あんた、何やってんのっ」

意を決したように玲於奈が近づいてきて、制服のポケットから出したハンカチで顔をごしごしと拭かれる。保育園に通っていた頃、しょっちゅう玲於奈にこうされたっけ。

「朝イチで練習してるのは偉いなって思うけど、なんでこれから県大会だってときに『汐風のマーチ』なわけ？　しかもなんで泣いてんの？」

弁明をせねば。せめて何か言い訳を。そう思うのに、喉をこじ開けるようにして飛び出してきたのは、どれでもなかった。

「玲於奈、僕ね」

鼻を啜ると涙でぼやけていた視界が晴れて、玲於奈以外の顔がよく見えた。堂林が呆然と半口を開けている。越谷先輩が……あの顔は多分引いている。クラリネットの大谷先輩、チューバの増田先輩、トランペットの櫻井先輩も、いる。池辺先輩もいる。大勢の人が自分のことを見ているのに、何故か、口元がほころんでいく。鼻先を汐の香りが掠(かす)めていった気がした。

「吹奏楽、やめないでよかったよ」

もう一度戻ってきた。戻ってきたおかげで、七年前の不破瑛太郎と同じ景色を垣間見ることができた。行ったこともない異国の地に吹く汐風が、自分の頬を撫でた。

「――吹奏楽、続けててよかった」

今日の空は、入道雲が落ちてきそうだった。どこに止まっているのか、蝉の声が四方八方から響いてくる。それが何を暗示しているのか、基にはわからない。

県大会の会場であるホールの外で、吹奏楽部の面々は集合時間がくるのを木陰に集まってひたすら待っている。なんとなく居たたまれなくて、基は離れたところにいた。日向で暑いけれど、構わない。それくらいの羞恥心は持ち合わせている。

「今朝のことを、《号泣『汐風のマーチ』事件》と名付けて後輩に語り継ごうと思う」

なのに、堂林がわざわざ基の隣にやって来て、そうやってからかってくる。

「でさあ、なんで朝っぱらから『汐風のマーチ』を吹きながら号泣してたわけ？」

音楽室で、バスの中で、堂林と玲於奈から散々聞かれた。汗で湿った髪をがりがりと掻いて、基は大きな溜め息をついた。

「あのね、『風を見つめる者』のソロをどう吹けばいいのか、ずっと悩んでたんだよ。で、参考までに先生が高三のときに『汐風のマーチ』をどう吹いてたのか聞いたの」

「へえ、それで？　先生に聞いて何かわかったわけ？」

アクアアルタの話を、堂林にかいつまんで聞かせた。笑われると思ったけど、彼は真剣に、興味深そうに聞いてくれた。乾いた土に雨が染み込んで行くみたいで、話していて気持ちがよかった。基が味わった熱の片鱗を、彼も感じたのかもしれない。

「なんとなく、『風を見つめる者』も吹けるような気がするんだ。県大会には間に合わなかったけど、次は、って思ってる」

「お前、もう県大会通過する気でいるんだな」

嫌に冷静な声で堂林が言ってきて、基ははっと顔を上げた。

千学はこの六年間、西関東大会へ出場したことがない。ずっと県大会で敗退してきた。

「僕は、また自分のことばっかりだね」

手持ち無沙汰な気分になって、ブレザーの前ボタンをいじる。何だか異常に暑いなと思ったら、冬服を着ているからだ。本番は冬服を着て臨むから、この気温では暑くて当然だ。

「瑛太郎先生には、僕がそういう奴だから部長にしたって言われたんだけど。でも、部のみんなには反感買ってばっかりだし」

首筋を伝った汗は、暑さのせいだろうか。冷や汗だろうか。部長らしいことなど何一つできず、自分の演奏にばかり目を向けている基を、堂林はどう思っているのだろう。

「まあ、いいんじゃない?」

日差しがきつかったのか、目の上に右手をやって堂林は基を見た。ガラス玉みたいな目が影で覆われて、表情が読めなくなる。

「ぶっちゃけ言うと、ずーっと、なんで俺じゃなくて茶園が部長なんだろうって思ってたんだよね。リーダーらしいことをするなら、俺の方が向いてると思うんだよ」

「それは僕も思うけど」

「でも、オーディションのときとか、ソロを練習してる茶園を見て、なんとなく瑛太郎先生が考えてることがわかった気がしたんだ。お前にはノイズがないんだ」

ノイズ。堂林の口から飛び出した単語に首を傾げると、彼は基から目を逸らして続けた。

「俺の演奏って、多分、一番になってやろうとか、誰かから凄いって言われたいとか、そういう欲望塗れなんだよな」

「いや、それが君のいいところだと思うけど」

素直にそう言うと、堂林は「それはどうも」と薄く笑う。

「でも、瑛太郎先生がほしいと思った新しい風はそういうのじゃなくて、茶園みたいなのだったんだろうな。背中で周りを引っ張る、みたいな？」

自分の理想の音を追いかけられる奴。そう続けた堂林が額から手を離す。覗いた両目は普段と変わりなくて、基は無意識に一歩後退っていた。

「いや、僕って背中で引っ張れてるの？　むしろドン引きしてない？　『汐風のマーチ』吹いて号泣してる人の背中にみんなついていくの？　ムカついてない？」

「ムカついてるに決まってるだろ。茶園がオーディションで越谷先輩をぶっちぎってアルトサックスのトップ奏者になって、なのに全然納得いってないってしれっと言ったせいで、みんなどれだけ苛立ったと思ってんの？　そりゃあ池辺先輩も、他の連中も怒るだろ」

痛いところをずばずばと突きながら、堂林は「だけど」と呆れたように肩を竦めた。

「そのせいでみんな、オーディションのあとも浮かれないで練習できたんだと思う。オーディションに受かるとか、合奏で先生に怒られないとか、言われたことをちゃんとやるとか。そういうものの先を見て練習してる奴がいて、しかもそれが一年で、しかも部長で、その上ムカつくとか、頑張るしかないじゃん」

けたたましかった蝉の声が、一瞬、もの凄く遠くなった。自分と堂林の二人だけが、薄い薄い膜に包まれたようだった。

「それって、僕を褒めてくれてる？」

念のためそう聞くと、渋々という顔で堂林は頷いた。

「他の連中がどう思ってるか知らないけど、俺はお前のこと部長だと思ってるよ」

捲し立てるように早口でそう言うと、堂林は「あー暑い、日陰行こう」と踵(きびす)を返してしまった。額に貼り付いた前髪をいじりながら、吹奏楽部のいる木陰に足早に向かって行く。

「ありがとう」

その背中を追いかけながら、基は礼を言った。ずっとずっと……オーディションよりずっと前、もしかしたら瑛太郎に部長に指名されたときから胸にあった重しのようなものが、入道雲に吸い上げられるようにして消えた。

振り返った堂林が、口の端を吊り上げながら言った。

「十月にコンクールが終わったら、定演のときでも何でもいいから、『汐風のマーチ』やろう。俺、吹いたことないんだ」

十月にコンクールが終わったら。それは、全日本まで進むということだ。

チューニング室に通され、小ホールでのリハーサルを終えたら、あっという間に舞台袖だった。薄暗く狭い場所で、基はステージからこぼれる明かりを眺めていた。

千学の演奏順は昼休憩が終わった直後だから、余裕を持ってステージに上がることができる。いつもなら舞台袖で前の学校の演奏をじっと息を潜めて聴くのだが、今日はそれもない。

「あんた、まだ瞼が赤いよ」

突然、側にいた玲於奈がそんなことを言ってきた。

「玲於奈がごしごし擦ったからでしょ」

「えー、私のせい？」

大きく頷くと、「生意気な」と肩を小突かれた。首から提げたアルトサックスを守るように身を引いて、言い返そうとしたとき、玲於奈がさらにこう言った。

「でも、ちょっと嬉しかったよ」

両手で大事そうにオーボエを抱えて、玲於奈は首を傾げるようにして笑った。

「吹奏楽続けててよかったって、基が言ったから。一瞬、泣くほど部活が嫌になっちゃったんじゃないかって、心配しちゃった」

スタッフの声が聞こえて、勝色の制服を着た一団が、ぞろぞろと動き始める。

「今日で終わりにしたくないね。私、もうちょっとコンクール出たいし、吹奏楽やりたい」

まるで誰かに言い聞かせるようにして、玲於奈はステージに出た。照明の光が彼女の後頭部から背中、スカート、足、爪先へと這うようにして伸びていった。

『スケルツァンド』の出だしは、完璧だった。瑛太郎がずっとこだわっていた冒頭部分も、軽快で楽しげで、音が連なって踊っているようだった。

ああ、この人達、上手くなったんだ。自分でも偉そうだなと思いながら、基はバンド全体の音を聞いた。どのパートも四月より格段に上手くなっている。

基が、自分の演奏に夢中になっている間に。

瑛太郎の視線が飛んでくる。中間部のアルトサックスの主旋律が始まる。越谷先輩と共に、植物のようにうねる金色の楽器を、歌わせる。何度も何度も練習したから、越谷先輩との息もぴったりだ。あとに続くクラリネットのメロディにも、綺麗に繋がった。

指揮棒を振る瑛太郎の口角がわずかに上がったのが見えた。指揮棒の先が揺れるたびに、ステージの上で音が弾ける。

三分半の課題曲を演奏し終えると、一呼吸置いてまた瑛太郎が指揮棒を構えた。譜面を捲り、再びマウスピースを咥えた。

グロッケンとヴィブラフォンの透き通った音にチャイムが重なる。青空の下で教会の鐘が朝を知らせるようで、トライアングルの音色はそこを鳥が飛んでいくみたいだった。体の中の、深い深い場所に、チューバやトロンボーンが響いてくる。

大きく息を吸って、サックスへと注いだ。シンバルの音に合わせ、さまざまな楽器の音が舞い上がる。風に巻き上げられるようにして、遠くへ飛んでいく。オーボエのソロが来る。無音の空間に響いたオーボエの旋律は、まるで祈りのようだった。

『私、もうちょっとコンクール出たいし、吹奏楽やりたい』

ステージに出る直前の玲於奈を思い出し、わかった気がした。玲於奈の吹くソロは、祈りなのだ。もう少し吹奏楽の世界にいたいという、彼女の願いで色づけられている。

そうか、そうだったんだ。自分のソロにばかり気を取られて、全然気づかなかった。

唇を噛み締めた瞬間、自分の譜面に書き込まれた文字が目に入った。練習中に瑛太郎から指示されたことが、すべて記入してある。ここは強く、ここは柔らかく、他のパートの音を聞いて。楽譜そのものよりも手書きの文字の方が目立つようになってしまった。

ソロの部分にも、自分の筆跡で文字が書かれている。どう吹けばいいのか、自分はこのソロで何を表現すべきか、迷いに迷って、何度も消した跡がある。

オーボエの音色が止むのに合わせ、少しずつ楽器の音が増えていく。あたり一面に花が咲くように音が広がっていく。

指揮棒が動きを止める。瑛太郎が両手を下ろす。バンド全体を見回し、指揮台を下りた。楽器を手に立ち上がる。客席を向く。拍手が聞こえた。

こんな拍手を、何回聞くことができるのだろう。考えた瞬間、胸が抉られるように痛んで、目の奥が熱くなった。そんな感傷なんて知る由もなく、次に演奏する学校がステージに現れる。急いでステージから捌け、記念撮影を行うホワイエへと移動する。記念撮影をして、楽器を搬出し、夕方の表彰式まで他の学校の演奏を聴くことになっている。その前に一度、ホールの外でミーティングをすることになった。

木陰に腰を下ろした部員達を前に、まずは三好先生が「お疲れさん。いいステージだったぞ」とねぎらいの言葉をかけてくれた。そのあと、瑛太郎が一歩前に出る。

「君等は、自分達の演奏をどう思う？」

瑛太郎の黒いスーツとシャツに当たる木漏れ日が、一段と眩しかった。

「今やれる最高のものをやれたと思ってまーす」

背後から堂林の声が飛んできて、それに背中を押されるように同意する声が続いて、瑛太郎は列の後ろの方を見やった。

「池辺は、袖で聞いててどう思った」

セッティングメンバーの一人、池辺先輩がすぐさま答えた。冷静に、平坦な声で。

「西関東に行ってもらわないと困ります」

その言葉を誰も笑わなかった。瑛太郎が合奏にセッティングメンバーを混ぜるようになってから、嫌でも感じてきた。気を緩めたら、手を抜いたら、取って代わろうとしている部員がいる。控えのいないパートでさえ、周囲の緊張に飲まれるようにして練習に取り組んだ。

息苦しいのとは、違う。海の底をたゆたうような、満ち足りた静かな緊張感だった。

ははっ、と突然瑛太郎は笑った。高校生の頃のような屈託のない笑顔だった。

「やれることはやったとか、力は出し切れたとか。君等は自己評価があまり高くないんだな。俺が高三だったら、今日の演奏に対してこう言うぞ――」

瑛太郎の背後からふわりと風が吹き抜け、みんなの視線が彼へ吸い寄せられる。

「西関東は決まったな、って」

瑛太郎を見上げたまま瞬きを繰り返したのは、基だけじゃなかった。ここまでの賛辞を彼から送られたのは、初めてだったから。

「といっても、プレイヤー側の達成感や満足感を裏切る結果が出るっていうのも、コンクールのあるあるだから。俺も高一と高二のときは、県大会で『絶対に西関東に行ける』と思ってたのに、二度もダメ金で落とされた」

今度はにやりと笑って、基達を見下ろす。

「まあ、でも、もう演奏は終わっちゃったんだ。結果を待つしかない。同じ《待つ》なら、胸を張って自信を持っていこう」

褒めて浮かれた部員達の気持ちを、しっかり緊張の海の中に戻してくる。

「じゃあ、部長からも一言頼む」

瑛太郎が基を見る。返事をして基は立ち上がり、前へと出た。地区大会のときも、こうして本番直後に話をした。お疲れさまでした。せっかくの機会なので、他の学校の演奏もできるだけ聴いてしっかり勉強しましょう、と。

そんなテンプレート通りの言葉を口にしながら、頬が引き攣った。痙攣した。目元に走った鈍い痛みで、基は気づいた。

僕は今、悔しいんだ。

コンクールのステージは有限で、自分が吹奏楽をやっていられる時間にも限りがある。ある日突然、音楽の世界から放り出されるかもしれない。なのに、今日、ソロが吹けなかった。大切な一回が終わってしまった。

カラオケボックスで、教室の片隅で、ソロの練習をしていた自分が思い浮かぶ。書いては消しを繰り返した楽譜が蘇る。藻掻いた時間がまだ実を結んでいないと思い知らされ、奥歯を嚙み締めた。悔しくて悔しくて、堪らない。

今まで、悔しいと思っていなかった自分が悔しい。

「ごめんなさい」

崩れ落ちるように、基は頭を下げていた。戸惑うみんなの声を聞きながら、基は続けた。

「僕は今、もの凄く悔しいです。ソロが吹けなかったことが、凄く悔しい」

顔を上げたら、視界が端からじわりと滲む。一体何の涙なのか、自分にも判断できない。

「オーディションに受かった癖に『演奏に納得がいかない』とか言っちゃったり、県大会当日に『汐風のマーチ』を吹いて泣いたり、本番が終わってみんなが清々しい気持ちでいるのに『ソロが吹けなくて悔しい』って言っちゃったり、こんな最低な奴が部長でごめんなさい」

言いながら、本当にこいつは最低だなと思った。

「でも、僕は部長をやります。みんなを苛々させて、なんであんなのが部長なんだとか、あいつにソロなんて吹かせたくないって思われながら、それでも吹きます。『風を見つめる者』のソロだって吹きたいし、全日本に行きたい。何より、こんな悔しい気持ちで本番を終えるのは、もう絶対に嫌だ」

喉の奥が震えるのを奥歯を嚙んで堪えた。体の中の熱を吐き出すだけ吐き出して、煮え立った頭が冷静になって、自分は一体、みんなに何を伝えたいんだろうという疑問が降ってくる。

「だから……その、これからもよろしくお願いします」

吹奏楽部の面々が、肩すかしを食らったような顔で「えー」と口を開けた。

「なんだよ、《号泣『汐風のマーチ』事件》の真相を話すのかと思ったのに」

低く笑ってそう言ったのは、越谷先輩だった。

笑い声が飛ぶ中、「はいはーい」と手を上げたのはトランペットの櫻井先輩だった。

「一年生部長にリーダーらしくされても腹が立つだけだし、あんたが素でそういう奴だってよーくわかったから、今のままで結構でございまーす」

そのまま櫻井先輩は隣にいたクラリネットの大谷先輩を「ねえ？」と小突く。口をへの字にしながらも、大谷先輩は頷いた。

こつん、と爪先に何かが当たる。下を見ると、近くに座っていた玲於奈が足を伸ばして基の爪先を蹴っていた。こちらを見上げて、にやりと笑う。

釣られて笑いながら、基は頭を掻いた。汗で湿った頭皮をかりかりと引っ掻いて、

「どうも」とこぼす。

「えーと……茶園基、これからも頑張ります」

もう一度頭を下げると、「結局ただの自己紹介かよ」という声が飛んできた。

3 あの遠い日

「やっぱり、埼玉ってどこも上手いな」

最後の学校の演奏が終わった瞬間、瑛太郎の口から飛び出したのは感嘆の声だった。ステージにほど近い場所に陣取って他の学校の演奏を聴いていたが、どの高校も上手い。瑛太郎が現役だった七年前より格段にレベルアップしている。

「上手いですよね」

隣に座っていた玲於奈が、ゆっくりと頷きながら瑛太郎の独り言に応えた。

「そりゃあ、埼玉代表が西関東代表を独占するわけだよな」

「先生はさっき、『西関東は決まった』って言いましたけど、今はどうですか？」

「正直に言っていいか？」

座席の肘掛けに頬杖を突いて、小声で玲於奈を流し見る。

「段々自信がなくなってきたよ」

「やっぱり、そうですよね」

背もたれに寄りかかった玲於奈が、「私もです」と言ってきた。

「演奏が終わった瞬間は、絶対に金賞だって思ったんですけど、こうやっていろんな学校の演奏を聴いてると、どこも上手でわからなくなってきます」

西関東に行けるかもしれない。行けないかもしれない。蓋を開けてみるしかない。

「基はああ言ってましたけど、私は基を部長にしたのは正解だなって思ってます」

突然、玲於奈がそんな話を始めた。

「あいつ、今朝一人で『汐風のマーチ』を吹きながら泣いてたんですよ」

「それがさっきの《号泣『汐風のマーチ』事件》ってやつか」

緞帳の下りたステージを真っ直ぐに睨みつけ、玲於奈は続けた。

「今朝、基に泣きながら『吹奏楽、続けててよかった』って言われて。さっき泣きながら『悔しい』って言ってる基を見て。このままじゃソロを取られるって思いました」

基が本気でソロを玲於奈から奪うつもりでいること。玲於奈が絶対に死守するつもりでいること。痛いくらい、瑛太郎にも伝わってくる。

「私、ソロ吹きたいです。全日本が私の最後のステージだから、ソロ吹いて終わりたい」

玲於奈は大学進学後、薬剤師になるための勉強に専念するつもりらしい。大学で吹奏楽を続けることはないだろう。

「鳴神の気持ちは重々承知してるよ。最後だからって君に花を持たせようと思ってないし、鳴神がそれを望まないのもわかってる。西関東のソロも、本当にいいと思った方に頼む」

ステージから視線を移し、玲於奈がこちらを凝視してくる。アーモンドのような綺麗な形をした目が、瑛太郎を射貫いてくる。

その瞬間、会場にアナウンスが入った。緞帳が上がり、ステージの上に設置された台の上に参加校の代表が二人ずつ立っていた。千学の部長である基と副部長の堂林も、もちろんいる。

県の吹奏楽連盟の役員の挨拶に続いて、参加校の表彰に入る。

「まずは伊奈北か」

強豪・伊奈北高校が順当に金賞を取った。ここで終わる気なんてさらさらないだろうに、ホールの後方からは黄色い声がしばらく消えなかった。

その後も金賞受賞校が何校か出た。自分達の番が近づいてくるのに合わせ、部員達も口数が減っていく。瑛太郎の隣で、玲於奈が掌をスカートに擦りつけるようにして汗を拭いた。

千学の一つ前の学校が賞状を受け取る。銅賞だ。近くから落胆の声が聞こえてくる。

基と堂林が、ステージの中央へと向かう。二人とも口を真一文字に結んで、硬い表情だった。

七年前、自分はあそこで何を考えていただろう。

「――八番、千間学院高等学校」

すっと、瑛太郎は目を閉じた。

「ゴールド金賞！」

コールが終わらないうちに、隣にいた玲於奈が飛び上がった。目を開けると、周囲にいた千学の部員達が、コンクールメンバーもセッティングメンバーも関係なく、声を上げていた。男子生徒の多い千学の歓声は、まるで野生動物の雄叫びみたいだった。

そうだ。金賞を受賞したときは、いつもこうだ。自信があろうが、金賞を確信していようが、《ゴールド》と聞いた瞬間に言葉にならない感情が腹の底から飛び出して、声になる。それができない自分に、年を取ったんだなと思った。大人になったのではなく、年を取ったのだと。

「やったな、鳴神」

立ち上がったままステージを見つめていた玲於奈はゆっくりと瑛太郎を見て、大きく頷いた。

その右目からすーっと一筋涙が伝って、瑛太郎は狼狽(うろた)えた。玲於奈が慌てて涙を手の甲で拭い、「えへへ」と笑う。

「西関東大会に行くの、私、初めてです」

擦れた声で言って、ステージ上で喜びを噛み殺している基を見て、優しく笑った。

「あと一回勝てば、全日本なんだ」


「――瑛太郎君!」

親しげに名前を呼ばれたのは、表彰式を終えて、駐車場へ移動を始めたときだった。

錆び付いた空き缶の蓋がパカンと音を立てて開くように、その人の顔を思い出した。

「森崎さんっ?」

素(す)っ頓狂(とんきょう)な高い声が出て、近くにいた部員達が立ち止まってこちらを見た。

森崎さんは、七年前より少し頬が丸くなって髪が短くなっていた。夕日の中をばたばたと泳ぐようにして、森崎さんは近づいてきた。走り方が、当時と変わらない。

「やっぱりー! 千学の瑛太郎君だ!」

七年前、ドキュメンタリー番組のディレクターとして瑛太郎達に密着していた森崎さんは、面白いくらいに当時と変わらない様子で「久しぶりだねー、七年振り?」と瑛太郎に話しかけてきた。まるで、密着の続きが知らぬうちに始まったかのようだった。

「森崎さん、なんでコンクール来てるんすか? ていうか、ずっとドキュメンタリー作ってんですか?」

「作ってるよ。あれから七年、ずっと何かに密着してる。懐かしくなっちゃってさあ、今日は聴きに来たの。相変わらず埼玉県大会はチケット争奪戦が凄いね。どこも上手だし」

森崎さんの話を聞きながら、三好先生を探した。先にバスに向かってしまったのか、どこにも見当たらない。足を止めた部員達がこちらを見て何やら言い合っているが、森崎さんは気にしない。むしろ彼等を見て「もしかして！」と瑛太郎の肩を叩いてくる。

「瑛太郎君、母校の吹奏楽部の顧問になったのっ？　言ってたもんね、吹奏楽部の顧問になって、また全日本で金賞獲るって。こんなに早く顧問になっちゃうなんて、さすが、瑛太郎君だ」

「森崎さん」

どう説明したものか。瑛太郎は苦笑いした。するしかなかった。自分の中の森崎さんが七年前で止まっているように、彼にとっての不破瑛太郎も、七年前で止まっている。

「俺、教師じゃないんですよ」

え？　と森崎さんが首を傾げる。たたみ掛けるように、瑛太郎は続けた。

「今は、顧問じゃなくて吹奏楽部のコーチです。フリーターみたいなもんです」

森崎さんを前にして、やっとわかった気がする。吹奏楽の世界で、自分はずっとコンクールを目指していたかったのかもしれない。ずっとずっと、彼が密着していた頃の自分でいたかったのかもしれない。

永遠に。

「こんなことも、あるもんなんですね」

話をどう切り上げればいいのかわからなくて、そう自嘲する。森崎さんは神妙な顔で「そっかぁ」と繰り返した。柔らかな表情の奥で、森崎さんの目が光ったのがわかる。深い洞窟の中で鉱石の欠片でも見つけたみたいに、その視線が瑛太郎を捉えて放さない。

「まあ、人生いろいろあるよね。僕も離婚したりしたからなあ」

密着中もよく森崎さんとそんな話をした。仕事が忙しくて家族をほったらかしてるから、家に帰っても立つ瀬がないと。よくもまあ、そんなプライベートな話までしたものだ。

「瑛太郎君、もう二十五でしょ？　あの頃と違って、一緒に飲み行けるね」

森崎さんは嬉しそうだった。でも、その嬉しさの向こうに違うものが見え隠れする。

「俺、あんまり飲まないですけど、それでもよかったら」

「変わらず吹奏楽部は休みなく練習してるんでしょ？　瑛太郎君も三好先生も大変だ」

三好先生が去年心筋梗塞を患って、今はほとんど瑛太郎が練習を見ていること。三年生の受験勉強やら、学校からの制約もあって、なかなか思ったように練習できないこと。一緒に駐車場の方に向かいながら、森崎さんに聞かれるがままそんな話をした。

「みんな大変だね。部活をやる方も、指導する方も、支える親も、みんな大変」

にこにこと笑う森崎さんの眼差しだけがずっと真剣で、瑛太郎の口は徐々に重くなっていく。うなじのあたりを冷たい手にずっと撫でられている気分だった。七年前の自分と今の自分を隣同士に並べて比べられているような、そんな気がした。

別れ際に、森崎さんと連絡先を交換した。近々一度飲みに行こうという約束まで、気がつけばしていた。

森崎さんの姿が駅の方に見えなくなって、瑛太郎は深く息をついた。現実を受け入れたつもりで、結局、受け止め切れていない。あの頃の輝きが強すぎて、必死にそれから逃れようとしている。どこで、そうなってしまったんだ。どこで、高校生の自分を直視できなくなったんだ。

「瑛太郎」

バスの中から、三好先生が呼んでくる。

「もう全員乗ったぞ」

気がつけば、バスの外にいるのは瑛太郎だけだった。

「日東テレビの森崎さんがいました」

バスに乗り込み、一番前の席に座っていた三好先生にそう告げる。先生はすぐに七年前のことを思い出したようだった。

「懐かしくなって聴きに来たそうです。本当かどうかわかりませんけど」

案外、新しい企画の下調べだったりして。三好先生の隣に座り、そんなことを思った。

「あの人、『熱奏 吹部物語』のあとにも被災地の高校生を追ったドキュメンタリーでも結構でかい賞を取ったの、知ってるか？」

「そうなんですか。高校卒業してからほとんど交流なかったんで、知りませんでした」

森崎さんの作った『熱奏 吹部物語』は、賞を取った。あの年に放送された全ての番組を対象とした、大きな賞だった。「いいドキュメンタリーになるよ」という、彼の言葉の通り。

その一報を受けたときのことは、よく覚えている。すでに瑛太郎は大学生になっていた。東日本大震災の直後で、音楽をやることを「不謹慎だ」と常に誰かから咎められているような、そんな気すらしていた。

『君のおかげだよ。ありがとう』

メールに書かれていたその一文に、自分のことみたいに嬉しくなったのを、鮮明に覚えている。泥の中を歩いているような毎日に、少し光が差したのも。

「もっと喜んだらどうだ」

バスが走り出してすぐ、先生がそう言ってきた。背後からは、西関東大会出場を喜ぶ部員達の声が聞こえてくる。

「七年前、お前は西関東大会だろうと何だろうと、金賞を獲ったら飛び跳ねて喜んでた」

「頭冷やせって言ってやりたいですね」

外が薄暗くなってきて、窓ガラスに自分と三好先生の顔がくっきりと映り込んでいる。

「悪かったな」

バスのエンジン音に紛れるように、三好先生がこぼした。

「先生のせいじゃないですよ。自己責任です」

遠くで玄関の鍵が開く音がした。目を開けると、「あれ、瑛太郎帰ってないの？」と徳村がダイニングの明かりをつける。

「うわっ、びっくりした！」

キャリーバッグを抱えた徳村が、ダイニングの床に寝転がった瑛太郎を見て飛び跳ねた。

「何してんの。西関東行けたんでしょ？」

県大会の結果はすでに徳村に伝えてある。泊まりの出張を終えて帰ったら、瑛太郎が上機嫌で夕飯でも作っていると思っていたのだろう。

「帰ってきてからずっとそこでぶっ倒れてるわけ？」

自分の部屋に荷物を置いて戻ってきた徳村が、瑛太郎の傍らにしゃがみ込む。

「といっても、帰ってきたの十五分くらい前だけど」

「スーツ、皺になるぞ。あと顔にフローリングの跡付いてる」

頬がひりひりと痛むと思ったら、確かに顔に一本、細い線が走っていた。

「でもわかるよ、コンクールってしんどいもんな。いつも終わったら疲労困憊だったもん」

けらけらと笑いながら徳村が冷蔵庫を開ける。「何もないから夕飯はカップラーメンでいいか」と言う彼の背中に、瑛太郎は投げかけた。

「森崎さんに会った」

「森崎さん？」

って、あの森崎さん？　瞬きを繰り返し、徳村が聞いてくる。

「なんで森崎さんがコンクールに来るの？」

「さあな。何企んでるんだか」

やっとのことで体を起こすと、頭が重かった。

「とりあえず、ぶっ倒れてた理由はわかった」

「よくわかるな」

「徳村副部長だぞ」

ヤカンでお湯を沸かし始めた徳村の声は、笑っているんだか呆れているんだかわからない。哀れんでいるように聞こえてしまうのは、恐らくこちらの受け取り方の問題だ。

「大人になるってのはしんどいなあって、瑛太郎見てると思うよ」

棚からカップラーメンを二つ取り出した徳村が、蓋を剝がしながらそんなことを言う。

「自分がどんなに子供のままだとしても、高校生の前では格好悪い姿、晒せないもんな」

自分の格好を見下ろした。真っ黒なスーツを着て、必死に大人を取り繕っている自分を。

「正直さ、今日、本番が終わってから、ずっとびくびくしてた」

「西関東に行けなかったらどうするかって？」

「そう。でも部員の前じゃ言えないだろ？　これで県大会敗退だったら俺のやり方が全部間違ってたんだって思うと、表彰式で金賞もらうまで生きた心地がしなかったよ」

余裕のある大人ぶっていられたのも、家に帰るまでだった。玄関の戸を閉めた途端、よかった、と床に両膝をついて、そのまま倒れ込んだ。結果発表に怯えていた自分にやっと気づいた。

「うちの部長がさあ、本番直後のミーティングで言ったんだよ。ソロが吹けなくて悔しい、って。学指揮は学指揮で、全日本でソロ吹いて引退したいってさ。俺より余程肝が据わってるよ、あいつ等」

「そいつ等を部長と学指揮にした自分を褒めてやる、っていう選択肢はないわけ？」

「十八のときだったら、したかな」

「そんなマイナス思考なことを言うとは、瑛太郎部長らしくない」

ヤカンの中身が沸騰し、注ぎ口から音が鳴り始める。その音にのせるようにして、瑛太郎は笑った。カラカラに乾いた砂の海を、果てしなく泳いでいるような気分だった。

「醤油ラーメンと塩ラーメン、どっちがいい？」

カップラーメンの容器にお湯を注ぎながら、徳村が聞いてくる。「しょうゆ」と小声で応えると、微かに鶏ガラの香りが漂ってきた。

地区大会から県大会までが一週間しかなかったのに対し、県大会から西関東大会までは一ヶ月ある。期間が短くても焦るし、長くても焦る。指導する側になって、瑛太郎は思い知った。

＊＊＊

「今のアルトサックスのアクセント、弾ませないですぐ音を引いて」

聞こえてくる返事は二人分。基と池辺のものだ。越谷は志望大学のオープンキャンパスに参加するため、今日は練習を欠席している。世間はお盆休みに突入し、ここ数日は多くの大学がオープンキャンパスを行っているらしく、欠席をしている生徒が多かった。

「君等も今まで散々言われてるだろうけど、全員で改めて確認してほしい。アクセントにも吹き方はいろいろあるんだから、譜面に書かれていない部分を考えて吹くこと」

言い終えないうちに、突然音楽室の扉が開いた。「失礼します！」と慌ただしく入ってきたのは、越谷だった。長身を揺らして息を切らし、汗に濡れた短髪を掻き上げる。

「越谷、オープンキャンパスはどうした」

夏服に汗の染みを作って、彼は自分の席に腰掛けて楽器ケースを開けた。

「途中で離脱してきました」

サックスを組み立てながら「でも、ちゃんと入試説明会は受けました」と付け加えた越谷は、険しい顔のままリードを咥えた。普段のパートリーダーらしい余裕は、そこにはない。

「音出しして個人練習して、行けそうだったら合奏に参加させてください」

早口でそう言い、音楽室を出て行く。あまりにあっという間で、瑛太郎は自分が「いい」と言ったのか「駄目だ」と言ったのかも、一瞬わからなかった。

オープンキャンパス中に彼が何を思って「部活に行こう」という結論に至ったのか。わからないけれど、その熱意を評価すべきだという自分と、ブレーキを掛けたくなる自分がいた。

「瑛太郎先生、俺はどいた方がいいですか」

アルトサックスのセカンドとして合奏に加わっていた池辺が、瑛太郎を呼ぶ。

「いや、すぐに合奏できる状態になるとも思わないから、そのままでいてくれ」

そう言うと、池辺は「いきなり戻ってきた先輩に追い出されて堪るかよ」という、珍しく好戦的な顔をした。地区大会、県大会に出られなかった池辺は、ここへ来て格段に上手くなった。越谷が自分の居場所が奪われるんじゃないかと恐怖するのも、わかる。

瑛太郎の予想通り、越谷はしっかり音出しをして音楽室に戻ってきたが、午前中から練習していた池辺の方がコンディションがよかった。「それじゃあ部活が終わるまで個人練習してます」と言って再び音楽室を出て行った越谷の背中は、さすがに見ていて可哀想だった。

部内で競い合いながら練習するのは、県大会では効果を発揮した。けれど、一ヶ月も間が空く西関東大会を前に、逆に部員達の焦りを増幅させてしまっているんじゃないか。

そんな不安を感じながら、その日の練習は終わった。

越谷が帰る前に一声掛けようかと思ったら、第一音楽室を出てすぐの廊下で彼と、今日も練習の手伝いに顔を出した幸村が話をしていた。ちょうどいいと言えばちょうどいいなと意を決し、二人を音楽準備室へと連れて行った。

「えーと、君等二人に言いたいことがある」

長机を挟んで瑛太郎と対面する越谷と幸村の二人は、瑛太郎が言わんとしていることを理解しているようだった。ばつが悪そうな、でも納得のいっていない顔をしている。二人の胸の奥がどんな風に揺らめいているのか、手に取るようにわかるから、瑛太郎は長机に両肘を突いて頭を抱えた。

「まず、越谷」

捻り出すように名前を呼ぶと、越谷は神妙な顔で背筋を伸ばした。

「オープンキャンパスだっていうのに、わざわざ練習に顔を出してくれてありがとう」

礼を言われると思ってなかったのか、彼の口元が微かに「え?」と動く。

「受験もあるのに、練習を優先しようとしてくれたこと、俺は嬉しく思ってる。同じくらい、不安にもなってる。これは、幸村に対してもだ」

気まずそうに顔を上げた幸村が、「すみません」と小声で謝罪してきた。

「退部したのに部のことを気にかけてくれるのは嬉しいし、ちょっと息抜きに音楽室に立ち寄るくらい、俺は全然構わないと思ってる。思ってるけど、幸村は来すぎだ。何のためにお前は退部したんだ。中途半端は駄目だ」

「すみません」

もう一度頭を垂れて、歯切れ悪く幸村は話してくれた。勉強に集中できないとき、ふと「みんなは今頃練習してるのか」と考える。音楽室に行きたくなってしまうのだと。

「君は、明日以降、音楽室には来るな」

幸村だって、わかっていないわけではないはずだ。「はい」と低い声で頷いて、何度も何度も「すみませんでした」と繰り返した。

「無理のない範囲でいいから、コンクールではセッティングメンバーとして参加してくれたら嬉しい。三年生も喜ぶだろうから」

頷く幸村に、瑛太郎は溜め息をぐっと堪えた。どう言うのが正解なのか、見当もつかない。こめかみを親指でぐりぐりと押しながら考えたけれど、指導者らしい――彼等の見本となるべき、大人らしい言葉を見つけることができなかった。

「正直に言おう」

越谷と幸村を見て、瑛太郎は眉を八の字に寄せた。

「君等が千学を卒業するとき、大学に入ってから、社会人になったとき……その先もだけど、とにかく、先々で『あのとき部活なんてやってなかったら』って思ってほしくない。それに、吹奏楽を嫌いになってほしくない」

最後の方は、まるで懇願するような言い方になってしまった。

「だから、あまり無茶なことをしないでくれ」

瑛太郎の言葉に、越谷と幸村はじっとこちらを見ていた。瑛太郎の真意を酌み取ろうとするように、目の奥を真剣に光らせて。

だいぶたってから、二人は静かに、でも大きく、頷いてくれた。

越谷と幸村の二人を見送って音楽準備室で一息ついたとき、誰かが廊下を走って来て、音楽室の扉を開け、中へ駆け込んでいった。

後片付けをして帰宅していく部員達の声に混じって、越谷と同じく今日はオープンキャンパスに行っているはずの玲於奈の声が聞こえてきたのは、その直後だった。

「……今日は、いろいろ起こるな」

瑛太郎はパイプ椅子から腰を上げた。音楽準備室の戸を開けると、玲於奈が基を音楽室から引っ張り出してきた。奇しくも、先ほど越谷と幸村がいたあたりに。

「あんたさあ、もう少し頭使いなさい、あ・た・ま！　こうなるってわかってたでしょっ？」

基の肩を摑んで、玲於奈が声を荒らげる。まるで弟を叱る姉だ。基は基で、珍しくふて腐れた顔で「はい、はい」と頷いている。片付けを終えて音楽室から出て来た部員達が二人を見ないようにしながら、でも見ずにはいられない、という顔で帰宅していった。

「二人とも」

少し声を低くして、間に入る。「トラブルなら音楽準備室でどうぞ」と、二人を中へ招き入れた。

「喧嘩なら家に帰ってからでも存分にできるだろ、君達は」

「喧嘩じゃありません」

きっぱりと玲於奈が言う。

「喧嘩じゃないなら、その揉め事は俺が介入してもいいような話題か？」

「介入も何も、瑛太郎先生も関係大有りです」

そうでしょ、と玲於奈が基を見る。基は玲於奈から顔を背け、口をへの字にしていた。

「基ったら、先週からずっと塾の夏期講習を仮病で休んでるんです」

腰掛けようとしたパイプ椅子から、そのままずり落ちそうになった。

「茶園——本当か？」

基はすぐには答えなかった。「基、答えなさいよ」と玲於奈に肘鉄（ひじてつ）され、随分と間を置いてから、渋々という様子で頷いた。

「基、午前中と夜からのコマを取ってるのに、どっちも体調不良で欠席するって自分で塾に連絡して休んでるんです。初日から、ずっと！」

その調子で休み続けるものだから、塾から基の母に電話があった。基に連絡しても音沙汰がないから、彼の母は一緒に部活をやっていると思った玲於奈に連絡した。オープンキャンパスからの帰り道でそれを受けた玲於奈が、学校まで飛んできた、ということらしい。

「基、あんたねぇ、練習出たいのはわかるけど、そんなことしても絶対にばれるし、親がますます部活に目くじら立てるようになるってどうしてわかんないの?」

「わかってるって、わかってるよ」

でも、しょうがないだろ。喉の奥から絞り出すように、基が言う。口を開いたまま、言おうか言うまいか、一瞬悩んだようだった。でも、諦めたようにこう捲し立てた。

「僕は西関東大会で自由曲のソロが吹きたい。ソロ以外の場所も、課題曲ももっともっと練習して、頑張って、上手くならないと……上手くならないと、全日本に行けない」

玲於奈だってわかってるでしょ。そんな顔で、基は彼女を見た。

「県大会で、僕達五位だった。金賞獲ったっていっても、僕達の上に四つも上手い学校がある。でも、西関東大会から全日本に行けるのは三校だよ?」

唇を噛んだ基に、瑛太郎は思わず吹き出した。笑わずにはいられなかった。

「話はわかった」

パイプ椅子の背もたれに体を預け、ふう、と大きく深呼吸をした。

「焦るのはわかる。俺も正直、西関東まで下手に時間があるもんだから、焦ってないといえば嘘になる。ちょっと練習に参加できないだけで下手になったらどうしようとか、コンクールメンバーから外されたらどうしようと思うのも仕方がない」

音楽準備室を出て行った越谷と幸村の背中を思い浮かべながら、瑛太郎は言った。

「僕は今、吹奏楽以外のことをやりたくない」

身を乗り出すようにして基が言う。というか、叫ぶ。玲於奈が何か言おうとしたのをはね除けるようにして。

「寝るのもご飯を食べる時間ももったいない。僕はずっと練習をしていたい」

彼に今かけるべき言葉を、自分は持っている。持っているのに、出てこなかった。

よく知っている。吹奏楽以外のことなんて何もやりたくないと思う瞬間も、寝ることも食べることもせずに済むならその分練習したいと思う瞬間も。

「よくわかったよ」

音楽以外のすべてが煩わしくなって、不要に思えてしまうのも。

「ちょっと遅くなっちゃうけど、今週末くらいにお盆休みでも取るか」

今日、汗だくで音楽室にやって来た越谷を思い出す。誰も彼もが一生懸命だ。やりたいこととやるべきことが複雑に絡み合って、彼等の熱意がそれに足を取られて暴走する。わかる、わかる。俺もそうだったから、凄くわかる。

「先生、でも」

休むわけにはいかないという顔で、基が口をぱくぱくとさせる。さすがに玲於奈も「ここで休むのは、ちょっと」と表情を曇らせた。

「一日休んだら、取り戻すのに三日かかるからか？」

耳にタコができるほど言われた言葉だ。練習を一日休んだら、休む前の状態に戻すのに三日かかる。だから一日とて休めない。休んじゃいけない。

「休もう、休もう。日本人は働き過ぎなんだ。頑張ることは美しいかもしれないけど、それで体を壊したり精神的につらくなるようじゃあ駄目だ。夏休みの宿題をやっつけて、スイカでも食って、クーラーの効いた部屋で涼めばいいさ」

高校生の自分だったら、こうはできなかった。休むこととサボることがイコールで繋がっていた。必死になることが自分のすべき唯一のことだと信じていたし、何より楽しかった。

「二人とも、俺に失望したか？」

基も玲於奈も、何も言ってこなかった。

「俺は、高校時代に吹奏楽にしか一生懸命になれなかった自分を、少し後悔してるんだ」

塾には通っていたけれど、コンクールが終わるとまた通い出す。コンクールの練習に忙しくなると辞めた。親に急かされて、コンクールが終わるとまた通い出す。瑛太郎にとって最も大事なのは吹奏楽だった。それ以外のすべては《仕方なくこなすもの》だった。

少し後悔してる、というのは、だいぶ強がっている気がした。

「毎日毎日音楽について指導してるけど、俺が君達に最も伝えたいことは、自分の将来をしっかり考えろ、ということだ。そのためにやるべきことを理解して、選択を見誤るな」

ああ、まずい。このままだと、だらだらといろんなことを話してしまいそうだ。みっともない、今更どうにもならない過去のことを、だらだらだらだらと。

「さて、茶園の家に行くか」

喉に力を入れ、言う。途端に基が「ええっ」と素っ頓狂な声を上げて立ち上がった。

「な、何故ですかっ！」

「仮病を使って塾を休んで部活に来てたんだろ？　俺からも親御さんに謝らないとな」

「いや、困ります！　ていうか駄目です、絶対駄目！」

慌てふためく基に、玲於奈が溜め息をつく。

「ほら、嘘をつくと周りに迷惑がかかるんだよ」

手早く荷物をまとめて、二人を連れて校舎を出た。基は随分抵抗したけれど、玲於奈に「自業自得！　馬鹿！」と頭を引っぱたかれたら大人しくなった。

「ちゃんと謝るんだからね。じゃないと、明日から部活に行かせてもらえないかも」

駅で電車に乗り込んでからも玲於奈はずっと基にお説教していた。世間はお盆休みだから、電車の中も平日に比べたら混んでいない。椅子に並んで腰掛けると、真ん中に座った基が「本当にすみませんでした」と瑛太郎に頭を下げてきた。

「親御さんにもそれくらい素直に謝ろうな」

「……自信ないです」

「自信なくてもやるんだ」

うな垂れた基の頭を掌でぐりぐりと撫で回す。肩を落とし、彼は「頑張ります」と答えた。

十分ほどで基と玲於奈の最寄り駅に着く。ホームに降り立つ人は疎(まば)らだった。だからだったのだろう。先を歩いていた人物の背中を見て、基が声を上げた。

「――姉ちゃんだ」

出入り口に向かう細身の女性に、彼は「今日、会社行ってたんだ」と眉間に皺を寄せた。

「ホントだ、里央ちゃんだ。どうしよ、声かける?」

「えー、これから母さんに怒られに行くのに?」

基と玲於奈が言い合っている間に、瑛太郎は基の姉の後ろ姿に違和感を覚えた。どこか足取りがおぼつかなくて、パンプスの爪先が今にも点字ブロックに引っかかって転びそうだ。酔っているんだろうか。鞄を重そうに肩にかけ、ゆっくりと階段に向かっている。

「おい、茶園――」

君のお姉さん、大丈夫か? 聞こうとした瞬間、彼女の体が左右に揺れて、ホームに膝をついた。それでも体を支えられなくて、細い体は、何かに引っ張られるように、落ちていく。

線路に向かって、落ちていく。

基と玲於奈の体を押しのけるようにして、瑛太郎は走った。

遠くから、電車の接近音が聞こえた。

◆

「大丈夫だから」

長い沈黙の果てに、瑛太郎が言った。待合室のソファに沈み込みそうになっていた基のことを、引っ張り上げるみたいに。

「頭を打ったからいろいろ検査はするだろうけど、命に関わることじゃないみたいだし」

塾をサボって、それが母にばれて、瑛太郎と一緒に謝ろうとしていた。なのにどうして自分は救急車に乗って病院に来ているのだろう。

駅で、里央が線路に落ちた。電車の接近音がして心臓が止まると思ったけれど、幸い反対方向の電車だった。瑛太郎が線路に飛び降り、里央を抱え上げた。玲於奈が非常停止ボタンを押した。基はずっと、その場に立ち尽くしていた。やっとのことで意識を失った里央の元に駆け寄ると、駅員が救急車の手配を始めていた。額から血を流す里央を見たら、喉が窄(すぼ)まって息ができなくなった。自分にできたことなんて、「姉ちゃん」と里央を呼んだことくらいだ。

そんな基を見て、これは使い物にならないと判断したのだろうか。瑛太郎は玲於奈に「茶園の親に連絡しろ」と言った。「鳴神はタクシーで家に帰って」と玲於奈に五千円札だか一万円札を渡していたのも、視界の端っこに捕えている。

「君のお姉さん、本当に何か持病を持ってるわけじゃないんだよな？」

救急車の中で救急隊員に同じことを聞かれたけど、どう答えたのか思い出せない。

「姉ちゃん、三月に大学を卒業して、広告代理店で働き始めたんです。毎日夜遅く帰ってきて、朝も早く出勤して、土曜も日曜も仕事してました。いつも疲れた顔して、眠そうで」

父も母も、基も、そんな里央を心配しつつ、仕方がないと思っていた。自分達が安心したかっただけだ。広告業界だし、家族がブラック企業で扱き使われているわけがない。大きくて有名な会社だし、新人だし、みんなそんなものだ。三ヶ月もすれば楽になる、半年たてば、一年たったら。そう思っていた。

「僕、県大会の前日に、姉ちゃんと話したんです。アクアアルタってどんな感じだったのって」

姉ちゃん、卒業旅行でヴェネチアに行ったから。そう付け足すと、瑛太郎は「そうか」と短く言って、後頭部をがりがりと掻いた。

「『自分の未来が明るいような気がした』って、そのとき姉ちゃんが言ってたんです」

気づいていた。里央がしんどい思いをしていると。多分、体も心も限界だと。なのに受け流した。あの夜、基にとって一番大事だったのは、『汐風のマーチ』だったから。

「僕は自分のことばっかりだ」

あの夜、里央に聞けばよかった。「大丈夫？」と。里央は「大丈夫」と答えただろう。でも聞くべきだった。仕事大変じゃない？　具合悪くない？　……何でもいいから。

「一体、何やってんだろ」

ぼろぼろと言葉をつなぎ合わせるように呟くと、瑛太郎が口を開きかけた。けれど遠くで自動ドアの開く音がして、バタバタと慌ただしい足音が近づいて来たから、すぐに噤む。

「基！　里央は、里央は大丈夫なの？」

母と、やや遅れて父が駆け寄って来る。一体どこから話せばいいのか、迷っているうちに、瑛太郎が簡潔に里央が倒れたときの様子を説明してしまった。

「申し遅れました、千学で吹奏楽部のコーチをしている不破です」

最後に瑛太郎がそう自己紹介をすると、父と母は「ああ、あの……」とこぼして、「いつもお世話になっています」とか「ご迷惑をおかけして……」と何度も頭を下げた。

しばらくして、里央を担当した医師が現れて症状を説明し出した。意識ははっきりしているし、目眩（めまい）を起こしただけだったらしい。ＭＲＩも撮ったし、脳梗塞の疑いもない。

強いて言うなら原因は、ストレスとか、過労とか、睡眠不足とかだろう。医師の言葉に、誰より先に基は「やっぱり」と呟いた。父も母も、医師も、瑛太郎も、揃ってこちらを見た。それ以上何も言えなくて、基は首を横に振った。

大事に至らなくてよかった。その場にいたみんなが、そのときはそう思った。

このまま帰宅することもできるけど、動けないようなら一晩入院してもいい。処置室のベッドで点滴を受ける里央に、医師の言葉を伝えてからが大変だった。

「帰るよ。明日も会社だもん」

目元の隈を歪めるようにして、里央がそう言ったから。ほんと、お母さんは会社のこと何もわかってないんだから、という顔で。

「何言ってるの、明日は休みなさい。ていうか、そもそもお盆休み中じゃない」

「お盆休みなんて、世間が勝手に言ってるだけじゃん。こっちは仕事があるんだもん」

腕に点滴の針が刺さっているのに、里央の声にはしっかり棘が生えていて、それが綺麗に父と母に刺さる。

「里央、いい加減にしろ」

唸るように父が言う。

「いい加減にしろって何よ」と、里央は父を睨みつけた。

「若いうちはどんな仕事でも死ぬ気でやれって言ったのは父さんじゃない。やりたい仕事をやるためには、やりたくないことこそたくさんやる必要があるんだって。父さんが独立するのもそうでしょ？　やりたくないことたくさんやって、経験積んで、実績作って、やりたい仕事やるために会社辞めるんでしょっ？　私だって自分の将来のために死ぬ気になってるだけよっ」

それとこれとは話が別だろ、と父が言う。何が違うっていうのと里央が言い返す。そもそも私は独立には反対なのよ！　と母が叫んで、話はややこしい方向に転がり出す。

「基は私立に通ってるし、これから大学の学費だって出さなきゃいけないのに。塾代も部費もかかるっていうのに……どうして会社辞めるなんて選択ができるのよ」

火の粉が自分にまで飛んできて、基は後退った。父が「今はその話じゃないだろ」と肩を竦め、母が「関係あるの！」と目尻を吊り上げる。里央が「関係ない話しないで！」と怒鳴る。

「ねえ、ちょっと、病人に二人がかりでぎゃーぎゃー言わなくてもさ……」

「あんたはちょっと黙ってて！」

その病人に、ぴしゃりと言われてしまう。こちらを振り返った母が、目をすっと細めた。

「基！　あんた嘘ついて塾サボったでしょ。塾から電話きて、お母さん恥ずかしくて死にそうだったんだから！　母さん達がどんな気持ちで基を学校に通わせてると思ってるの？　楽器を吹かせるためじゃなくて、ちゃんと大学に行かせてちゃんとした大人にするためよ！」

わかってるよと言ったら、「わかってない！」と言い捨てられた。里央がまた何か言う。父さんが言う。三人の声が重なって、歪な和音になって、頭の中にわんわんと鳴り響いた。

自分の中にある音が、毎日磨いて、大事に大事に研ぎ澄ませてきた音が、ねじ曲がっていく。

「――いい加減にしてよ！」

音楽がやりたい。どうして、それだけのことが、こんなに難しいんだ。

「みんな好き勝手言って！　わかったよ、なら僕も好き勝手言うよ！　僕は音楽がやりたいだけだ！　勉強が大事とか将来が大事とか親の気持ちも考えろとか、そんなのわかってるよ！　わかってるけどそれでも音楽がやりたいんだよ！　今年のコンクールは今年しかないんだよ！　わかってるから、ちゃんと考えてるから、勉強するから、父さんと母さんが嫌いなわけでも感謝してないわけでもないから！　だからお願いだから僕に音楽をやらせてよ！」

勢いに任せて叫んだら、喉の奥が裂けたみたいに痛んだ。呼吸を落ち着けて顔を上げると、三人が呆然と基の顔を見ていた。

「……わかってるよ」

音楽がやりたい。それは決してささやかな願いではない。贅沢な我が儘なのだ。たまたま、これまでの基にとって、それが《当たり前》だっただけで。

「自分のことばっかりで、我が儘で現実を見てないって、わかってるよ！」

父と母と里央に、そして自分自身にそう叫んで、静まりかえった処置室を飛び出した。

薄暗い通路で壁に額を押しつけて、その場にずるずるとしゃがみ込む。地団駄を踏みたいのを、叫びたいのを、泣き出したいのを、我慢する。

だから、静かな足音が近づいてくるのに、気づかなかった。

「茶園」

顔を上げると、瑛太郎が隣に屈み込んでいた。「帰るタイミングを逃してな」と困ったように笑う彼に、基は「すみません」とうな垂れた。

「お姉さん、元気そうでよかった。家族会議が終わるまで、ちょっとぶらついてくるか？」

静かになったと思った処置室からは、再び両親と里央の声が聞こえてきた。瑛太郎の気遣いに感謝し、基は大きく頷いて、彼の背中についていった。

出入り口にあった自販機で飲み物を買って、外に出る。今年の八月は梅雨に雨が降らなかったお返しとばかりに雨が多く、でも気温は高く、じめじめした日が続いている。今日もそうだった。夜になって気温は下がったが、屋外は生温かい風が吹いていた。

ベンチに二人で腰かけ、目についたからボタンを押してしまったコーラの缶を開ける。コーラを一口飲むと、喉のあたりで炭酸が弾けて痛かった。

「怒鳴ったあとに炭酸飲むと、喉が痛くないか？」

「すいません、うるさかったですよね」

「止めに入った方がいいのかなあ、どうすっかなあ、って廊下で悩んでたよ」

コーラの缶に口をつけ、瑛太郎が何かを思い出したようにふっと笑う。

「音楽がやりたいだけ、か」

瑛太郎に自分の言葉を反芻されて、頰がカッと赤くなる。

「やりたいことをやるって、難しいんだよな。周りの人間にわかってもらえなかったり、一つのことに集中できるほど、自分に、力や余裕がなかったり」

処置室でのやり取りは聞こえていただろうけれど、基は瑛太郎に父の独立の話をした。自分の生活に影響などないと思っていたのは基だけで、母は茶園家の今後の家計や、基の学費のことにぴりぴりしていて、里央は父の姿を見て仕事に一生懸命になっている。

「お父さんの事務所が上手くいかなかったら、確かに、部活やってる場合じゃないかもな」

「僕は、そんなの嫌です」

「俺も嫌だよ」

キャッチボールのボールを投げ返すように、ぽーんと飛んできた言葉に、基は息を呑んだ。

「でも、本当に、いろんな事情である日突然、やりたいことができなくなるかもしれない。俺だって同じだ。来年も千学で吹奏楽の指導をしているかわからないし、音楽なんてできない状況に陥ってるかもしれない。でも、やるしかないんだよ。やらなきゃいけないこととか、考えなきゃいけないことを背負い込んで、それでも自分の気持ちを貫くしかない」

ベンチの背もたれに体を預け、瑛太郎が暗くなった空を見上げる。まるで、基だけじゃなくて自分自身にも言い聞かせているみたいだった。

「先生もあるんですか？　そういうこと。やりたいのに、上手くやれないこと」

「俺の場合は少し特殊だけど、俺の親も吹奏楽部のコーチをしてることを理解してないから」

コーラを呷りながら、瑛太郎はこちらを流し見た。

「先生、学校で言ってましたよね。『吹奏楽にしか一生懸命になれなかった自分を、少し後悔してる』って。先生は、あのドキュメンタリー番組のあとに何かあったんですか？」

選択を見誤るな。瑛太郎はそう言った。瑛太郎は、一体何の選択を見誤ったんだ。

「県大会のあとに俺が話してた男の人は、そのドキュメンタリー番組のディレクターだ」

二人が話しているのを、基はしっかり見ていた。瑛太郎が苦しそうな顔で笑いながら、自分を「フリーター」と言うのも。それを聞いて自分の胸までが痛んだことも、よく覚えている。

「あの人が千学を取材してる頃、俺は今の茶園みたいに、吹奏楽以外にやりたいことなんてなかった。全日本が人生のゴールだった。なんとなく将来は吹奏楽部の顧問になりたいって思ってて、コンクールが終わって、教師を目指した」

それが間違いだった。苦しそうに眉を寄せた彼の横顔から、そんな声が聞こえてくる。

「大学でも吹奏楽をやって、コンクールに出場して、千学で教育実習を受けて……ちゃんと教職課程の単位を取って、教員免許を取った。先生になるにはな、大学四年のときに、県とか市とか、自治体ごとの採用試験を受けないといけないんだ。最初に受けた県の試験で、一次の筆記に受かって、二次の面接に進んだ。『志望動機は何ですか』とか『どんな先生になりたいですか』って聞かれるんだよ。俺は当然のように、吹奏楽部の指導をしたい、今度は顧問として全日本のステージに立ちたいって言った」

もちろん、部活の指導以外の、クラス運営とか教科指導に関する質問にもちゃんと答えた。淡々とそう話す瑛太郎の目の奥が鈍く光ったのを、基は見逃さなかった。

「面接の終わり掛けにさ、『君は吹奏楽のことは熱心に楽しそうに喋るのに、それ以外はマニュアル通りのことしか言わないんだね』って、面接官から言われたんだ」

瑛太郎の口元は笑っている。優しく笑っている。だからこそ、瞳の奥に本当の感情が閉じ込められているのが嫌でもわかってしまう。

「上手いこと取り繕うこともできたんだけど、面接官からそう言われて、何故か心の中で納得しちゃったんだ。俺はあくまで吹奏楽部の顧問になりたくて、クラス担任とか、教科指導とか、そういうのは全部《ついで》だったんじゃないかって」

結局、その面接官から『君には部活以外の場面で教師として働く覚悟がない』と言われて、何も言い返せなかった。その通りだと思った。本当にその通りだった。そして落ちた。

他県の教育委員会の採用試験も受けた。私立校の試験だって受けた。でも、ずっと視界に靄がかかっているようだった。ここまで来たんだから教師にならなきゃ駄目だという自分と、こんな状態で自分が「先生」と呼ばれていいわけがないと憤る自分がせめぎ合って、見るもの、聞くもの、あらゆるものの色がくすんで見えて、ついにはモノクロになった。

だから、どこにも受からなかった。非常勤講師の話も来たけれど、結局断った。

話したくないことを話しているはずなのに、瑛太郎は基から視線を外さなかった。今、自分は吹奏楽部のコーチである《瑛太郎先生》の、かつて憧れた《不破瑛太郎》の、見てはいけない部分を見ている。

わかっているのに、基は首を縦に振って続きを求めてしまう。

「で、バイトしてた塾に契約社員として拾ってもらったわけ。二年近く塾の先生やってたんだけどな、バイトの延長線って感じで。生徒には申し訳ないことしたなって思う」

「じゃあ、どうして千学のコーチなんて引き受けたんですか？」

「三好先生から『吹奏楽部を助けてくれ』って言われて、力になれるならって思った……っていうのは三好先生と俺の建前で、先生は多分、俺に課題を出してるんだ。吹奏楽部のコーチをやって、いい加減先のことを決める覚悟をしろって。教師になるなら改めて教員採用試験を死に物狂いで受けろ。違う道を行くなら、腹を据えて動けって」

瑛太郎の話し方は、まるで自分自身に言い聞かせているみたいだった。そのまま押し黙った瑛太郎に、一瞬、彼の時間が止まってしまったかと思った。

「俺は俺で、コーチを引き受けたのは結局自分のためだ」

長い沈黙の果てに、はっきりと、瑛太郎は言った。

「俺は、未だに自分が何をやりたいのかわからないんだ。やっぱり教師になって吹奏楽部の顧問になりたいのか、他のことがやりたいのか。他のことって一体何なのか」

「だから、僕達には部活以外のことにも目を向けろって、先生はよく言うんですか」

瑛太郎からこの半年言われた言葉の中で一番多かったのは、「考えろ」だった。どう演奏したいのか考えてみろ、考えてみろ、みんなで話し合ってみろ。呪文のように瑛太郎は吹奏楽部のみんなに言った。考えることをやめるな、とでも言いたげに。

「今の俺から吹奏楽を除いたら、何も残らないからな」

夜風に言葉を溶かすように言った瑛太郎が、直後に笑おうとしたのがわかった。ははっ、と、自嘲しようとした。わかってしまった。笑えずに口を噤んだのも、わかった。

「俺なんかと違って、君等はよく考えてるよ。ちゃんと将来を考えて勉強して、ちゃんと練習して、俺が言ったことを忠実に守ろうとする。もう少し自分の頭で自分の音楽について考えてほしいなとも思うけど、そんなの些細なことだって思うようになった」

空になったコーラの缶を、瑛太郎の指が押す。長い指の動きに合わせて、缶はぱこん、

ぱこん、と音を立てた。ぱこん、ぱこん。煉瓦の敷かれた地面に、寂しげに反響する。

「一つのことに夢中になると、それ以外のことを考えるのが、よそ見をしているように感じるんだ。逃げているように感じるんだ。それでもみんな、やりたいこととやるべきことに折り合いをつけて、頑張ってる。君のお姉さんも、お父さんもお母さんも」

やっぱり自分は自分のことばかりで、子供だ。基は拳を握り締めた。やらなければいけないことは理解しているのに、音楽以外のすべてが煩わしい。つい半年ほど前までは「吹奏楽に三年間を捧げるなんてしんどい」と思っていた癖に、今では自分の生活のすべてを捧げないと行きたい場所へ行けないような、そんな焦燥感が渦巻いて、澱(おり)のように積み重なっていく。

ああ、そうか。僕はまた、自分をしんどい世界へ突き落とそうとしていたのか。高校三年生になったとき、大学受験のとき、大学生になったとき、社会人になったとき、それを身勝手に嘆くのだろうか。どうしてまたしんどい世界に足を踏み入れてしまったのだろうと。不破瑛太郎と過ごしたこの半年間を、厄介事のように振り返る日が来るというのか。

「嫌です」

言った途端、景色が霞んだ。視界の中央に捉えた瑛太郎は、何も言わずこちらを見ていた。

「僕は今、先生と音楽をやってる時間を、後悔なんてしたくない」

自分の言葉を噛み締める。自分自身に言い聞かせているんだと、胸の奥でほのかに温かな声がした。

「僕だけじゃない。玲於奈も、堂林君も、先輩達にも、みんなにも、後悔してほしくない。いつか振り返ったときに、『あのとき違う選択をしていれば』って思うような場所で奏でた音楽なんて、美しくもなんともない」

瞬きをしているうちに涙は辛うじて引っ込んだ。そのせいで、瑛太郎の表情がよく見えてしまう。困ったような、狼狽えたような顔。でもその奥にじくじくとした痛みを抱えている。

「なんで茶園が泣くんだよ」

力なく笑った瑛太郎に、基は奥歯を噛み締めた。

＊　＊　＊

合奏後に、基の口から週末に三日間ほど休みを取ろうと伝えたときのみんなの反応は、さまざまだった。西関東大会前にそんな悠長なことを言っていていいのか。三日も休んだらさすがにまずいから、せめて自主練習期間にしたらどうだろう。そう言う部員もいれば、緊張状態の毎日から少しだけ解放されることにほっとしている部員もいた。

大勢の視線を浴びながら、基は指揮台の前から音楽室を見回した。部員一人ひとりの表情がよく見える。何を考えているのか、不思議と伝わってくる。瑛太郎が普段こんな感じで自分達を見ていると思うと、何だか背筋が痒くなった。

「僕、今日は午前中に塾の夏期講習に行ってきました」

昨夜、「入院だけは絶対に嫌」という里央と共に家に帰ったら、母から改めて塾をサボったことを咎められた。夜遅くまで母に説教され、今日からしっかり夏期講習に通うことにした。授業に追いつくのが大変そうだけれど、自業自得だから頑張るしかない。

「今日はいつもより楽器に触る時間が短くて、その分下手になってたらどうしようかと焦りました。先輩達はもっと大変なんだろうなと思います。でも、楽器に触れない時間があるからこそ、楽器に触れる時間を幸せに感じられて、練習を大事にしたくなるんだと思いました」

長時間練習しただけ上手になるなら、自分達に勝ち目なんかない。音楽室に泊まり込んで、ありとあらゆるものを犠牲にして練習しないと上手になれないのが、音楽なんだろうか。僕達は、音楽がそんな非情なものだから吹奏楽を好きになったのだろうか。

そんな話をしながら、里央の顔が浮かんだ。結局里央は今朝、ベッドから起き上がることができず、初めて会社を休んだ。

「音楽の神様って、そんなブラック企業みたいなこと、言わないと思うんですよ。もし、吹奏楽がそんな世界だっていうなら、コンクールを勝ち上がることに何の意味もない」

ブラック企業に例えたのがいけなかったのだろうか。音楽室から微かに笑い声が上がって、穏やかに、緩やかに、部屋全体に広がった。

「コンクールのあとに後悔したくないから頑張って練習するのは当然だけれど、でも、人生に大事なものってコンクールだけじゃないし、三年生の受験勉強はもちろんだけど、家族とか友達と過ごす時間とか、自分の健康とか、いろいろあると思うんです。そういうものを犠牲にして全日本で金賞を取っても、将来、後悔するんだろうなって思うんですよね」

あ、何だか今のは、瑛太郎に対する当てつけみたいな言い方になってしまった。

「あと、毎日毎日必死こいて『風を見つめる者』のソロの練習をしてて、なかなか行こうと思ってる場所まで階段を上っていけなくて、ああ、これはがむしゃらに回数を重ねるだけじゃ駄目なんだな、って思い始めたところだったので」

あははは、あははは。言葉をつなぎ合わせるように必死にそう続けたが、靄がかかった胸の奥が晴れることはなかった。

「というわけだ」

こちらの気持ちを察してくれたのか、どうなのか。瑛太郎が話を切り上げるように、それまでいた窓辺から指揮台へと歩み寄ってきた。

「遅いお盆休みになっちゃったけど、とりあえず週末はゆっくり休んで、宿題もちょっとやって、スイカでも食べて夏休みらしいことをしよう」

譜面台に手をかけた瑛太郎の横顔をちらりと見たが、彼の真意までは読み取れなかった。

部活帰りに買ったケーキの箱を持って、里央の部屋のドアをノックした。返事はなかったけれど、「入るよ」と一言言ってドアを開けた。

「ケーキ買ってきたんだけど、食べる？」

出て行けと言われる前にそう切り出して、テーブルの上にさっと箱を置く。皿もフォークも持って来た。準備は万全だ。

里央は、大きめのクッションをお尻に敷いてスマホをいじっていた。仕事をしていたらどうしようと思ったけど、基がケーキの箱を開けて中を見せると、「いっぱい買ってきたね」と笑ってくれた。額には大きな絆創膏が貼ってある。

「里央に一番豪華なやつ、あげるよ」

「じゃあ遠慮なくもらう」

大きなフルーツタルトを皿にのせた里央は、すぐにフォークを摑んでかぶりついた。

「うま」

短く短く、そう呟く。

基もチーズケーキを皿にのせ、フォークで小さく切りながら口に運んだ。時間をかけて食べれば、その分里央と長く話せる気がした。

「姉ちゃん、明日は会社行くの」

シロップでてかてかに光る苺を嚙りながら、里央は黙って頷いた。

「でも、そのあとは夏休み取れって、上司に言われた」

「よかったね」

咄嗟にそう言ってしまった。里央は怒らなかった。「そうだね」と言ったきり黙ってしまって、お互いしばらくそのままケーキを食べ進めた。

「会社でね、新人はポイントレースをやってるの」

フルーツタルトが半分ほどになったところで、里央が突然そんなことを言い出した。

「ポイントレース？」

「新入社員は一年掛けてポイントレースをして、来年の三月までにポイントをいっぱい集めた新人は、四月から大型プロジェクトに参加できる。出世コースに乗るってこと」

「そのポイントって、どうやって集めるわけ？」

「いろいろ。月々のノルマを達成したら十ポイント、新規の仕事を取ってきたら二十ポイント、残業したり休日出勤したりすると、時間に応じてポイントがもらえる」

「あ、もらえちゃうんだ」

残業って、要するに時間内に仕事が終わらなくて居残るってことだから、その分マイナスされちゃうと思ったのに。そうこぼしたら里央に睨まれて、基は黙ることにした。

「一分でも一秒でも長く仕事をしてる奴が偉い、って考え方だからね」

「僕、てっきり里央は無理矢理休みの日に仕事に行かされてるんだと思ってたよ」

「会社って、そんなわかりやすいことしないんだよ。むしろ、何も知らない新人を自分からどんどん働くように洗脳していくんだよね。頑張らないことは悪だって」

洗脳。悪。基はフォークを動かす手を止めた。背骨の上を、冷たいものが駆けていく。頑張ることは正義じゃない。それを強制したり、自分と違う人間を排除する必要なんて、どこにもない。ないはずなのに。

「私さ、ポイント集めに必死になって、いっぱい仕事抱えて頑張ったの。直属の上司にも頑張ってるって褒めてもらえた。『若いうちは家に帰れないくらい働くのが普通だ』って。なのに今日の朝、体調不良で休むって電話したら、『働き過ぎだ』『ずっと危ないと思ってた』『体調を崩さずに働くのも社会人の義務』とか言われてさあ……」

一際大きな苺を丸々頬張って、里央は大きく鼻で息をした。すーっと音を立てて吸って、鼻から出す。憤りとか苛立ちを、自分の中から消そうとするみたいに。

誰に対する憤りだろう。過労で倒れた瞬間に掌を返した上司にだろうか、倒れてしまった自分の体にだろうか、それとも、ポイント集めに必死になっていた自分にだろうか。

「ばっかみたい、って思っちゃった」

どんぶりでも掻き込むみたいにフルーツタルトを食べ終えた里央は、突然立ち上がると鞄を引っ摑み、半袖のTシャツの上に七分丈のカーディガンを羽織った。

「コンビニでも行くの？　今日だけならパシリするけど」

「じゃあ、パシリじゃなくていいから、一緒に来てよ」

「どこ？」

「カラオケ。サックス持って来ていいから」

ほら、行くよ。やっと笑顔を見せた里央は、そのまま階段を下りていった。皿とケーキの箱を抱え、自分の部屋からサックスを持ち出し、あとに続く。

リビングでは父がテレビを見ていた。

「ケーキ、よかったら母さんと食べて。僕と里央はもう食べたから」

テーブルの上にケーキの箱を置き、皿を台所の流しへ置く。箱の中を覗いた父は一言「ありがとう」と言ってシュークリームを手に取った。

「なあ、基」

リビングを出ようとしたら、父に呼び止められた。シュークリームを囓りながら、父はどこか困ったように笑っていた。

「父さんが自分の事務所を開くこと、母さんは凄く心配しちゃってるけど、いろいろ目処はついてるから。お前は安心して学校行っていいんだからな」

何と返せばいいのかわからなくて、基はリビングのドアに手をかけたまま押し黙った。

「……ちゃんとやるから」

勉強もやるし、将来のこともちゃんと考えるから。部活も頑張るから。言葉を千切って並べるようにして、何とかそう伝えた。口の端についたクリームをぺろっと舐めて、父は微笑んだ。

「里央とどこ行くんだ」

「カラオケ行こうって言われたから、一緒に行って来る」

母さんが心配するから早めに帰って来いよ、という父に基も頷いて、玄関で靴を履いた。外で待っていた里央と、駅前のカラオケまで行った。

里央が一曲歌って、歌い終えたら基がアルトサックスを吹く。『スケルツァンド』だったり、『風を見つめる者』だったり。吹き終えたらまた里央が歌う。里央が歌うのは最初こそ二十代の女性が歌うような流行の曲だったのに、基が三度目の『スケルツァンド』を吹く頃にはBUMP OF CHICKENばかりになった。そういえば、里央の部屋にちゃんとCDが積まれているアーティストって、BUMP OF CHICKENだけだな、なんて思った。

「ねえ、それ飽きた」

『風を見つめる者』のソロを吹き始めた基を、里央がうんざりという顔で制止する。

「プレイヤーなら、聴く人を楽しませなさいよ。退屈させてどうする」

そんな風に言われたら、やってやるしかない。リードを咥えて「むう」と唸って、基はサックスに息を吹き込んだ。今の里央を楽しませるナンバーは、一つしか持っていない。

アルトサックスのどこか切ない音色で奏でられるBUMP OF CHICKENの『天体観測』に里央がぴくりと反応して、マイクを手に取って歌い出した。結局、三回も吹く羽目になった。

「ねえ、今度はあれ吹いて、アクアアルタの曲」

ポストカード貸したんだからいいでしょ、と催促され、基は再びサックスを構えた。

「アクアアルタじゃなくて、『汐風のマーチ』ね」

薄暗い個室の中で吹き始めた『汐風のマーチ』だったけれど、いつの間にか頬に当たる冷房の風に、汐の香りが混ざったような気がした。この香りは、里央に伝わっているだろうか。卒業旅行で行ったヴェネチアで感じた「明るい未来」を、彼女は思い出すだろうか。

何より、マーチは行進曲なのだ。マーチは、前を向くための曲だ。

「ねえ基、あんた、頑張んなさいよ」

三分ちょっとの『汐風のマーチ』を吹き終えたところで、里央がぽつりとそう言った。

「好きなことができる時間なんて、案外短いんだから。父さんは大丈夫って言うけど、独立して本当に上手くいくかなんてやってみないとわかんないし。文句言われながらでも楽器吹いていられるうちに、思う存分やっておいた方がいいよ」

次、何歌おうかな。妙に声を弾ませてリモコンを手に取った里央を横目に、基はサックスを見下ろした。掌で、ゆっくり撫でる。自分の手の中にサックスがあることがどれだけ幸運か、贅沢か、どれだけ愛しいことなのか。自分の中に刻みつけた。

4　決意の通り道

これは、とんでもないオーディションになってしまった。

頭を抱えたいのに、口元がにやける。指揮台の上で瑛太郎は不思議な気分に浸っていた。

新潟で行われる西関東大会を半月後に控え、コンクールメンバーを決めるための二度目のオーディションを行った。部員達のこの日にかける意気込みは、ここ数日ひしひしと伝わってきた。けれど、オーディション当日のそれとは比にならなかった。

五十五しかない枠をかけた戦いは、熾烈だ。人数の多いクラリネットパートが一人ずつ演奏するのを聴きながら、瑛太郎はゆっくりと目を閉じた。オーディションの形式は前回と同様で、奏者に背を向ける形で部員達が椅子に座り、いいと思った奏者に手を挙げる。メンバー落ちしていた部員がめきめきと上達したおかげで、どの演奏も拮抗していた。

結果として、クラリネットパートはメンバー落ちした一年生の一人がコンクールメンバーを勝ち取り、二年生が一人落選した。

次の審査はサックスパートだった。音楽室の後方へ移動する彼等も、緊張した面持ちだった。下手すると前回以上の鋭い緊張感に包まれている。

一番手の基から演奏を始める。『スケルツァンド』の冒頭と、『風を見つめる者』の冒頭。お題も前回と一緒だ。次に池辺が演奏し、アルトサックスの最後がパートリーダーの越谷だった。

越谷の一音目を聞いた瞬間に、声が出そうになる。咄嗟に掌で口を覆った。越谷の歌い出しは完璧だった。柔らかな音で、メリハリの利いた旋律は聴いていて心地がいい。だからこそ、誰がメンバー落ちするのかがわかってしまった。

越谷が演奏を終え、部員達に挙手をしてもらった。一人目、二人目、三人目。アルトサックスを吹いた全員の審査を終え、テナーサックスとバリトンサックスの審査へ。

「ありがとう」

部員達が目を開ける。これまでと同じ声色で、調子で、瑛太郎は合格者の名を呼んだ。

「アルトサックスは、茶園と池辺の二人だ」

瑛太郎の体を這い上がるように、ざわめきが聞こえてくる。それが音楽室中に広がる。当然だ、三年の、しかもパートリーダーがコンクールメンバーから落ちたのだから。

越谷の演奏は、よかった。よかったけれど、直前に吹いた池辺と比べると、池辺の方が音が前へと広がってきた。音がより強いのが池辺だった。

驚いているのは奏者達も同様だった。メンバー入りした池辺でさえ、表立って喜ぶようなことはしなかった。同じように、越谷も悔しさをわかりやすく顔に出すことはなかった。

他のパートのオーディションも着々と進み、何人かのコンクールメンバーが入れ替わった。だが、パートリーダーが落選するなんて大波乱が起きたのはサックスパートだけだった。

「オーディションを踏まえて、パートごとにミーティングしたいこともいろいろあるだろう。下校時刻までに済ませて帰るようにな」

それじゃあ、今日はここまで。喉に少し力を入れて、そう言う。基が号令を掛けて今日の練習は終わったが、音楽室に立ちこめた熱っぽさは、しばらく引かなそうだ。

音楽準備室に戻ると、一足先に戻った三好先生が麦茶を二人分注いで待っていた。

「越谷が落ちるとはなあ……」

意外だ、という顔で先生は麦茶を呷る。瑛太郎はグラスを握り締めたまま唸った。

「池辺、上手になりましたから」

「本当にな。だが、越谷も受験がある中、頑張ってたから、ちょっと酷だな。三年は九月に入れば、三年生にとって《大学受験》がよりはっきりと、色濃くなってくる。九月に入ったら余計に苦しくなる」

「そうですね。本人だって悩むだろうし、親や担任だっていろいろ言うだろうし」

「別に、親も担任も、当人を苦しめようとしてるわけじゃないんだけどな」

そうだ。だから、厄介なのだ。

「いろいろ考えちゃうんですよね、親は。子供が一生懸命なのは微笑ましいし頑張ってほしいけど、受験が失敗したらとか、そのせいで将来、子供が幸せになれなかったら、とか」

「瑛太郎も、親の気持ちがよくわかるようになったじゃねえか」

肩を揺らして笑った三好先生が言わんとしていることに気づくまで、少し時間が必要だった。咄嗟に何も返せなくて、喉の奥から「うっ」という呻き声がこぼれた。

「瑛太郎には教えないでくれって言われたけど、この間お前の親から電話があったぞ。『うちの子は今の調子で大丈夫ですかねえ、先生』って」

「……そうですか」

どうしてだろう。吹奏楽部の子達の親や担任の気持ちは理解できるのに、どうして自分の親のそういった言動に、ささくれのような苛立ちを感じてしまうのだろう。

「意地張ってないで、コンクールが終わったら家に顔出せよ」

「わかってます」

わかってますよ。そう繰り返し、瑛太郎は空になった先生のグラスに麦茶を注ごうとした。先生はへへっと笑いながら「もういいよ」と言い、一足先に帰っていった。

話したい奴がいるから、瑛太郎はしばらく待っていた。最後までミーティングしていたサックスパートが揃って帰って行くのを見届けてから、瑛太郎は準備室の戸を開けた。

「もう誰も残ってないな？」

音楽室の扉を施錠していた越谷に、そう投げかける。三年生なのに一人鍵締めを買って出た理由も、痛いほど察しがついた。でも、話したかった。

「残念だった」

薄暗い廊下に、自分の声が変に響くのを耳の奥で感じた。

「越谷の演奏も、凄くよかった。池辺とも僅差だった。違う日にオーディションをしていたら、越谷が受かってたと思う」

気休めにしかならないとわかっている。何を言ったって落選したことに変わりはない。

「全日本の前に、もう一度オーディションする。受けるか？」

ぴくりと越谷の頬が痙攣して、どこかおぼろな瞳が瑛太郎を見た。

「受けないで、幸村みたいに引退する手もある、ってことですか？」

「越谷の両親や担任が、きっとそう言うだろうから。なら、俺から言ってやりたいと思ったんだよ。気に障ったなら謝る」

「いえ、親から言われたら喧嘩になりそうですけど、先生からなら、確かにそうだよなって思えますし。正直、ミーティング中も考えましたから」

オーディションに落ちたといっても、彼はパートリーダーだ。自分は落ちてしまったけど、みんなには頑張ってほしい。そんな風に話すしかなかったはずだ。

「でも、辞めないです。辞めても、幸村みたいに練習に顔出しちゃいそうな気がします」

幸村は、先日話をして以降、すっぱりと部活に顔を出さなくなった。同じ塾に通う三年生の話では、塾の自習室に籠もって勉強しているらしい。「どうしても嫌になったら音楽室に来い」とは伝えたけれど、顔を出さないということは、勉強に集中しているのだろう。

「受験のせいでオーディションに落ちたとは思ってないです」

本当です。か細い声で付け足して、越谷は続ける。

「ただ、何でもっと早く必死になれなかったんだって、落ちた瞬間からずっと考えてます」

「越谷が必死に練習してたのは、俺はよく知ってるぞ」

大きく首を左右に振って、越谷は「違うんです」とこぼした。

「茶園が部長になって、焦りました。三年なのに不甲斐ないなって思ったし、正直、あいつに腹も立ちました。茶園、俺よりずっと上手いし。練習の集中力凄いし。今までだらだら練習してきた自分に気づいて必死になっただけです。もし二年のときに気づいてたら、一年のときから今みたいに必死になれてたら――俺の三年間、全然違うものになったはずなんです」

微かに、越谷の声が揺れた。木枯らしに吹かれて震えるように、痛々しく悲しげに。

「今更後悔したって、遅いですけどね」

「そうだな。今から高一に戻るなんて、越谷だけじゃなくて、他の誰にもできない」

俺にだってできない。そう続けそうになったのを堪えて、瑛太郎は肩を落とした。

越谷の手にしたサックスのケースを、指さす。

「楽器を持って帰るってことは、練習するつもりなんだろ？　越谷は今、必死に、次を見てる。君を蹴落としてコンクールメンバーになった仲間が、西関東を突破するって信じてる。最後の一年だから、こんなに必死になれたんだ」

鼻を啜る音がして、だいぶ時間が経ってから越谷は「はい」と擦れた声で頷いた。

「まだコンクールは終わってない。全日本で戻って来い」

夏休みが明けてクラスメイトが勉強に本腰を入れ始めたら、重苦しい焦燥感に襲われるはずだ。でも、瑛太郎は心から越谷にその言葉を贈った。

「すいません、ありがとうございました」

手の甲で目元を素早く拭った越谷は、もう一度瑛太郎に頭を下げ、帰って行った。その背中が階段に消え、足音が聞こえなくなったのを確認し、廊下の角に向かって声を張る。

「茶園、いつまでそこにいる気だ」

自分の声が廊下に響く。しばらくして、基が角から顔を出した。

「……先生、気づいてたんですか」

「ちらちらこっちを窺ってるからだよ。越谷は、多分気づいてなかったと思うけど」

こちらにとぼとぼと歩み寄りながら、基は「すみません」とうな垂れた。

「部長らしく、越谷をフォローしようとでもしたのか？」

「越谷先輩に元気づけられるのがオチだったと思いますが、試みようとはしたんです」

並んで階段を下りて、校舎を出た。八月もあと一週間ほどで終わりだというのに、夜の暑さは変わりがない。風はずっと生温かく、太陽が落ちても蒸し暑い。

「お姉さん、その後は大丈夫なのか？」

「会社には行ってるんですけど、前みたいに毎日終電で帰ってきて土日も働くようなことはやってないですね。かといって、毎日早く帰ってくるわけでもないんですけど」

「よかったのか、それは」

「多分、よかったんだと思います」

そう言った基の横顔は、穏やかなものだった。ならば、そういうことなのだろう。

「そういえば」

あっ、と声を上げながら、基がこちらを見上げてくる。

「先生は、どうしてアクアアルタなんて知ってたんですか？」

「『汐風のマーチ』のことか」

「ヴェネチア、行ったことあるんですか？」

「ないよ」

そういえば、「アクアアルタ」という単語を教えただけで、それ以外何も話していなかった。

「俺の両親の新婚旅行先」

実家のリビングにそのときの写真が飾ってある。高潮で鏡面のようになった広場で若い父が若い母を抱き上げる、小っ恥ずかしい写真が。しかも若い父の顔が自分にそっくりで、目元は父の首に手を回して笑う母にそっくりで、見ていられなかった。

でも、『汐風のマーチ』を初めて聴いたとき、思い浮かんだのがその写真だった。

そんな話をつらつらと聞かせてやると、基は「なんだそれ」と軽やかに笑った。

「笑うなよ。誰にも言ったことないんだから」

当時の吹奏楽部の仲間にも、徳村にも、三好先生にも、もちろん森崎さんにも。

「すみません。なんか微笑ましかったから」

そんな実家に近寄らなくなってから、もう随分経つ。

「両親は俺が大学を出たら教員になるものだと思ってたから、千学でコーチをしてることにご立腹なんだ」

コンクールが終わったらけじめをつける。つけなきゃいけない。やらなきゃならない。

「まあ、悪いのは俺だ」

お前は俺みたいになるなよ。そうこぼしそうになって飲み込む。彼はきっと悲しい顔をする。流れ星がすっと闇夜に消えるような顔で、瑛太郎を見る。耐えられる気がしない。

並木道を抜けて正門をくぐったら、何故か藤田商店の看板が目に飛び込んできた。テントの青色が、薄暗い中でも不思議と鮮やかで、艶やかで、視界から追い出すことができない。

そんな瑛太郎を引き戻したのは、やはり基の声だった。狭い歩道で立ち止まった彼は、言葉を探すように視線を宙にさまよわせ、ゆっくり口を開いた。

「先生は、先生だと思います」

何を言っているんだと口走りそうになって、瑛太郎はぎゅっと唇を引き結んだ。冗談でも軽口でもないのだと、基の表情を見ればわかった。

「先生、姉ちゃんが倒れたときに言いましたよね。自分が何をやりたいのかわからないって」

「言ったな」

「僕に言われても説得力なんてないと思いますけど、先生は、凄く先生です。凄くいい先生です。僕だけじゃなくて、玲於奈も越谷先輩も絶対にそう思ってます。さっき越谷先輩に『全日本で戻って来い』って言った先生を見て、この人は、吹奏楽がなくなったら何もない人じゃないって思ったんです。吹奏楽があるから、先生は先生なんだ」

半年前まで中学生だったこの眼鏡の少年に、一体何がわかる。自分の進路も見定まっていない子供に、何が判断できる。

でも、だからこそ破壊力は抜群なんだな。瑛太郎は吹き出しそうになった。不自然に瞬きが多くなる。多くなって、胸の奥から笑いが込み上げてくる。

「ありがとうな、茶園」

「先生」

彼の頭をぐりぐりと掌で掻き回して、そのまま藤田商店まで連れて行った。まるで、いつかと同じだ。瑛太郎はレジにいた藤田さんに小銭を渡し、瓶のコーラを二本買った。そして、いつかと同じように、レジ横の柱に吊されたノートを見つける。

「書いていくかい？」

瑛太郎の視線に気づいた藤田さんが、そっとノートに手を伸ばした。ページを捲り、紐でノートに括り付けられた鉛筆を差し出して来る。「卒業生ご来店記念」と書かれたノートは、千学の卒業生の名前であふれ返っている。

「十月に、吹奏楽の全国大会があるんです。それが終わったら、書きに来ます」

そんな約束をしていいものか。自分で言って戸惑った。でもこの戸惑いが、不破瑛太郎にこの半年でもたらされた変化なのだと思う。

「まだ、何にも成し遂げてないんですよ、俺」

ノートを引っ込め、瑛太郎に釣り銭を渡しながら、藤田さんはニッと笑って見せた。

「別に、うちは成功した卒業生しか来ちゃいけないわけじゃない。失敗した子だって、なーんにもない子だって、別にいいんだ。でも、そういうことなら、待ってるから」

またコーラ飲みにおいで。そう手を振った藤田さんに礼を言って、店を出た。

店先で乾杯をすると、コーラを一口飲んだ基は瑛太郎を探るように見上げてきた。

「全日本が終わったら、ノートに何を書くつもりなんですか？」

「さあ、何だろうな」

自分でもわかんないよと呟き、分厚い瓶の中で揺れる炭酸を見つめる。ラベルのせいなのか、瓶の口に向かって立ち上る気泡は、どれも赤みがかって見える。

「わかんないけど、『学校の先生を目指します』と書けたらいいなと、今は思ってるよ」

瓶に口を寄せていた基が動きを止める。その瞳がゆっくりと動いて、瑛太郎を向く。見開かれた二つの瞳に、外灯の光にも、炭酸の泡の煌めきにも負けない輝きが宿る。俺の両目がそんな風に光ることは、この先あるのだろうか。

コーラの瓶を握り締め、基が躙り寄ってくる。鼻息荒く、瑛太郎に迫ってくる。

「先生、僕達が全日本で金賞を獲ったら、千学で先生になってください」

ああ、そうだ。そうだった。高校生とは、こうなのだ。何かを追い求める高校生は最強だ。熱量も、輝きも、速度も、何もかも。それがこんなに眩しく感じるようになるなんて。

羨ましいと思ってしまうだなんて。

「僕と、音楽をやってください」

自分より頭一つ分小さな茶園基という高校生の中に詰まった熱に酔いそうになりながら、瑛太郎は笑った。笑うことしかできなかった。じゃないと、涙を流してしまう気がした。

瞬きを繰り返したら、体がぶるりと震えた。寒気ではない。緊張でも恐怖でもない。きっと、武者震いだ。

第四章

『風を見つめる者』は愛を歌う

1 暗闇から君へ

「始業式の日って、授業があるもんなんだね」

しかも、六限目までびっしりと。午後四時を回った時計を睨みつけ、基は机に突っ伏した。

「先生、早く来ないかなあ。部活行きたい、部活」

「お前、午前中からそればっかり言ってるな」

隣の席で、堂林が基と全く同じ体勢になっていた。九月一日になったとはいえ、今日も気温は三十度を優に超え、窓の外からは蟬の鳴き声が聞こえる。

「だって、隣の席に堂林君がいるとさあ、嫌でも考えちゃうじゃん、部活のこと」

「俺だって茶園の隣になりたくてなったわけじゃねえし」

夏休みも明けたからと席替えをしたら、偶然にも基と堂林は隣の席になった。

「堂林君が視界に入ると、ソロのことを思い出しちゃうんだよ」

「お前がソロを競ってるの、俺じゃなくて鳴神先輩だろ。俺のライバルは櫻井先輩」

西関東大会まで、あと九日。玲於奈は気を抜かない。『風を見つめる者』のオーボエソロは、みんなの耳にすっかり馴染んでいる。基はもちろん、瑛太郎の耳にも。

「遅れてすまん」と教室に駆け込んできた担任の先生が、やっと帰りのホームルームを始めた。連絡事項を聞かされ、帰りの号令が掛けられると、基は駆け足で教室を出た。

音楽室で楽器を準備していつもパート練習に使っている教室へ行くと、もう練習をしている人がいた。二人もいた。

教室の端と端に分かれて、越谷先輩と池辺先輩が課題曲『スケルツァンド』を吹いている。同じアルトサックスのセカンドを。お互いに目線を合わせることなく、黙々と。

「お、遅くなりました……」

遅刻したわけでもないのに、そう言って基は教室に入った。越谷先輩と池辺先輩が同時にこちらを見る。他のメンバーも到着したが、みんな一瞬、教室に入るのを躊躇う。決して険悪なムードではないし、越谷先輩の表情もいつも通りなのだけれど、教室の空気がピンと張り詰めていて、こちらの頬がひび割れるようだった。

「じゃあ、ロングトーンやるか」

越谷先輩がそう言って、基はとりあえずいつもより大きな声で返事をした。

緊張感に満ちた教室は、居心地は悪くない。

それは、合奏が始まってからも同じだった。楽器の音は伸びやかなのに、音楽室全体が深い海の底にでも沈んでいるようだった。

「よく集中してるな」

指揮棒を下ろした瑛太郎が、指揮台の上で何かを考え込むように顎に手をやった。

「三年は特に受験が迫ってきたのを体感して、焦りもあるだろうに。一、二年も夏の練習の疲れを感じさせないな」

感心したように笑った彼は、「そろそろやってみるか」と——指揮台の上にのせたパイプ椅子に腰を下ろしてしまった。

「君等、指揮なしで『風を見つめる者』を演奏してみろ」

バンドに向かって両手を広げて、「どうぞ」と。

戸惑わなかったわけじゃない。実際、誰もが近くに座った部員と顔を合わせて「どういうこと」と聞き合った。でも、表立って「できません」という者はいなかった。

多分、みんななんとなく、できるような気がしたのだ。

学指揮である玲於奈が、曲の頭、一音目を出すグロッケンとヴィブラフォンを担当する部員に「二人のタイミングで始めて」と指示して、二人がそれぞれのマレットを構える。たったそれだけの動作で、部屋中の空気が震える。全員が、自分の耳に神経を集中させた。

鉄琴の音にチャイムの響きが重なる。本当に、この場所に風がそよぐみたいに。

瑛太郎の指揮に従って作り上げていたテンポ、音の強弱、誰がどこで前に出るか、後ろに下がるか。指揮者を失った演奏は手探りで、みんなが互いの音を聞き合っていた。

基達が教えられたことをどれだけ実践できるか、瑛太郎は試しているのだろうか。

演奏が終わった瞬間、全員が瑛太郎を見た。彼が何と言うのか、どんな表情をしているのか、怖いけれど見てみたかった。

なのに、瑛太郎は演奏の感想など一言も口にしなかった。

「それじゃあ、席を移動して。同じパートの奴と離れて座って。次は『スケルツァンド』だ」

はあっ？　と、気がついたら声に出していた。基だけじゃなくて、全員がそうだった。「は？　何？　どういうこと？」とトランペットの櫻井先輩が周囲に聞くけれど、誰も答えない。でも、瑛太郎はお構いなしだった。

「ほら増田、チューバは主役から縁遠いって言ってたよな。こういうときくらい最前列で吹いてみろ。フルートはいつも一番前なんだし、たまには後ろの風景も眺めてこい。パーカスは動きようがないから、悪いけどそのままで」

そうやって部員達を無理矢理動かしていく。パートを引きはがし、バラバラにして、離れて座らせる。基も仕方なく、普段はチューバのファーストである増田先輩が座っている椅子に座った。右にはトロンボーン、左にピッコロ、前にはクラリネットがいる。

何これ、と誰かが言った。誰もが「こっちが聞きたい」と思ったはずだ。瑛太郎は涼しい顔で「それじゃあ行こうか」と右手を上げた。最初だけ拍子を取ってくれるようだ。

「ワン、ツー、さんっ」

入りは、何とか揃った。揃ったけれど、同じパートの音が遠い。池辺先輩の音が聞こえない。同じ場所を吹いている他のパートの音もそうだ。真隣から音程もメロディも異なるトロンボーンの音が聞こえる。演奏することに精一杯で、それじゃあ駄目だと瑛太郎に指示されたことを思い出して、必死に自分が今聞くべき楽器の音を探す。如何にこれまで指揮者に頼り切って演奏してきたかを思い知った頃、『スケルツァンド』は終わってしまった。

「よーし、君等、結構形にできるじゃん」

もっと酷いことになるかと思った、という顔で言い放った瑛太郎に、何か言い返してやりたくなる。なるけれど、言葉が出てこない。息が上がって、いつもより腕が重い。

「それじゃあ、もう一度席を移動して」

溜め息を堪えて、みんな立ち上がった。言われるがまま違う場所へ移る。基が辿り着いたのはトランペットの席だった。ちょうど堂林の椅子が空いていたから、そこに腰を下ろす。バンドの最後列。周囲をよく見渡せる場所。さっきよりは吹きやすそうだ。

安心した途端、背後からシャーッという音がして、基は「ん？」と振り返った。

瑛太郎が、部屋中のカーテンを閉めて回っていた。真っ黒で厚手のカーテンは夕日を遮り、蛍光灯の黄ばんだ明かりだけが基達を包むようになる。

「……嫌な予感がする」

独り言は予想以上に大きな声になり、瑛太郎本人にまで届いてしまった。

指揮台に戻ってこちらを見た瑛太郎が、にやりと笑う。まるで、チャペルで『スケルツァンド』を吹いた、あの夜のように。

「堂林、電気消してくれ」

出入り口近くの椅子に座っていた堂林に、瑛太郎が呼びかける。「はあっ？」と素っ頓狂な声を上げながら、堂林はスイッチに手を伸ばした。もうどうにでもなれ、という顔で。

電気が消え、カーテンに外の光を遮られた室内は、真っ暗になる。何も見えなくなる。

「すいませんっ！　これ、パーカスはどうしろというんですかっ？」

叫んだのは、パーカッションの相田（あいだ）先輩だ。直後「痛っ！」と悲鳴が聞こえる。打楽器のキャスターに足でもぶつけたのだろうか。

「もうちょっとしたら目が慣れるから、集中して頑張って」

適当な物言いに、相田先輩が「いやいやいや！」と抗議する。瑛太郎はもちろん取り合わなかった。見えないのに、彼がもの凄く楽しそうな顔をしているのが、想像できる。

ふ、ふざけやがって！

いつかと同じように、基は思った。

「指揮者がいないと、演奏って難しいだろ。もしかしたら君等の中に今、『自分達はまだみんなで一つになれてない』なんて思ってる奴がいるかもしれないけど、大体そんなもんだ」

多分、みんなが心のどこかで思っていたことを、彼は指先で弄（もてあそ）ぶように突いてくる。

「人間っていうのは、生まれてから死ぬまで一人なんだ。五十五人とか六十三人で集まって一つになんてなれないんだよ。歩く速度が違って、抱えてる事情が違うんだ。だから、同じ方向を向くんだ。バラバラの人間が同じ方向を向こうとすることに意味があるんだよ」

暗闇に響く瑛太郎の声は凜としているのに軽やかで、彼がどこにいるのかわからなくなる。いつもは瑛太郎の言葉の一つ一つに「はい！」と返事をするのに、今日は誰も何も言わない。聞くことだけに、体中のエネルギーを注いでいた。

「西関東は厳しい大会になる。県大会で千学より上位にいた学校よりいい演奏をしないと、全日本に行けない。だから君達にはステージの上で出がらしになってもらう。自分の中身を吐き出して、空っぽになってからが勝負だ。そうしないと勝てない勝負をしに行くんだ」

目が暗闇に慣れて、自分の指先や周囲の部員の輪郭がぼんやり浮かび上がってくる。

「七年前、俺は全日本に出たけど、あの頃の俺にあって、今の君等にないものなんてない。あとはステージの上で目一杯歌えばいい。いい演奏会をして、蟹でも食べて帰ってこよう」

《いいコンクール》じゃなくて、《いい演奏会》。口の中で繰り返すと、頼りない視界がぐにゃりと歪んだ。どうして涙が出るのか。手の甲で目元を拭おうとして、やめた。どうせ碌に見えないのだし、周囲からも見えないのだし、いいやと思った。

七年前の不破瑛太郎にあって、今の茶園基にないものなんてない。この暗闇の中で、ずっとほしかったものに辿り着いた気がした。

「『スケルツァンド』と『風を見つめる者』、通しで行くぞ。最初だけ指揮する。あとは君等でやれ。しっかり聞いて、考えて、感じるままに歌ってみろ」

はい、ワン、ツー、さんっ——暗闇と静寂を切り裂くようにして、瑛太郎は言った。

戸惑いや動揺の声は、気がつけば聞こえなくなっていた。

冒頭の音が跳ねた。トランペットもトロンボーンもホルンもサックスもクラリネットもフルートも打楽器も、全部跳ねた。枷（かせ）が外れたみたいに音と音がぶつかって、また跳ねる。

中間部の主旋律は、先ほど必死に探していた池辺先輩の音がいとも容易（たやす）く見つかった。向こうからふわりとこちらに寄り添ってくれたみたいに。いつもは聞こえない音が耳に飛び込んでくる。トロンボーンのスライドの音、シンバルを台に置く音、遠くにいる人の息遣い、楽器を構える音。必死に歩み寄ろうとする音が、あふれていた。

バスドラムの深い深い一打と共に『スケルツァンド』が終わる。一呼吸置いて、誰が合図をするでもなく鉄琴とチャイムが鳴り、音が増えていく。メロディがどんどん華やかになっていく。どの音も自分の主張をぶつけ合って、それが心地のいい和音になる。

音だけでわかる。みんなが笑いながらそれぞれの楽器を演奏しているのが。音にそれが滲んでいる。音に一人ひとりの顔が見える。

それは、基が憧れた千学の音だった。

そうだ、こういうのが楽しくて、嬉しいから、吹奏楽は楽しいんだ。そう思ったら、瑛太郎の顔が浮かんだ。世界の果てから飛んでくるみたいに、基の眼前に舞い降りた。

全日本で金賞を取ったら、千学で先生になってほしい。自分と音楽を続けてほしい。一方的な基の願いを、瑛太郎は拒絶しなかった。受け入れもしなかった。笑っていた。泣いているようにも聞こえる笑い声は、あの夜ベッドに入っても耳から離れなかった。

彼の笑い声が耳の奥で蘇り、オーボエのソロが近づいてくる。県大会で感じた悔しさがまた襲ってくる。同時に、それを包み込んでしまうくらい大きな別の感情に襲われた。この感情に基は名前をつけられない。つける方法を知らない。

ただ、一つだけわかった。

『風を見つめる者』は、願いだ。一人の少年が、自分の人生に音楽があり続けることを、その輝きが褪(あ)せないことを願う歌だ。吹奏楽に出会った自分の人生に対する、賛歌だ。

音が途切れる。どこにいるのかわからない玲於奈が、ソロを吹くために息を吸う。

もう少し、吹奏楽の世界にいたい。体の奥に染み入ってくる彼女の祈りを、基は自分の呼吸で追い出した。

彼女の祈りの、前に出た。

最初の音を出した途端、自分の中でパチンと部品が嵌まるような感覚があった。目の前にずっと鎮座していた重くて大きな扉が開いていく。その向こうから強い光が差し込んで、強風が基の前髪を持ち上げて、花の香りがした。

誰も何も言わなかった。ソロが終わり、いつも通り後半部に続いていく。指揮者のいない十二分間は、嵐のように過ぎ去っていった。

演奏が終わると同時に、音楽室に夕日が差し込んだ。指揮台から手を伸ばした瑛太郎が背後のカーテンを開けたのだ。オレンジ色と金色が混ざった眩しい光が、楽器に反射して四方に広がる。逆光で、瑛太郎がどんな顔をしているのかわからなかった。

ただ、「茶園」と名前を呼ばれて、基は立ち上がっていた。

「西関東、お前が吹け」

燃えさかる夕日を背に、彼は確かにそう言った。音楽室を見回し、「いいな、鳴神」と玲於奈にも聞く。夕日の届かない場所で誰かが動いたと思ったら、基へと駆け寄ってきた。

オーボエを手にした玲於奈が、空いている方の手で基の頰を引っぱたいた。パン！　という音に悲鳴が上がったが、音の割に痛みはなかった。玲於奈からもっと酷い叩かれ方をしたことは何度もある。小さい頃なんて、特に。例えば……彼女が大事にしていた人形の腕をひん曲げてしまったとき。あのときも玲於奈に頰を叩かれた。痛みに呻いていたら、彼女が両目に涙を溜め込んでいたから、こっちは泣くに泣けなかったのだ。

――今、みたいに。

「全日本はっ……」

目尻に涙を浮かべた玲於奈の顔は、もう、二歳年上の幼馴染みではなかった。あふれた涙が頬に筋を作って、夕日に当たって金色に光る。

「全日本は、絶対に、私が吹くんだから」

2　凪の舞

突然スマホの着信音が鳴り響いて、瑛太郎は飛び起きた。部屋の中は暗く、カーテンの隙間からは明かり一つ漏れていなかった。

「誰だっ、何だっ！」

手探りでヘッドボードの上に置いたスマホを引っ摑み、シェードランプの明かりをつける。オレンジ色の光の下で確認した電話の相手に、瑛太郎は呻き声を上げた。

でも、無視するわけにはいかなかった。通話ボタンを押してぶっきらぼうに「はい」と応答すると、電話の向こうから、怖いくらい懐かしい声が聞こえてきた。

『瑛太郎、寝てたー？』

水島楓の声が、聞こえてきた。距離のせいか、彼女の声は遠くて、ざらついていて、でも彼女の声だった。

「何時だと思ってんの」

『こっちが夜の九時だからあ……』

「朝の四時だ、四時」

窓のカーテンを開け放つ。朝日が上ってくる気配すらない。ホテルの五階からは静まりかえった新潟の街並みが見えた。

「西関東大会当日の、朝四時に、ドイツから何の用だよ」

楓と最後に言葉を交わしたのは、いつだ。ドイツ留学に旅立つ直前に会ったはずだから、二年近く前だ。メールのやり取りこそあれど、電話などずっとしていない。

『だって瑛太郎、せっかく自由曲を作ってあげたのにコンクールの結果報告もしてこないんだもん。いい加減にしろと思って調べたら西関東まで行ってるんだから』

「それじゃあこれは嫌がらせってことか」

『半分は確かに嫌がらせだけど、半分はエールを送るつもりで電話してるんですけど』

二年も顔を合わせていないのに、相手がどんな顔をしているかわかる。中学時代、毎日顔を合わせていたときと同じように、高校時代に塾で隣の席に座っていたときと同じように。

『私、全日本は見に行くから。あとでアパートの住所送るからチケット一枚ちょうだい』

「何言ってんだお前」

冗談はよせ。そう言いかけた瑛太郎に、楓は『冗談じゃないって』と笑いながら返してきた。その笑い方が、冗談ではないと言っていた。

『今って名古屋で全日本やってるんでしょ？　名古屋行ったことないからなあ、食べ物美味しそうだよね。ていうか、暇だったら名古屋で会おうよ。手羽先食べに行こ』

よろしくよろしくーじゃあねー。嵐のように捲し立て、電話はぶちんと切れた。窓ガラスに額を押しつけて、瑛太郎はもう一度唸った。

「言いたいことだけ言って切りやがった……」

こちらも、言いたいことなら山ほどあるというのに。窓ガラスに映る自分の顔を睨みつけ、瑛太郎は「覚えてろよ」と呟いた。本人に届くわけなんてないけれど。どんなに久々でも、あいつは「タンスの角に足の指をぶつけてほしい奴」に変わりなかった。

今日の起床時間は五時だ。千学吹奏楽部の面々は全員同じビジネスホテルに泊まっていて、六時には新潟市内にある中学校の体育館へ移動する。昨日今日の練習場として借りた場所だ。昨日の午後に新潟入りして練習し、今日もそこで最終チェックをしてから西関東大会の会場である新潟市民芸術文化会館へ向かう。

まだ起床まで一時間あるからとベッドに入ってみたが、寝られるわけがなかった。仕方なく服を着替えて部屋を出る。一階へ下りて、ホテルの外へ。少し歩くと信濃川に沿って堤防と河川敷があり、ぽつぽつと外灯が立っていた。

日本海へと注ぐ巨大な川を眺めながら、瑛太郎はしばらくその場にたたずんでいた。日の出前で気温は低く、気持ちのいい風が海から吹いてくる。

目を閉じて大きく息を吸うと、耳の奥で五十五人がそれぞれの楽器を構える音がした。ステージ袖でセッティングメンバーが祈るように手を組む音がした。

両手を構える。右手を指揮棒を持つように握って、左手は指先まで意識を集中させて。

五十五人が、こちらを見ている。指揮棒を振って目を開けた瞬間、川面を鋭い風が吹き抜けていった。瑛太郎の前髪を揺らして、川上に向かって早朝の風が走っていく。

その先に、新潟市民芸術文化会館がある。信濃川の対岸にたたずむ巨大なホールが、あけぼのの中にはっきりと確認できるようになった。

座席をバラバラにして、音楽室を真っ暗にして合奏をしたとき、瑛太郎も暗闇に向かって指揮棒を振った。もちろん、瑛太郎の指揮に従う者などいない。演奏に指揮を合わせるつもりで、振った。演奏には粗があった。ただ、暗闇に向かって指揮棒を振りながら、これでいいんだと思った。ちょっと無理矢理だったけれど、彼等は自分の中から音楽を捻り出して、音にのせることができるのだから。

指揮者にできるのは、それを誘ってやることだけだ。

「せんせい？」

離れたところから突然声がして、驚いて振り返った。

「あ、やっぱり先生だった」

オーボエを抱えた玲於奈が、学校の体操服姿で立っていた。慌てた様子で、楽器を持っていない方の手を胸の前で振る。

「違います！　音は出すつもりありません！　イメトレだけするつもりでしたっ」

練習場所として借りている中学校の体育館以外では当然練習はできない。ホテルはもちろん、たとえその周辺でも禁止にしている。

「鳴神がルールを破るとは思ってないけど、朝方に一人で外を出歩くのはやめろ。何があるかわかんないんだから」

「それは、すみませんでした」

「少しでも練習したい気持ちはわかるけどな」

西関東大会での自由曲のソロを、玲於奈は基に奪われる形になった。暗闇での合奏の最中、基が風のようにさっと現れて、ソロを歌い上げた。その瞬間のことは鮮明に覚えている。二の腕が粟立ったのも、それが全身に広がっていく感覚も、はっきりと。

あんなものを聞かされたら、吹かせるしかない。

「ソロのことはいいんです。私の力不足です。あんな基を差し置いて私がソロを吹くなんて、誰も納得しなかっただろうから」

彼女が基を引っぱたいたのには驚いたけれど、そうでもしないと収拾がつかなかった玲於奈の胸の内も、よくわかる。

「ソロの練習に来たんだろ？」

堤防へと伸びる階段に腰掛けて、玲於奈を見上げた。

「俺の目が届くところでなら練習していいぞ」

「いいんですか？」

「全日本、行く気満々みたいだからな。存分に練習しろ」

ありがとうございますっ、と嬉しそうに笑って、玲於奈は少し離れたところで練習を始めた。音は出さずに、目を閉じて、頭の中で楽器を鳴らす。空が白んできて、外灯の光が朝日に溶けていく。その中でオーボエを吹く玲於奈の姿からは、楽器に触れる喜びが伝わってきた。

堤防の向こう側から声がする。少年の声が、二人分。それが基と堂林だとすぐにわかって、肩を揺らした。さらに三人目――池辺の声が聞こえ、越谷の声まで聞こえてくる。瑛太郎は立ち上がって、堤防に現れた四人に向かって手を振った。

千学の出番は午後三時過ぎ。後半の部が始まってすぐだ。改修が済んだばかりの新潟市民芸術文化会館はオープンしたてのようで、ホールの周囲や屋上に植えられた芝生が眩しい。

駐車場でバスを降りて、控え室に向かう。六十人以上が三列に並び、三好先生が地図を片手に先頭に、瑛太郎は最後尾についた。太陽が真上にある。日本海側といえどさすがにこの時期は暑く、黒尽くめのスーツには熱が籠もった。冬服を着ている生徒達も同じ状況だろうに、今はそれより本番前の緊張の方が勝っているようだった。出発前に一度話はしたけれど、本番前にもう一度緊張をほぐしてやらないとなあ。

そんなことを考えていたときだった。

「瑛太郎君」

今まさに足を踏み入れようとしていたロビーから、見知った顔が飛び出してきた。さまざまな制服やユニフォームの生徒が行き交う中、その人は瑛太郎に真っ直ぐ向かって来る。

「森崎さん……」

なんでいるんですか。咄嗟に声にならなかった疑問を、森崎さんが笑い飛ばす。

「昨日、こっちに出張があってね。せっかく西関東大会があるし、自腹でもう一泊して、聴いていこうかと思ってさ」

立ち止まった瑛太郎を置いて、部員達は一足先にロビーに入っていく。冷房によって冷やされた空気が、微かに瑛太郎の元にまで届いた。

「頑張ってね、瑛太郎君」

自分の肩に、森崎さんの右手が置かれる。とん、とん、と二度叩かれた。

「僕が取材してた頃の君は凄く輝いてた。きっと今の君にも、あの頃の君みたいな凄いことができるはずだ。応援してる」

頑張ってと、もう一度森崎さんは言った。嬉しいと思った。七年前の自分をよく知る人からこう言ってもらえて、自分は勇気づけられた。

……そのはずなのに、違う感情がそれを邪魔する。

「森崎さん、本当は何が目的で新潟に来たんですか？」

西関東大会だけじゃない。県大会だって、きっとそう。

「県大会も西関東大会も、チケットは激戦です。新潟出張のついでにふらっと来て聴けるものじゃない。森崎さんは、目的があってコンクールに来てるんでしょう？」

瑛太郎の問いに、森崎さんは答えなかった。でも、慌てて取り繕うようなこともない。

「そりゃあ、気づくよね」という顔でこちらを見ている。

「吹奏楽で、またドキュメンタリーを撮るんですか？」

「そうだね」

予想外にすんなり認めた。この人達にとって、企画の内容は命と同じくらい大切なはずなのに、あっさり頷いた。

「どういう内容なんですか」

だから、なのだろうか。彼の目的が、自分にとって悲しいものであると確信した。

「ブラック部活動問題」

森崎さんの言い方は穏やかなものだったのに、その言葉がぐさりと胸に刺さった。鋭い刃が瑛太郎の体を抉って抉って抉って、めり込んでくる。

「最初は運動部をメインに据えようと思ってたんだけど、いろいろ調べたり考えたりしてるうちに吹奏楽部に行き着いた。瑛太郎君のことを思い出して埼玉の地区大会を調べてみたら、千学の指揮者に君の名前を見つけた」

「だから、県大会に来てたんですか」

あの日、夕日の中をばたばたと駆けてきた森崎さんを思い出す。会話の流れで、今の千学の練習環境や三好先生の心筋梗塞について自分が説明したのも。

あれはきっと、森崎さんにとっては懐かしいものでも思い出話でも何でもなくて、企画のための取材だったわけだ。

「部活動は価値のあるものだと思うよ。仲間との絆を深め、教室では学べないことを学ぶ。君達を取材して僕はそれを肌で感じた。でも、その素晴らしさの裏にある問題と、社会は向き合わないといけない。いろいろ話題になってるのは、瑛太郎君だって知ってるでしょ？」

夏休みなのに一日の休日もなく朝から晩まで練習したり。生徒に暴言を浴びせる指導者の声がネットにアップされて炎上したりしたよね。大人になって吹奏楽を続ける部員なんて一握りなのに、勉学より部活を優先させるのは異常だ。生徒だけじゃなくて、吹奏楽部の顧問になったがために休むことができなくなって、教員が過労死した事件もあったよね。

「七年前は君達があまりにきらきらしてて、そのせいで見えなかった吹奏楽部の別の面を、伝えられたらと思ってる。ドキュメンタリーを作る人間として、今まさに撮らなきゃいけない題材だとも、思ってる」

気がついたら、森崎さんの顔から笑みが消えていた。この人はいつもにこにこと自分の話を聞いてくれた。どんなにつまらない話でも、どんなに現実離れした夢物語でも。将来は何になりたいのかと問われて、「今はコンクールのことしか考えられない」と言った自分を、この人は「眩しい」と言った。

言ってくれたのに。

汗が、顎から伝い落ちた。

「森崎さんにとって俺は、ブラック部活に洗脳された馬鹿な高校生のなれの果てですか」

「そうは思ってない」

やや語気を強め、森崎さんは首を横に振った。

「ただ、もし許してくれるなら、君の話もぜひ聞きたいと思ってるよ」

県大会の日、この人は、俺のことを哀れんでいたのかもしれない。もしかしたら、あの日の自分が森崎さんの背中を押したのかもしれない。次に社会に訴えかけるべきは、こんな哀れな男を生み出してしまったブラック部活動問題だと。

「……俺のせいですか？」

この人はこのあと、もう一度吹奏楽部でドキュメンタリー番組を作る。きっと、またいいドキュメンタリーになる。『熱奏　吹部物語』みたいに、そのあと森崎さんが作った被災地の高校生のドキュメンタリーみたいに、大きな賞を取るかもしれない。それによって社会は変わるかもしれない。苦しんでいる人が救われるかもしれない。

バッシングという名の正義の火の粉は、拡散する。すべての吹奏楽部が、吹奏楽に携わるすべての人の存在が悪かのような叩き方はやめてくれ。そんな声が世間に届くわけないことも、脳裏に鮮やかに思い浮かんだ。

心ない正義に一番心を蝕まれるのは、最も純粋に、必死になっている人だということも。

「瑛太郎君が悪いんじゃない。ただ、君がきっかけだったんだ」

何が、いけなかったのだろう。森崎さんの言葉のどれかが、自分の中にあった微かな冷静さを、大人な自分を、壊した。大きな亀裂が走って、真っ二つに割れた。

気がついたら彼の着ている麻のジャケットの襟を摑んで、声を張り上げていた。自分の汗が、森崎さんの頰に飛んだ。

ふざけるな、と。

「何も考えないでやってると思うか？　あいつ等が悩まず苦しまず練習してると思うか？　確かに高校を卒業してからも音楽を続ける奴は一握りだよ。やめる奴が大半だよ。確かにそうだよ。なのに必死に練習してるんだよ。勉強も受験も将来もコンクールのことも、二十年も生きてない子供が必死に悩みながら一生懸命やってるんだよ。親や担任に『部活ばかりやるな』って言われて、自分でもその通りだって思いながらそれでも音楽をやろうとしてるんだよ。たった数秒のフレーズのために何日も何日も悩んで練習してるんだよ。一日二十四時間しかない中で必死に楽器に触ってるんだよ。頼むから、頼むからそれを『ブラック部活』の一言で片付けないでよ森崎さん」

瞬きもせず、森崎さんを睨みつけたまま、指差した。ホールの中を。千学の吹奏楽部が歩いて行った方向を。

自分の、教え子達がいる方を。

「あいつ等は、俺が全日本に出場したときよりよっぽど頑張ってるよ。コンクールのことだけ考えてた俺なんかと違って、いろんなものを背負って頑張ってるよ。それは間違ってない。絶対に間違ってない。あいつ等の人生は、俺なんかより絶対に幸せで有意義なものになる。俺が絶対にそうさせてみせる。絶対に、絶対にだ」

学校生活のすべてを吹奏楽漬けにして、あらゆるものを犠牲にしてコンクールに出場することで、苦しんでいる人間は確実にいる。部員だったり顧問だったり保護者だったり。森崎さんの言う通り、その事実と、自分達は向き合わなければならない。

でも、でも。

「俺は確かに馬鹿だったよ。森崎さんに『眩しい』なんて言われてその気になってたよ。でも、あいつ等は違う」

瑛太郎、と名前を呼ばれた。声が変に遠くて、まるで自分が水中にいるようだった。森崎さんは瞬き一つせず瑛太郎を見ていた。哀れな子だと思っているのだろうか。大人の階段を上り損ねてしまった不破瑛太郎という男を、どう思っているのか。

「瑛太郎」

今度は耳元で低い声がして、体を引っ張られた。森崎さんのジャケットの襟に深い皺を作って、瑛太郎の体は彼から離れていく。

「瑛太郎、やめなさい」

三好先生の声に、瑛太郎は我に返った。勝色の制服を着込んだ男子部員が三人、瑛太郎を押さえ込んでいた。アルトサックスの越谷に、チューバの増田に、パーカッションの相田。三好先生に一緒に来いと言われたのか、三好先生一人で行かせられずに加勢したのか。

そこまで考えて、瑛太郎は息を吞んだ。とっくに控え室へ向かったと思った吹奏楽部の部員達が、エントランスから雪崩れるように外に出て、瑛太郎を見ている。驚いた顔。ギョッとした顔。戸惑った顔。堪らず、瑛太郎は彼等から顔を背けた。

いつからだろう。いつから、どこから、彼等は聞いていたのだろう。

三好先生が森崎さんに歩み寄る。

「悪いねえ森崎さん。こいつ、これから棒振らないといけないんだ」

指揮棒を振る真似をし「久々なのに悪いね」と言って、先生は瑛太郎の肩を摑んだ。

「十五分だ」

久々に聞く、ドスの利いた声。七年前、しょっちゅう聞いた声だ。

「十五分で頭冷やして控え室に来い。わかったな？」

合奏で思ったように演奏できなくて苛立った部員に、先生はよくこう言った。

「大丈夫です」

肩に乗った三好先生の手を払おうとしたら、先生が目の奥で凄んだ。眼光が鋭くなって、瞳の色が濃くなった気がした。

「大丈夫かどうかなんて聞いてない。頭冷やして来いって言ったんだ」

「だから、そんな必要ないですから」

落ち着いてますから。そう言いかけた瑛太郎の眼前に、三好先生が人差し指を突き立てた。

「本番前に奏者の目の前で泣く指揮者がどこにいるっ！」

怒鳴られて、やっと気づいた。

自分の顎から滴るのが汗ではなくて、涙だったこと。

◆

「先生、戻ってくるよね？」

控え室で、楽器の準備をしながら誰かがそんな物騒なことを言った。みんな、「何を馬鹿なことを」と言いながらも、時計を確認していた。「十五分で頭冷やして控え室に来い」の十五分はとうに過ぎている。楽器の搬入も終わり、ケースから楽器を出して黙々と準備をしながらも、基の頭の中は瑛太郎がいつ帰ってくるのかでいっぱいだった。

「瑛太郎先生、戻ってきたら多分、僕達に謝るよね」

サックスを首からぶら下げて、近くにいた堂林に話しかける。トランペットを抱え、彼は神妙な顔で頷いた。

「多分な」

「僕達、どういう反応をすればいいのかな」

トランペットのベルに映り込んだ自分の顔を睨みつけるようにして、堂林は首を傾げた。何度も何度も、眉間に皺を寄せながら。

「どうぞお構いなく、って言うわけにもいかないしな」

かつて千学に密着していたテレビ局のディレクターと、瑛太郎が何故揉めていたのか。何が瑛太郎を激高させたのかは、基達にはわからない。でも、瑛太郎の叫び声はロビーにいた基にまではっきりと聞こえた。血を吐きながら叫んでいるみたいだった。

「なんか、謝らせちゃいけない気がして」

彼の怒りが誰のためのものだったのか。あの場にいた全員が、わかっているのだから。あいつ等の人生は、俺なんかより絶対に幸せで有意義なものになる。

俺が絶対にそうさせてみせる。

彼はそう叫びながら、涙を流していた。

時間は過ぎていき、同じ控え室を使っていた学校がチューニング室へ移動していった。控え室は千学だけになる。もうすぐ、千学よりあとに演奏する学校がやって来るだろう。楽器の準備もほとんど整ってしまい、でもここで音を出すことができない。基達はただ、控え室の扉を見つめるしかなかった。

「お前等、そわそわするんじゃない」

苦々しい顔で、三好先生がみんなを見回す。

「あいつは何があってもステージに上がる。熱が四十度あろうと、腕を骨折しようと上がる」

だから……と先生が言いかけたとき、控え室にふわりと風が吹き込んできた。基は息を止めて出入り口を見た。

大勢の視線に射すくめられるようにして固まった瑛太郎の背後で、控え室の大きな扉が音を立てて閉まった。

「すいません、遅くなりました」

瑛太郎の顔には、もう涙はなかった。だから、逆に不安になった。

「遅い！　十五分って言っただろ」

三好先生が叫ぶ。瑛太郎は苦笑しながら、一歩一歩こちらへ近づいてくる。

「現役のとき、そう言われて時間通りに戻ってきたことなかったじゃないですか」

「ああ、その通りだ！」

それ以上は何も言わず、三好先生は壁際へと身を引いた。瑛太郎を、部員達の輪の中央に押し出すようにして。

気まずそうにこめかみのあたりを掻きながら、瑛太郎は基達を見回した。一人ひとりの顔と、手にした楽器を確認するように、視線を泳がせる。

はにかむように溜め息をつき、両の掌を膝へとやって、こちらに向かって頭を下げた。

「すまん、心配かけた」

やっぱり、彼は謝った。次に何を言うのか。想像したら胸が詰まった。苦しくなった。

瑛太郎のつむじを眺めながら、一歩前に出た。後ろから誰かに押されたみたいだった。

「僕は」

自分の革靴が床を蹴った音が不思議と大きく響いて、瑛太郎が顔を上げる。

「僕は、誰かのためにあんなに怒ったことがないです。多分、泣いたこともない」

その先に言葉を続けたかったのに、出てこなかった。瑛太郎が、見たこともない表情をした。喜びと、悔しさと悲しみが入り交じった、泣いているのか笑っているのかわからない顔を。

「きっと、君等のためじゃない」

ゆっくりと、瑛太郎は首を横に振った。そして、基に千学のコーチを引き受けた理由を話してくれたときと同じ台詞を、同じような表情で口にした。

「自分のためだ」

だから、君達は気にすることないし、重々しく受け止める必要もない。俺が勝手に怒って、勝手に悔しがって、勝手に悲しんだだけだ。恥ずかしそうに顔の半分で笑って、彼は「でも、これだけは覚えておいてほしい」と続けた。

「人生で一番大事だった時間が、すうっと輝きを失って消えていくような、そんな感覚になるときが、この数年間、俺にはあった」

彼にとっての《人生で一番大事だった時間》が何なのか。わからない部員はいない。

「俺には吹奏楽以外何にもないんだなって思いながら、四月に千学に来た」

「君達は俺みたいになるなって、また言うんですか？」

咄嗟に、声に出ていた。彼にそう言われたときに胸に走った痛みが、蘇る。

「僕は先生を見て吹奏楽を始めたんだ。地元の平凡な学校の吹奏楽部が全日本コンクールに出て、テレビに出て、全国にファンができて。そんなことが起こるんだって先生達が見せてくれたんじゃないか。僕もそっち側に行ってみたいって、先生が思わせてくれたんだ」

痛みの正体には、とっくに気づいていた。サックスを抱える腕に力を込めて、基は肩を上下させた。

「お願いだから、僕が憧れた先生を否定しないでください」

叫んだわけでも、もちろん怒鳴ったわけでもないのに、息が上がった。

堪えることができずに頰を伝っていった涙を、基は拭えなかった。瑛太郎を睨みつけたまま、瞬きをすることもできなかった。

「ああ、もう否定しないよ」

大股で近づいてきた瑛太郎の掌で、頭をがしりと摑まれた。ぐりぐりと、がしがしと、強く撫で回される。

「高三の俺に恥ずかしくないように、俺もここから頑張るよ」

瑛太郎の革靴の爪先を見つめながら、脳天に彼の掌を感じながら、基はその声を聞いていた。

「君達も、よく覚えておくといい。今日という時間がどれだけいいものだったかを決めるのは、明日以降の自分だ。だから、今日のためだけに生きるなよ。明日の自分のために生きろよ」

瑛太郎の掌が離れていく。自分の頰から床に雫がぽたりと垂れた。瑛太郎が息を吸うのが聞こえた。青々とした芝生のような香りが基の鼻先を掠めた。

「みんなにお願いがある。今日のステージは、楽しく演奏してくれ。俺は、君達の音楽に指揮棒を合わせる」

いい演奏を、聴かせてくれ。

顔を上げると、瑛太郎は部員達を見回して微笑んでいた。最後に基を見て、言った。

頼んだ、と。

瑛太郎が指揮台に立った瞬間、首筋がぞわりと寒くなった。客席からの拍手が止み、瑛太郎が指揮棒を構える。いつもの力強さは影を潜めて、春風に揺れる桜の花みたいに。『スケルツァンド』の最初の一音は、今まで感じたことがないくらい、深かった。地の底から音が湧き上がってきた。

その音に瑛太郎が目を見開いて、笑った。レモンの実が弾けたみたいに。

「たまんねえ！」という声が聞こえてきそうで、照明に彼の歯が光って、彼の体が跳ねたように見えた。

そこからは、止まらなかった。

僕達はただ、いい演奏を聴かせてくれというこの人の願いを、叶えればいいのだと。今日の演奏は、そのためにあるのだと。

『スケルツァンド』の最後の一音が瑛太郎の掌に吸い込まれるようにして消えた瞬間、基は自分とアルトサックスを繋ぐネックストラップを握り締めた。頼むぞと、手に力を込める。頼むから、頼むから、頼むから。喉の奥でひたすらそう繰り返した。

瑛太郎が再び指揮棒を構えるのに合わせ、基はマウスピースに唇を寄せた。口に咥えると、舌先にリードの感触が伝わってくる。自分の意識が口から、キーに触れる指から伸びていって、楽器と一つになっていく。

指揮棒の鋭い先端が揺れて、『風を見つめる者』は始まる。五十五人の音が歌い出す。演奏に指揮を合わせると宣言した通り、伸ばす音一つ取っても、奏者が一番気持ちのいい長さをその都度見定めるように、瑛太郎は指揮棒を振った。彼の口が楽器の音と一緒に動く。歌うように動く。

音楽の神様。僕達の音楽が聞こえるか。僕達が見えるか。それともあなたは、全日本のステージに立つ者の音楽しか聴いてくれないのか。

違うだろう。あなたは、そんな固いことは言わないでしょう。

ソロが近づいてくる。瑛太郎と目が合う。彼から目を離さず、基は小さく頷いた。サックスのベルから放たれた音は、色を帯びる。チャペルのステンドグラスの青だったり、暗闇での合奏を切り裂いた夕日の金色だったり、赤みを帯びた炭酸の気泡の色だったり。

すべての色が、瑛太郎の元に集まる。指揮棒の鋭い動きと共に彼が両手を広げる。黒いジャケットの裾がはためいて、本当に風が吹き抜けたようだった。

音は遠くへ飛んでいく。ホールを飛び出して、高く高く、どこまでも行く。基が知り得ない場所へ飛んでいく。

きっと、明日の基へ飛んでいく。

アルトサックスのソロのあとの休止を、瑛太郎がいつもより長く取った。残響に耳をすますように目を閉じ、彼は大きく息を吸う。それに五十五人分の呼吸が重なって、曲は続く。

人生で最も短い、十二分間だった。

瑛太郎が指揮台から下り、客席からの拍手に応えるように一礼する。「ブラボー！」という声が飛んできた。いくつも飛んできた。

席を立ち、ステージから捌ける。反対側の袖からすぐに次の学校が入ってくる。サックスを抱えたまま、基はしばらく呆けていた。頭の奥がじんと熱くて何も考えられない。ホールの外で記念撮影があるからと、運営スタッフに促されるまま歩いた。

でも、近くから聞こえた誰かの悲痛な声と、どすんという鈍い音に、足を止めた。

打楽器の搬出を行っていたセッティングメンバーの一人が——越谷先輩が、床に膝をついて、ティンパニーに額を預けるようにして、すすり泣いていた。

「どうしてっ……」

叫びたいのを必死に堪えるようにして、越谷先輩は言った。いつもの、パートリーダーとしての顔を、かなぐり捨てて。

「どうして、俺はあそこで演奏してないんだっ……」

そこから先は、言葉にならなかった。一緒にセッティングメンバーとして参加していた幸村先輩が駆け寄って、越谷先輩の肩を叩き、代わりにティンパニーを運んでいく。

自分が何か言って意味はあるのか。自分に何が言えるのか。怖じ気づきそうになって、でも、越谷先輩の傍らに屈み込んだ。

「越谷先輩」

迷いながら、彼の背に手をやる。摩ることはできなかった。代わりに喉に力を込めた。

「全日本……名古屋国際会議場、行きましょう」

それが満点の言葉だとは、自分でも思わなかった。でも、言いたかったことはちゃんと彼に伝わったのだと思った。越谷先輩はゆっくり顔を上げ、涙をシャツの袖で拭って、ステージ袖の暗い天井を見上げた。

「そうだな」

涙で揺らめく瞳が見ているのは、多分、もっと遠くだ。

「俺さ、絶対後悔しない。受験が終わったあとに『オーディションに落ちたときに退部しておけばよかった』なんて、絶対に言わない。言わせない。だって……だって演奏できなかったことがこんなに悔しいんだ。最後までやり切って、全部、手に入れてやる」

体の奥から決意を引きずり出すようにして、一言一言を噛み締めた越谷先輩は、基の肩を二度叩いた。まるで、礼でも言うみたいに。

「次は、俺も吹く」

俺が吹くんだ。祈るように、越谷先輩は呟いた。

『汐風のマーチ』『二つの交響的断章』《交響詩「ローマの祭」》《吹奏楽のための「風之舞」》《交響曲「ワインダーク・シー」》『オリエント急行』『宝島』『スパイラル・ダンシング』『華麗なる舞曲』。アンコールは《大行進曲「大日本」》と『シング・シング・シング』。

小学生の頃、チャペルで玲於奈と聴いた千学の定期演奏会の様子が、音が、頭の中で止まらなかった。チャペルは音がよく響いて、テレビで見たことのある人が、すぐ近くで演奏していた。手を伸ばせば楽器に触れられそうだった。

だから、手を伸ばした。どれほどの熱量を音に注ぎ込めば、僕はあの日の彼らに追いつけるのだろう。そう思いながら、手を伸ばした。

響き渡るアナウンスに、基は目を開けた。

「なあ茶園、お前、まさか寝てないよな？」

後ろから堂林の声がして、「寝るわけないだろ」と背後を振り返らずに言った。

「だって、さっきからぴくりとも動かないから」

「表彰式の直前に立ったまま寝るほど、僕は図太くないよ」

「そりゃあそうか」

軽口を叩きながらも、堂林は笑わなかった。彼も緊張しているのだ。会場にアナウンスが入り、緞帳が上がる。基達が並ぶステージ上は照明が強く、満席のホールは反対に暗かった。でも、すぐに千学の仲間達は見つかる。暗がりに溶けてしまいそうな勝色の制服が、不思議とすぐ目に飛び込んできたのだ。もちろん、瑛太郎の姿も見えた。

千学の演奏順は十五番目。二つ前に演奏した埼玉県代表・埼玉栄光高校が誘導され、ステージ中央に立つと、すぐに金賞とコールされた。客席から歓声が上がり、それが消え入るより早く基と堂林も誘導された。流れに乗ってステージを進むと、聞こえた。

「十五番。埼玉県代表、千間学院高等学校」

学校名を聞いた瞬間、周囲の音が遠くなった。でも、すぐにまた戻ってくる。

「ゴールド金賞！」

右半身に、客席から歓声が叩きつけられた。悲鳴のようだった。男子部員が多いから、他校より妙に芯のある歓声は県大会でも聞いたはずなのに、吹き出しそうになった。

堂林と二人で賞状と盾を受け取り、元いた場所へ戻る。去年も部長がこうやって金賞を受け取り、基も客席で歓声を上げた。でもすぐにそれが全日本に進めないダメ金だとわかった。

今日は、その先の景色を見るために、ここに立っている。

すべての演奏校の表彰が終わり、全日本への推薦団体の発表が始まった。ステージに大きなトロフィーが運ばれてくる。数は三つ。全日本への出場校も、三校。

「それでは、演奏順に推薦団体を発表致します」

大会委員長がマイクの前に立ち、ポケットから取り出した紙を広げる。その音をマイクが拾い、まるで遠雷のようにホールに響いた。

「埼玉県代表、県立伊奈北高等学校」

伊奈北の《い》が発せられた瞬間に、ゴールド金賞をコールされたときよりずっと大きな歓声が響き渡った。拍手が続く。推薦団体に選ばれた学校の代表が再びステージの中央へ誘導されていく。西関東代表の証であるトロフィーを受け取り、基の前を笑顔で通過して、元の位置に戻る。喜びの声と拍手が鎮まるのを待ってから、発表は続く。

「続きまして、埼玉県代表、埼玉栄光高等学校」

また、ホールが揺れる。耳の奥を鋭い刃物で刺されるような、心臓を撫で回されるような、奇妙な感触を基はその中で味わった。

推薦団体は、あと一校だ。

「続きまして」

声は、静まりかえったホールに吸い込まれていく。背後で堂林が息を飲む音がした。

「埼玉県代表――」

頭上から降り注ぐ照明が青みを帯びたように感じて、基は目を閉じた。サックスに息を吹き込むように、大きく息を吸って、腹の底から、吐き出す。長く長く、遠くまで響くように。

「千間学院高等学校」

学校名は、最後まで聞こえなかった。それよりずっと大きな歓声に掻き消された。目を開けた瞬間、涙があふれた。大粒の雫が頬を伝い、顎からステージへと落ちていった。

「届いたんだ」

小学生の基が伸ばした手は、長い月日と挫折と出会いを経て、今日、届いた。

あの日の彼に、やっと触れた。

大きなトロフィーと推薦団体としての代表認定証を受け取って、表彰式は――西関東吹奏楽コンクールは終わりを迎えた。

堂林とハイタッチをして、一度じゃ足りなくて互いの手が真っ赤になるくらい何度も何度も掌をぶつけ合ってから、ステージを下りてロビーに向かった。すでに多くの学校がホールを出て来ていて、いろんな制服やユニフォームを着た生徒達が、喜び合ったり泣いたりしていた。

勝色の制服は、すぐに見つかった。

「玲於奈っ！」

幼馴染みの顔を見つけて駆けて行ったら、体当たりでもするみたいに全力で抱きつかれた。トロフィーを落としそうになって、すかさず堂林が引き取ってくれた。

やったー！　とも、よかったとも、玲於奈は言わなかった。基の肩に顔を埋めて、ずっと黙っていた。彼女が小刻みに震えているのを感じて、基はゆっくり玲於奈の背中に腕を回した。

「全日本だね」

一言そう言うと、玲於奈はすぐに頷いた。

「ちょっと時間かかっちゃったけど、やっと行けるね」

また、玲於奈が頷く。

「楽しみだね」

「ソロ、全日本は私が吹くから」

しゃくり声の混ざった宣戦布告に、基は全身を揺らして笑った。そうだ。あと一回、コンクールのステージで『スケルツァンド』と『風を見つめる者』を演奏できる。

「嫌だよ。次も、僕が吹く」

笑い混じりにそう返すと、玲於奈がやっと顔を上げた。軽く頰を叩かれる。痛みはない。さっきまで涙に濡れていた頰には、心地がいいくらいだ。

「生意気！　こっちの気も知らないでステージの上でしみじみしちゃってさ」

大変だったんだから！　と真っ赤な目で繰り返す玲於奈に、「なんで？」と基は首を傾げた。

「なんでって……瑛太郎先生がっ、表彰式が始まる直前に、『調子に乗っていつもより音を伸ばしたせいでタイムオーバーで失格かもしれない』とか言い出して、みんなパニックで死にそうになってたんだからっ！」

「……え？」

ああ、そうだ。そういえばそうだ。すっかり忘れていた。演奏時間の規定は十二分。数秒でもオーバーすれば失格になる。今日の瑛太郎の指揮は普段より音を長く伸ばしていた。一音一音の残響まで、愛おしむように。当然、その分だけ演奏時間は長くなる。

周囲を見回すと、玲於奈の声が聞こえていたのか、瑛太郎が居心地悪そうにこちらを見ていた。

「ちょ……瑛太郎先生っ」

何してるんですか！　こんな大事なときに！　そんな言葉が喉まででかかって、でも声にならなかった。気がついたら彼に向かって走り出していて、瑛太郎も何も言わず両手を広げた。

「すまん！」

笑いながら謝る瑛太郎に、基は思い切り抱きついた。

「ごめん、調子乗りすぎた！　全日本は気をつける！」

当たり前ですと言おうとして、やっぱり言葉にならなかった。

「全日本行けたよ、先生」

やっとのことでそう声に出したら、彼の腕に力がこもるのがわかった。

「行けたな」

行けた。行けたよ。何度も降ってくる瑛太郎の声を、基はしばらく黙って聞いていた。

3　日がまた昇る

「茶園君は、一年生で部長に任命されて、正直なところどう思った？」

インタビュアーにそう聞かれた基が、隣に座る玲於奈に視線をやって、緊張気味に質問に答えていく。窓際で椅子に座って、瑛太郎は居心地悪くそれを眺めていた。

音楽準備室の長机には、基、玲於奈、堂林の三人が座り、向かい側に出版社の編集者が一人、その人が連れて来たライター兼インタビュアーが腰掛けている。カメラマンは先ほどまで狭い室内をうろうろして、基達三人の写真を撮って回っていた。ときどき、楽譜が雪崩れ落ちそうな棚や、今後のスケジュールが書かれた黒板も写真に収めた。もう少し掃除しておけばよかったなと、瑛太郎は後悔した。

もらったばかりの名刺に視線を落とす。出版社の名前と「オール吹奏楽」という文字。

年に四回刊行される吹奏楽の雑誌で、冬号は全日本吹奏楽コンクールの特集を組むらしい。もらった見本をぱらぱらと捲ると、昨年の全日本に出場した学校の部員や顧問のインタビューが何ページも掲載されていた。

「不破先生は、母校の指導をするに当たってどんな意気込みで戻ってきたんですか？」

インタビュアーが、突然瑛太郎を見た。思い切り目が合って、丁寧な口調でそう聞かれる。手が届く範囲にいたせいで、咄嗟に見本誌で彼の頭を叩いてしまった。

「痛っ」

後頭部を押さえたインタビュアー――徳村尚紀に、瑛太郎は口をへの字にした。

「無理！　お前相手に真面目に答えられるか！」

席を立って、なんとなく基達の後ろに逃げてみた。瑛太郎を見上げる三人は、にやにやとした口元を隠せていない。

「えー、不破先生、ちゃんと答えてくださいよお」

「聞かなくても記事の一本や二本書けるだろ、一緒に住んでんだから！」

七年振りに全日本への出場が決まった千学に、マスコミの取材が来るのは予想していた。しかしまさか、雑誌の取材スタッフに徳村がもぐり込んでいるとは、予想もしていなかった。

「え、何？　恥ずかしがってんの？」

「当たり前だ！」

捻り出すようにそう言うと、基が吹き出した。ぎろりと睨んだが、こちらに背を向けて笑いを堪えている。隣も、その隣も。

「しょうがないな。恥ずかしがり屋な不破先生には家に帰ってたっぷり取材しますよ」

ゲラゲラと笑いながら、徳村は基達へ質問を続けた。何だか、自分だけがもの凄く間抜けな奴みたいだった。

インタビューは一時間ほどで終了し、あとは部活の様子を見学しながら写真撮影をするだけだという。音楽準備室を出て階段を下ると、徐々に階下が騒がしくなってきた。

「部活の見学と言っても、今日は練習自体はないんですけどね」

隣を歩く「オール吹奏楽」の編集者に、瑛太郎は言った。特別棟を出ると、目の前を巨大な着ぐるみが生徒に連れられて横切っていった。「お化け屋敷やってます」という物々しいデザインの看板を抱えた生徒達が、校舎の入り口で呼び込みを行っている。

今日は、年に一度の千学の文化祭だ。毎年十月の頭に二日間行われ、初日の今日は吹奏楽部も体育館のステージで演奏することになっている。特別棟は何の企画も行われないからひっそりとしていたが、一歩外に出れば賑やかだ。屋外で屋台もやっているから、そこら中から食べ物の匂いが漂ってくる。

「うわ、変わってないなあ」

懐かしそうに徳村が校舎内をきょろきょろと見回す。体育館に移動するまでの間に、一体何度「懐かしい」と彼は言っただろう。

体育館での演奏は午後三時から。あと三十分ほどあるが、すでに部員達は楽器を搬入し終え、体育館の周辺でチューニングを行っているはずだ。

「なあ瑛太郎、お前、その格好で全日本も出るわけ？」

振り返った徳村が、ふいにそう聞いてきた。瑛太郎は今日も西関東大会で着ていた黒いスーツで指揮をする。全日本もそのつもりだった。

「大学生の学祭のステージじゃないんだから、全日本くらい燕尾服レンタルしたら？」

「燕尾服着て棒振るってガラでもないだろ」

「全日本だと、表彰式で指揮者賞の贈呈があるじゃん。その格好だと浮くぞ、多分」

隣を歩いていた編集者にも「時間があるならレンタルした方がいいんじゃないですか？」と言われてしまう。上等な燕尾服を着た名だたる指導者に紛れてこの姿の自分が立っているのを想像すると、確かに場違いな気がした。

その会話が聞こえていたのか、基がこちらをちらりと振り返り、徳村に聞く。

「徳村さんって、瑛太郎先生が部長をやってたときの副部長さんですよね？」

「そーだよ。パーカスのパートリーダーも兼任ね」

基が脇にいた堂林の顔を覗き込み、「僕、堂林君と二人暮らしは嫌だな」と言って、堂林に「俺も嫌」とすぐさま切り返された。

体育館に入ると、基達三人はすぐに楽器の準備をして、チューニングを済ませる。演劇部がミュージカルを披露しているのを尻目に、舞台袖に六十三人が集合した。カメラマンと編集者と徳村を必死に視界の外に追い出して、瑛太郎は部員達を見た。

「全日本の前に文化祭の準備や練習もあって、みんな大変だったと思う。本当にご苦労様。ただ、文化祭が終わったらまた全日本に向けて練習もきつくなるだろうから、今日はみんなで楽しく演奏しよう」

全日本まであと二十日。時間はあるが、西関東のときのような余裕はない。三年生は受験へ向けていよいよ苦しい時期が来たし、一、二年生も学校行事や試験が控えている。

「ずっと、君達は全日本を目標に頑張ってきて、ちゃんと全日本への切符を摑んだ。だからこそ、何のために全日本に行くのかを、それぞれ考えて練習に臨んでほしい」

部全体の目標を立てろとは、あえて言わなかった。全日本で演奏する理由と意味は、それぞれが胸に抱けばいい。無理に一つにしなくても、彼等は同じ方向を向ける。

「今日は久々に全員でのステージだ。楽しくやろう。昨日のオーディションで残念ながらコンクールメンバーから落ちてしまった人に『気を取り直して』なんて言うつもりはない。一日やそこらで、悔しい気持ちが消えるわけがないし……」

そこまで言ったところで、部員達の輪の外から「ああ、そっか！」という徳村の声が聞こえてきた。当然、部員達はそちらを振り返る。まさか、と思ったときには遅かった。

「昨夜、お前が一人で飯食いながら泣いてたのって、オーディションだったからか！」

瑛太郎を指さして、徳村はそんなことを大声で暴露した。六十三人が今度は瑛太郎を見る。頰が、熱くなる。ステージ袖が暗くて助かったと思いつつ、瑛太郎は頭を抱えた。

昨日、全日本のステージに立つメンバーのオーディションを行った。メンバーを固めて、文化祭のステージで課題曲と自由曲を本番を想定して演奏するためだ。形式はこれまでと全く同じ。西関東大会に出られなかった部員達が復活をかけて挑み、数人の入れ替えが行われた。前回同様、アルトサックスのオーディションは激戦だった。池辺と越谷が同数で並んでしまい、もう一度演奏をして決選投票をしたくらいだ。

結果、越谷がコンクールメンバーに返り咲いた。落選した池辺が必死に唇を噛んでいたのが、瑛太郎の位置からはよく見えた。見えてしまった。

音楽室では冷静にオーディションの結果を伝えられたけれど、帰宅して一人で夕飯を食べていたら、何故か泣けてきてしまった。西関東大会で演奏し、全日本への切符を摑んだメンバーが肝心の全日本に出られない。なんて、残酷なんだ。

自室で仕事をしていたはずの徳村にばれていたとは、思わなかった。

ミュージカルが終わったらしく、実行委員の生徒にステージへと誘導される。仕方なく、「……それじゃあ、本番行きましょう」と呻いて、部員達をステージへ送り出した。

最初の一曲はポップスだ。コンクールメンバーもセッティングメンバーも関係なく演奏する。楽器を抱えて次々とステージへ出て行く部員達を見送りながら、瑛太郎は頭を左右に振った。このままステージに立ったら、顔が真っ赤なのがばれる。

「瑛太郎先生」

背後から突然声を掛けられ、慌てて振り返る。アルトサックスを首から提げた池辺が、神妙な顔でこちらを見ていた。

「昨日のオーディションですけど、俺は納得してます」

瑛太郎の胸の内を読んだように、池辺は言った。

「自分で聴いてても、越谷先輩の演奏、凄かったです。西関東のオーディションでは『勝った』って思ったけど、昨日は逆に『まずいかも』って思ったんで。決選投票になっただけ運がよかったなって思ってます」

悔しい、ですけどね。微かに眉間に皺を寄せながら、池辺はそう続けた。

「来年は、全日本で吹けるように頑張ります」

瑛太郎に一礼し、池辺はステージへと飛び出していった。袖に残ったのは、瑛太郎と「オール吹奏楽」のスタッフだけだ。

「いいもの見た」

笑顔を覗かせ、徳村が呟く。

「あいつ等の方が、よっぽど大人だな」

呟いて、ステージに出た。まだ顔が赤かったのか、指揮台に立った瞬間、六十三人全員から笑われた。

池袋のジュンク堂書店の一階で待ち合わせた相手は、約束の時間から十分ほど遅れて店に駆け込んできた。

「ごめん、遅くなった！」

たかが十分程度なのに両手を合わせて謝る森崎さんに、「本買ってたんで大丈夫です」と店のロゴマークが入ったビニール袋を見せて、一緒に外へ出た。

「池袋まで出て来てもらっちゃって悪かったね」

「八時にしてくれって言ったのは俺ですから」

文化祭の初日は五時までイベントが行われ、明日の準備やら何やらをして部員達を帰したあとに池袋まで来るとなると、どうしてもこの時間になってしまった。

「大学のときはよく来てましたし、池袋」

「そうか、大学近かったもんね」

そういえば、大学の合格発表の日。自宅のパソコンで合格を確認して、親に口頭で伝え、三好先生に伝え、そのあと自分は、森崎さんにもメールで知らせたんだった。速攻で返事が来たのを覚えている。笑顔の絵文字がたくさん踊った「おめでとう」というメールが。

そういえば、あの頃の自分は森崎さんのメールアドレスを知っていたのに、一体いつ消してしまったんだろう。携帯を新しくしたときに、データを移し忘れたんだろうか。

ずっと連絡先を取っておけばよかった。そうしたら、大学卒業後に迷子になっていた自分は、彼に助けを求められたかもしれないのに。

森崎さんが向かったのは、ジュンク堂から歩いて数分の個室居酒屋だった。

くる。

「文化祭だったんでしょ？」

ビールで乾杯して、スーツを着た瑛太郎を見て森崎さんが「何吹いたの？」と聞いてくる。

「ポップスを何曲かやって、最後は全日本出場メンバーで課題曲と自由曲です」

「西関東で随分仕上がってたからねえ、全日本が楽しみだ」

《西関東》という言葉に身を固くして、瑛太郎は姿勢を正した。

「森崎さん」

「西関東では本当にすまなかった」

謝ろうとして、先を越されてしまった。中途半端に下げかけた頭を上げ、「俺こそすみませんでした」と改めて言う。

「森崎さんは千学の吹奏楽部がどうだなんて一言も言ってないのに、俺が勝手に頭に血が上っただけです」

「今まさにステージに上がろうとしてる人に話すことじゃなかった。埼玉県大会のときに、何だか君が高校時代を後悔してるように見えたから、勝手に瑛太郎君も僕と同じことを考えてるんじゃないかって気がして、べらべら喋っちゃったんだ」

県大会の直後の自分を思い返す。過去の自分の影に怯える、情けない自分を。

「俺、吹奏楽がなくなったら何にもない人間なんだってずっと思ってたんですけど、県大会のあとに部員から言われたんですよ。全日本で金賞を獲ったら千学で先生になってほしいって」

ビールジョッキに口をつけた森崎さんが、「へえ」と柔らかく笑って、ビールを飲むことなくテーブルにジョッキを置いた。

「嬉しいね」

「そうですね。嬉しいですね」

「また教員採用試験、受けるんだ」

森崎さんの指が、瑛太郎が先ほど買った本の入ったビニール袋を差す。よく見たら、「教員採用試験　問題集」という本の表紙が透けて見えていた。

「全日本に行けたら何か見えるかもしれないって思って引き受けたコーチでしたけど、全日本のステージに立つ前に、霧が晴れちゃいました」

高校生って、凄いですね。しみじみとそう言うと、森崎さんが腹を抱えて笑った。

「僕も七年前、君を見るたびにそう思ってたよ」と。

「ホント、凄いですよ、高校生って。こっちが二年以上ぐるぐる悩んでたことを、たった一言で吹っ飛ばすんですから、あいつ等」

本当に、彼等は一日ごとに大人になる。こちらが到底追いつけないスピードで、胸が苦しくなるくらいのエネルギーを帯びて、成長していく。

だから、彼等には、どうか、幸せな未来があってほしい。就職したとき、三十歳になったとき、結婚したとき、子供ができたとき、そして死ぬとき。今の自分に笑顔で手を振ってほしい。お陰様で今、とても幸せだと。

「今年の教員採用試験は終わっちゃったんで、来年に向けて勉強しようと思います。高校時代に深く考えないで目指した教師でしたけど、今ははっきり言えるんです。俺は教師になりたい。吹奏楽とか部活とか関係なく、ああいう子達の力になりたい。吹奏楽部の指導ができるなら、嬉しいは嬉しいですけど」

袋から問題集を取り出して、表紙の「教員採用試験」という文字を指先で撫でてみる。フィルム加工された表紙は、指先にひやりと冷たかった。

「瑛太郎君と二度とこうして笑ってお酒を飲めなくなったとしても、僕は撮るよ。ブラック部活動を題材にしたドキュメンタリー」

ジョッキの輪郭を指先で撫で、森崎さんが言う。瑛太郎はゆっくり頷いた。

「わかってますよ。俺のこと、取材したっていいですよ」

「……いいの？」

「俺だって、吹奏楽が何の問題もない神聖な世界だなんて思ってないです。俺が気づいてない問題もきっとある。だから、七年前みたいに俺達のことをちゃんと見て、批判すべきところは批判してほしいと思って」

この人が、視聴率のために面白おかしく誰かを陥れる人ではないと、瑛太郎は知っている。森崎さんはドキュメンタリーを作る人間として、自分の作るものに誇りを持っている。自分が作ったものが誰かの心を動かすと、誰かを救うと信じている。それは七年前と変わっていない。

「それでもし、吹奏楽部の子達が、自分達のやって来たことを疑問に思ったり、罪悪感を覚えたり、傷ついたりするなら、何度だって『それでも俺は君達の音楽が好きだ』って言うだけです」

好きなものを好きでいるには、覚悟がいる。我慢や努力がいる。だから彼等の「好き」を守りたい。好きなものを嫌いにさせない。好きでいることで、彼等を傷つけさせない。

好きなものを真剣に抱きしめた時間が、人を大きくする。そう、信じたいから。

「瑛太郎君は、この七年で随分大人になったんだね」

「大人になったように見えるなら、きっとこの半年間のおかげです」

「だとしたら、一度迷子になったのも意味があったんだろうね」

あとからなら何とでも言える。だから、今を足掻くことができる。

「じゃあ、全日本でのゴールド金賞を願って、乾杯だ」

もう一度森崎さんとビールジョッキをぶつけ合って、金色に光る中身を飲み干した。自分はこの人と酒を酌み交わせるようになったんだなと、しみじみとしてしまった。

制作費が下がる一方で大変だとか、別れた妻に引き取られた娘が最近顔を合わせても冷たいんだとか、そんな愚痴を聞くのも何だか楽しかった。

「瑛太郎君、今は彼女はいないの？」

「この状況で恋人なんて作れると思います？」

森崎さんがウイスキーの水割りをがぶがぶと飲み出し、瑛太郎がアルコールをやめて烏龍茶を注文した頃には、そんな話までするようになっていた。

「家と学校を往復してて、気がついたら一ヶ月くらいたってるんですから」

最近話した年の近い子なんて、よく行くコンビニの店員と、基の姉くらいだ。西関東大会の直後、土曜日に学校へ礼を言いに来てくれた。律儀なものだ。

「でも瑛太郎君、高校のときに仲良くしてた楓ちゃんとはその後どうなったの？」

「当時も死ぬほど言いましたけど、奴は彼女じゃないです。しかも今は留学中です」

当時の森崎さんもしつこかった。西関東大会の会場で瑛太郎と話していた楓に、「テレビには出たいけど瑛太郎の彼女と誤解されるのは死んでも嫌です」と一蹴されていたっけ。

「懐かしいなあ、懐かしい。凄く懐かしい」

目を細めた森崎さんが、そのままテーブルに突っ伏す。ウイスキーの水割りが入ったグラスを彼から遠ざけ、代わりに水を置いてやった。

「ねえ、瑛太郎君。今度焼き肉食わせてあげるよ。約束したでしょ」

当時を思い出して、瑛太郎は「ああー」と声を上げた。全日本に出場できたら、飛びきり高級な焼き肉を食わせてやる。そんな約束をしたのに、有耶無耶になっていた。

「瑛太郎君に焼き肉食わせてないなあ、って、たまーに思い出すんだよ。僕がブラック部活動のドキュメンタリーを撮ったら、なんだかんだで君を傷つけると思うんだよね。僕の顔なんて見たくなくなるかもしれない。そうなる前に、約束を守っておこうかなあ、なんて思って」

「いいですよ、そんな気遣いしなくても。もう高校生じゃないんですから。傷つけられたって、俺はまた森崎さんと話したくなると思いますよ、きっと」

烏龍茶のグラスを手の中でくるりと回す。氷がカランと音を立てる。

「あ、でも、焼き肉は食わしてください」

しばらくして顔を上げた森崎さんは、いつか、瑛太郎のことを「眩しい」と言ったときと同じ顔をしていた。瑛太郎が置いた水をぐっと呷り、「叙々苑でどうだ！」とはにかんだ。

森崎さんと池袋で別れて帰宅する頃には、零時近くになっていた。

「遅かったね」

自室から顔を出した徳村が、そのまま台所でコーヒーを淹れ始めた。帰ったら今日の取材のことで徳村に文句の一つも言ってやろうと思っていたのだが、森崎さんと和やかに飲めたことで思いのほか気分がよくて、そんな気になれなかった。

「いい子等だったわ、吹奏楽部」

「だろ」

むしろ、そう言われて誇らしくなってしまう。

徳村が瑛太郎の分のコーヒーも淹れてくれたから、砂糖をいつもより多めに入れて飲む。まだ仕事をするという徳村が、マグカップを持って自室に戻りかけたときだった。

彼のスマホが鳴り、届いたＬＩＮＥのメッセージを確認して、「おー！」と声を上げた。

「宮地と花本が、全日本のチケット取れたって！」

かつて一緒に全日本の舞台に立った二人の名前に、瑛太郎はむせ返った。

「何故！」

「何故って、瑛太郎が全日本で指揮するんだぜ？　そりゃあ、みんな観に行こうって思うじゃん？　都合つけられるかどうか、チケット抽選に当たるかどうかがネックだったけど、よかったあ……宮地と花本、来れるんだ」

返信を打ちながら、徳村は嬉しそうだった。彼も「オール吹奏楽」の取材で名古屋へ行くことが決まっているから、当日は懐かしい顔ぶれの前で指揮棒を振ることになる。

「……元気にしてるかな、二人とも」

「元気じゃなかったなら、全日本を聴きに行ったりしないよ。大丈夫」

瑛太郎の肩を叩き、徳村は部屋に戻っていく。その背中に、「ありがとうな」と礼を言った。

「……いきなりどうしたの」

振り返った徳村の困惑した顔に吹き出しそうになって、でも我慢した。

「俺、お前と一緒にいたから何とかここまでやれた気がする」

「やめろよ。なんか全日本のステージで死んじゃうみたいな感じになってるぞ」

「えー、そうかな」

「そうだよ。瑛太郎、高三のときも似たようなこと言ってさあ、その直後の野球応援で熱中症で鼻血吹いてぶっ倒れたの覚えてないのかよ」

そうだ。そんなこともあった。笑い出したら、止まらなくなる。「呆れた」と肩を竦めた徳村が仕事に戻り、一人残ったダイニングでコーヒーを飲みながら、瑛太郎はしばらくそのままでいた。気づいたら『汐風のマーチ』と『二つの交響的断章』の鼻歌を歌っていた。

七年前、東京の普門館で行われた全日本吹奏楽コンクールのステージを思い出す。

自分達を照らすのは、ただの照明のはずなのに、もっと神々しい何かが降り注いでいる気がした。薄暗い客席には水島楓がいて、瑛太郎の両親がいて、ステージ袖には森崎さん達ドキュメンタリー番組のスタッフがいた。

あの場所での十二分間の演奏は、素晴らしいものだった。全身で、音楽の神様から吹いてくる風を受けていた。

幸せだった。こういう幸せが、これからの人生の中で何度も感じられたらいい。

それが、瑛太郎にとっての音楽だった。

それは、今も変わらない。変わることはない。

4　号泣と稲妻

「ちょうど明後日、名古屋直撃コースだぞ」

スマホで天気予報を確認した堂林が、画面を基にも見せてくれた。台風の進路予想は、これから基達が向かう名古屋を指していた。音楽室の窓の向こうも、鉛色の雲が広がっている。

明後日——十月二十二日。全日本吹奏楽コンクール高校の部が開催される日に、会場である名古屋国際会議場を、台風が襲う。

「うわ、しかも、ちょうど僕等が演奏してる頃じゃん」

台風が名古屋を直撃するのは、明後日の夕方ということだった。千学の演奏は、後半の部の五番目。恐らく午後三時半過ぎにステージに立つことになる。

「ていうか、コンクールって台風で中止になったりしないよね？」

「知るかよ。聞いたことないけど」

ほら、もう行こうぜ。壁に掛かった時計を確認した堂林は、そそくさと音楽室を出る。忘れ物がないか音楽室を見回して、しっかり扉を施錠して、基もあとに続いた。

本番で使用する楽器はすでにトラックやバスに積み込んだ。このまま千学を出発し、五時間以上かけて移動する。名古屋に着くのは夜の予定だ。そのままホテルで一泊し、明日は丸一日、名古屋市内の中学校の体育館を借りて練習する。本番当日の午前もそこで練習して会場入りする予定だが、天候によっては大きく変わる可能性もある。

「ていうかさあ……」

階段を下りながら、堂林がスラックスのポケットから折りたたまれた紙を取り出した。明後日の演奏順が書かれたプリントだ。

「千葉の柏北高と東京の高輪台学園に挟まれるってどんな罰ゲームだよ！」

「仮に他の場所だったとしても福岡清美とか大阪花桐とか、それこそ伊奈北とか埼玉栄光に挟まれるんだから、どこだって一緒だよ。前半の部にだって茨城の常福寺とか静岡の海の森とか福島の湯本第一とかがいるんだから」

「でもさあ、柏北高のあとの演奏って、いろいろしんどくない？」

「まあ、そりゃあそうだけど」

千葉の柏北高校といったら、激戦の東関東大会を毎年のように突破し、全日本へやって来ては当然の如く金賞を受賞する強豪校だ。そんな高校のあとに演奏するのがどういうことなのか、もちろん基だって理解している。

「柚で柏北高の演奏聴いてからステージに出るって、よくよく考えたら凄いよね」

「だろ？」

「だから、変にプレッシャー感じないように、瑛太郎先生は『全日本に出る意味を一人ひとりが考えろ』って言うんじゃないかな」

文化祭以降、瑛太郎は合奏のたびに同じ話をした。全日本に出る意味。全日本のステージで何をしたいのか。全員が考えろと。

「堂林君は、明後日どうしたいの？」

「超格好良く超目立ちたい」

「……正直だなあ。県大会のときは『俺の演奏は欲望塗れ』とか言ってたのに」

「それが俺のいいところだって言ったのはお茶メガネじゃん」

「そうだっけ？」

「忘れてるし！」

プリントを乱暴にポケットに突っ込み、「いーけどさ！」と天井に向かって叫んだ。

「めっちゃ目立って、全国の吹奏楽部に『千学のトランペットが凄い』って噂させてやる」

「全国で《いやらしいトランペットの人》って言われないといいね」

言い終わらないうちに、「余計なお世話！」と脇腹を指で突かれた。やり返そうとしたら、堂林は真顔で「茶園はどうなの」と聞いてきた。

「瑛太郎先生を、泣かせてやろうかと思って」

「はい？」

階段を下りる足を止め、堂林が基の顔を覗き込む。

「先生、西関東のときに怒って泣いてたでしょ？　オーディションのあとは悲しくて泣いてたと思う。だから全日本は、僕等の演奏で感動させて、泣かせてやろうかと思って」

文化祭の日、顔を赤らめてステージに現れた瑛太郎を見たときから、決心していた。

「なんだよそれ」

呆れた、という顔で堂林は早足で階段を下りていった。一階まで下りたところで、太陽に照らされたガラス玉みたいな目でこちらを振り返る。

「あー、うん、でも、そうそう。お茶メガネがそういう奴だから、瑛太郎先生はお前を部長にしたんだよ」

いつかと同じことを言われて、基はどういう反応をすればいいのかわからなかった。

でも、一つだけ思ったことがあった。

「指揮者が感動して泣いちゃうくらいの演奏ができたら、先生が僕を部長にしたのは正解だったって、僕も納得できる気がする」

そうすればきっと、彼は自分と音楽を続けてくれる。そんな予感がした。

鍵を職員室に返し、靴を履き替えて外に出ると、すでに他の部員達は大型バスに乗り込んでいた。ドアの前に立っていた瑛太郎が、「お前達で最後だよ」と手を振ってくる。

どれほどの演奏をしたら、あの人は涙を流すだろう。

そんなことを思いながら、基はバスへと駆けていった。雨の匂いが混じった風が頬を撫でる。

本番を二日後に控え、千学吹奏楽部は長い長い旅に出る。嵐に向かって、旅に出る。

＊＊＊

朝から降り続いた小雨は、名古屋市内にある中学校での練習が終わる頃には、荒い風を伴った激しいものになっていた。練習は予定通り午後六時まで行ったが、演奏が止まると体育館の屋根に雨粒が叩きつける音が聞こえた。

ホテルへ戻る準備をしている中、基は瑛太郎にステージ上に呼ばれた。ステージに上がると、楽器を持ってこい。そう言われた瞬間に、覚悟はできていた。

少し遅れてオーボエを持った玲於奈もやって来る。

「明日のソロ」

フロアで他の部員が楽器の片付けをする中、瑛太郎は基と玲於奈に言った。

「今日の練習で決めるつもりだった」

「つもりだったってことは、決めかねてるってことですか？」

オーボエを持っていない方の掌を玲於奈が握り込むのが、隣にいた基にはわかった。

「ここ数日、どうしようかずっと考えてた。正直、今も知恵熱出そう」

こめかみに手をやってぎこちなく笑った瑛太郎は、「そこでだ」と基達を見た。

「君達はどうしたい」

彼の問いに、フロアから聞こえていたざわめきが、一瞬で遠くなる。

「それは、私と基の二人で、どっちがソロを吹くか決めろってことですか？」

「それでもいい。部員全員の多数決で決めてほしいなら、そうする。俺に判断を仰ぐなら、この場で一回ずつ聴いて決める」

基は、ちらりと玲於奈を見た。玲於奈もこちらを見ていた。

「玲於奈は、どうしたい？」

「私が言ったら、あんたは『それでいい』って言うんじゃないの？」

考えて、確かにそうかもしれないと思った。

「じゃあ、僕と玲於奈で、せーので、同時に言ってみようか」

せーの。基が音頭を取って、二人同時に息を吸った。二人とも、同じことを言った。

瑛太郎先生が決めてください、と。

「いいんだな」

彼は「十五分後に」と言ってステージを下り、三好先生に声を掛ける。どうやら他の部員を先にホテルに帰し、基と玲於奈だけを残して最後のオーディションをするつもりのようだ。

玲於奈は何も言わず、ステージの端へと移動した。基を見もしなかった。無理に声を掛けることはせず、基も離れた場所でソロの練習をした。

ステージ上で何が行われているのか、フロアにいるみんなも気づいていた。視線が自分達に集まっている。ステージ下を見ると、越谷先輩が唇を真一文字に結んで、心配そうに基を見ていた。少し離れたところに堂林がいて、トランペットを小さく掲げてくる。

彼は全日本でもソロを勝ち取ったから、「お前も取れ」というエールなんだろう。あっという間に体育館から人がいなくなり、サックスとオーボエの音だけが響き続けた。

ちょうど十五分たって、瑛太郎が再びステージに上がってきた。彼はステージの中央——ちょうど指揮者が立つあたりに位置取る。

「どっちが先に吹く？」

ジャンケンで決めるか？　と問われ、基は玲於奈と再び視線を合わせた。何故か、言葉を交わさなくても彼女が言おうとしていることがわかった。

「私が先に吹きます」

玲於奈がそう宣言し、オーボエのリードを口に咥える。息を吸う音に、天井から響いていた雨音が掻き消された。じっとりと湿った体育館に木漏れ日が差すみたいに、オーボエが歌う。同じソロなのに、同じ音符を追っているのに、自分が吹くのとは全然違う。やっぱり、祈りだ。最後のコンクールでソロを吹き切って終わりたいと願う音。新しい場所へ行くから、自分の過ごした場所を名残惜しく撫でる。そんな演奏だった。

でも、それでも、ソロは僕が吹きたい。玲於奈の演奏を聞き届け、基は楽器を構えた。

「玲於奈」

サックスを抱きしめて、二歳年上の幼馴染みの名前を呼ぶ。同じものに憧れて、一緒に吹奏楽を始めた、幼馴染みを。

「見てて」

自分がそう言えば、玲於奈は、絶対に見ていてくれる。オーボエを両手で抱えて、玲於奈は基の方へ体を向けた。正面から、基を見た。

マウスピースを口に含んで、息を吹き込んだ。胸の中に滞留する精一杯の祈りを、音にのせる。自分は不破瑛太郎と音楽を続けるために全日本のステージに立つ。ソロを吹く。お前にはあと二年ある。玲於奈に譲ってやればいいのに。耳の奥で、そんな声がする。西関東大会が終わってからずっと、そう思う自分がいた。弱い自分。優しい自分。でも、やっぱり弱い自分。

最後だとか、来年もあるとか、そんなんじゃない。この時間は、いつ終わるかわからない貴重で愛しいものなのだ。

玲於奈と一緒のコンクールは、明日が最後だ。だから僕は、全力で玲於奈に勝つ。

最後の音の残響が、いつもより長く聞こえた。がらんとした体育館のフロアに響き、遠くから雨音が忍び寄ってくる。

「ありがとう」

瑛太郎の声に、基ははっと我に返った。

彼は静かな目をしていた。でも、歯を食いしばっているのがわかった。

その目が、玲於奈へ向く。

「すまない」

間髪入れず瑛太郎は言った。擦れ声で、ガラスを嚙み砕くような苦しそうな言い方で。

そしてすぐに基へと視線を移し、言った。

ソロはお前だ、と。

大きく息を吸って、吐き出して、基は「はい」と返事をした。

「ありがとうございました」

玲於奈が瑛太郎に頭を下げる。平坦な声で、何の感情も見えてこない。

「先生、もうみんな帰っちゃいましたよね？　私達、電車で帰るんですか？」

ふっと表情を和らげて、玲於奈が聞く。

「天気も悪いし、駅までもちょっと距離があるし、タクシーで帰ろうかなと思ってた」

「ちょっと一人になりたいんで、私だけ電車で帰っちゃ駄目ですか？」

ホテルの場所、頭に入ってますから。笑みまでこぼしながら、玲於奈はそう続けた。

瑛太郎が口を開きかけ、閉じる。だいぶ間を置いてから、首を横に振った。

「悪いな、一人じゃ帰せない」

そう言って、瑛太郎は基の腕を摑んだ。強く強く、引かれる。

「俺と茶園はちょっとトイレに行って来るから、戻ったらタクシーを呼んで帰るぞ」

玲於奈を一人残し、基と瑛太郎は体育館を出た。一歩外に出ると、湿気が体にまとわりつく。扉をしっかり閉めた瑛太郎は、誰一人ここを通さないという顔で扉に寄りかかった。

サックスを首から提げたまま、基も体育館の外壁に背中を預ける。外はすっかり暗くなって、雨脚が強くなっていた。サッシの下から雨粒を眺めていたら、水滴がメガネのレンズに当たった。丸い雫が、いくつもいくつも、レンズに模様を作る。

瑛太郎に肩を摑まれた。

「お前は泣いちゃ駄目だ」

低い声で、そう言われる。

「わかってます」

瞬きを繰り返して、込み上げて来たものを体の奥へ戻す。肩にのった瑛太郎の手に、一際力がこもった。痛い。指が肩にめり込みそうだ。

「二人で吹かせてやりたかった」

ぽつりと、彼がそんなことを言う。臆病で幼くて優しいことを言う。

「ソロを前半と後半で分けるとか、掛け合いにするとか、そんなことばかり、ここ数日、ずっと考えてた」

「駄目ですよ」

即答して、唇を嚙んだ。そうしないと、涙があふれてきそうだった。

「ぶつかり合うから、音楽は輝くんだ。仲良しこよしじゃなくて、戦って、たくさんの敗者が出て、そうやって、磨かれていくんだ」

そう思わないとやっていられない。吹奏楽なんて、やっていられない。コンクールなんて、やっていられるか。

「そうだな」

瑛太郎の掌は強ばったままだった。伝わってくる震えに、基は目を伏せた。ずっと一緒に練習してきたアルトサックスをもう一度抱きしめ、金色のボディに額を擦りつけた。

ずっと、聞こえる。

玲於奈の泣き声が、体育館から聞こえてくる。

稲妻のようだった。体育館の扉も、雨音をも突き破って、基と瑛太郎の体を切り刻むように、ずっと聞こえていた。ずっとずっと、何分、何十分待っても、消えなかった。

ぶつかり合うから、僕達は昨日までの自分になかったものを手に入れる。

ひたすら、自分に言い聞かせた。

5 喜びへ歩き出す

昨日から降り続いた雨は一段と激しさを増し、午前中の練習を終えてコンクールの会場である名古屋国際会議場へ移動する頃には完全な嵐に姿を変えていた。

楽器をビニールで包んで雨から守りながら、控え室として指定されているイベントホールへ搬入した。朝の九時から各校の演奏は始まっており、全国各地の予選を勝ち上がってきた強豪校の制服姿が至るところにある。

「瑛太郎、お前、いい加減着替えてこい」

いつまでジャージでいる気だと三好先生に叱られて、瑛太郎は渋々燕尾服の入った鞄を手に取った。いよいよ、という気分になる。

「あと、これな」

何気ない顔で、三好先生が紙の手提げ袋を差し出して来る。落ち着いた色合いの紙袋には黒紐が通され、「Paul Smith」のロゴマークが入っていた。

「お前の親から、瑛太郎に渡してくれって頼まれた。全くもう……人を伝書鳩みたいに使うなって、お前から言っておいてくれ」

袋からは黒い小さな箱が出てきた。蓋を開けると、銀色のカフスボタンが二つ並んでいた。

しばらく、動けなかった。

「燕尾服はどうせ適当なのをレンタルしてきたんだろ？　カフスボタンくらいつけて、ちょっとは背伸びしろ。お前は全日本出場校の指揮者なんだから」

三好先生に背中を押され、そのまま控え室を追い出される。近くの男子トイレの個室で燕尾服に着替えて、鏡の前で自分の姿を見て、「やっぱりガラじゃないな」と呟いた。

カフスボタンの箱を開ける。久しく顔を合わせていない両親の顔が浮かんだ。最後に会ったのは、瑛太郎が契約社員として働いていた塾を退社したとき。案の定、父とは喧嘩になり、母とも口論してしまい、それから実家には帰っていない。

ふと、紙袋の中に何か入っているのを見つけた。紙切れだった。取り出した瞬間、実家の香りがする。古びたわら半紙のような、ひんやりと心地のよい匂いが。

紙切れは、リビングにいつも置いてあるメモ用紙だった。近所の電器屋のロゴが入っているから、間違いない。毎年母がお年賀としてもらってくるものだ。

『頑張れ』

それだけ書いてあった。筆跡は、父のものだ。

短い手紙を袋に戻し、カフスボタンを手に取る。よく見ると、小さく音符の模様が入っていた。このチョイスは母だろうなと思ったら、自然と笑みがこぼれていた。

ショーケースに並んだカフスボタンを眺める母が、「あ、音符の柄」と微笑むのが目に浮かぶ。仏頂面でメモ用紙に『頑張れ』と走り書きして袋に投げ入れる父の背中も。

シャツの袖にカフスボタンをつけ、燕尾服の袖口から銀色の光を覗かせながら男子トイレを出ると、頭上から「瑛太郎！」と名前を呼ばれた。

吹き抜けになっているアトリウムの二階から、手を振る人がいた。徳村と、宮地と、花本だった。数年振りに見る宮地と花本は、高校時代と変わっていなかった。

「頑張れよ」

宮地がそう言い、花本から「似合ってるぞ」と燕尾服を指さされた。

「頑張る」

階段を上がって話をしたい気持ちにかられたが、三人に手を振って、瑛太郎は控え室に向かった。今は、よそ見をしていられない。彼等が来てくれただけで、それだけで充分だった。

控え室に戻ると、何故か部員達から「おおー」と歓声が上がった。白い蝶ネクタイは若干息苦しく、ツバメの尻尾のように伸びるジャケットの裾は、歩くたびに揺れて落ち着かない。

「先生、似合ってますよ」

堂林の調子のいい声が飛んでくる。「褒めても何も出ないぞ」と返すと、全員から笑われた。

「燕尾服の方に着られてる感じはするが、様にはなってるぞ」

瑛太郎のシャツの袖にちゃんとカフスボタンが留まっているのを見て、三好先生は上機嫌だった。瑛太郎の胸に、細い拳をぐん、と押しつけてくる。

「瑛太郎、いいか」

血管が浮き出た腕に、力がこもる。血液がそこを流れる音が聞こえてきそうだった。

「お前が歩いてきた道を、正しい道にしろ」

それ以上を、三好先生は言わなかった。瑛太郎の胸から手を離し、満足そうに大きく頷く。だから瑛太郎も、短く「はい」とだけ頷いた。

しばらくすると、チューニング室への誘導が始まった。コンクールメンバー五十五人とセッティングメンバーが三列に並び、アトリウムへと出る。ガラス張りのアトリウムに、大粒の雨が叩きつける。地鳴りのような風の音がする。

千学にとって七年ぶりの全日本が嵐の中とは、ある意味、相応しいのかもしれない。

先ほど徳村と宮地と花村がいたあたりに、森崎さんの姿があった。こちらに手を振り、「頑張れよ」と口だけを動かして瑛太郎に伝えてくる。右手を高く掲げてそれに応え、前を見た。

チューニング室に通され、じっくり音を確認した。午前中からずっと音が低い。天気のせいか、緊張のせいか。「低い」「もっと高く」「周りの音を聞け」と繰り返しながら、徐々に部員達の表情が硬くなっていくのがわかった。それでも時間は待ってくれない。

指定された時間を迎え、今度はリハーサル室へと誘導される。一歩足を踏み入れると、前に使っていた学校の音や体温、息遣いが生々しく残っているのがぴりぴりと頬に伝わってきた。

課題曲と自由曲を一回ずつ通して指揮棒を置くと、まだ一分ほど余裕があった。

今、彼等に何を伝えるべきか。一瞬で考えて、言葉にした。

「自分のために吹けよ」

胸の中にあったものを、飾ることなく、そのままに。

「君等にはこれから先も長い長い人生があって、その中で一回のコンクールなんてほんの一瞬だ。今日のことなんて、さっさと忘れてしまえ」

彼等の表情が変わるのがわかった。

「忘れてしまえるくらい、いい人生を送ってくれ」

これじゃあまるで、自分がこの場所からいなくなるみたいだ。それを感じ取ってしまったのか、何人かが戸惑った様子で瑛太郎を強く見つめてきた。

「頑張れとは言わない。君達は充分頑張ってる。その頑張りは、ちゃんと音楽の神様に届く。ちゃんと届く」

視界の隅で、スタッフが時間を確認する。すべて言えただろうか。彼等に伝えたいこと、伝えないといけないこと。

ああ、あった。もうひとつあった。

「俺は、君達が奏でる音楽が大好きだ。世界で一番、好きだ」

◆

圧巻の演奏だった。

「……凄い」

口の中で、基は言葉を転がした。感嘆と憧れと嫉妬が入り交じった甘く苦い言葉を。千学の一つ前に演奏する千葉県代表の柏北高校の演奏は、圧巻以外にどう表現すればいいのかわからなかった。音という音がすべて力強く、聴く者の全身を震わせた。

どれだけの時間を、想いを注ぎ込んだら、こうなれるのだろう。彼等は何故、吹奏楽を始めたのだろう。部活なんていっぱいあるのに、どうして吹奏楽を選んだのだろう。

僕は——。

静かに、基は瑛太郎を見た。

彼は、柏北高校の自由曲に合わせて体を揺らしていた。口元が笑っている。心地よさそうに目を閉じて、この圧巻の演奏に身を委ねている。

この人が、僕を音楽の世界に連れてきた。

そうだ。今、僕は素晴らしい演奏を聴いている。それはとても幸せなことで、恐れおののくことも、自分を恥じることもない。怖いものなど、一つもない。

演奏が終わる。割れんばかりの拍手が聞こえ、柏北高の生徒がステージから捌けていく。入れ替わるように、千学吹奏楽部はステージに出た。客席は演奏を終えた吹奏楽部員と観客でいっぱいだった。ステージに寄せられる視線が、熱い。

打楽器が運び込まれ、椅子の位置を調整しながらセッティングを進めていくと、普段は指揮台の横から指示を出す瑛太郎が、バンドの中を歩き回って部員に声を掛けていた。

柏北のあとで緊張するだろうけど、リラックスな。楽しもうな。大丈夫、お前等は上手だよ。いっぱい練習したの思い出せ。大丈夫、大丈夫だから。今日ちょっと音低いから、高め意識してな。泣いても笑ってもこれが最後だ。後悔だけはしないようにしよう。

バンドの端から端までそうやって声をかけて回ったせいで、指揮台の横に立つ前にステージの照明が点いてしまった。白く眩しい光に、瑛太郎の黒い燕尾服が照らされる。ほんの少し、客席がざわつく。

「——なあ、みんな」

指揮台の横に立った瑛太郎は、最後にもう一度バンド全体を見て、はっきりと言った。

「愛してる」

客席に向き直った瑛太郎が深々と一礼すると、待ちわびたように拍手が起こる。軽やかに指揮台に上った瑛太郎が、指揮棒を構えた。

投げつけられたばかりの愛の言葉を噛み締めて、基は息を吸った。大きく吸って、照明の光を受けて金色に光るアルトサックスに、吹き込んだ。

この半年で何百、何千と吹いた『スケルツァンド』の冒頭は、祭の花火が打ち上がるようだった。ステージの床がうねって、自分の体が跳ねたみたいだった。

そして、指揮棒を振る瑛太郎の体が、本当に跳ねた。膝を曲げ、ぴょんと跳んだ。燕尾服の裾がふわりと揺れる。それに合わせてトランペット、トロンボーン、スネアドラムやシンバルの音が躍動する。この人、なんで練習でやらないことを本番でやるんだろう。演奏してるこっちは戸惑うというのに。大体、指揮者にぴょんぴょんと動かれると、拍子が取りづらい。そんな文句を言ってやりたくなって、頬が緩みそうになる。

こちらの気持ちを知ってか知らずか、瑛太郎の口が動いて、何かを言った。声には出ていなかったけれど、言った。多分、「いいぞ、お前等」とか、そんなことを。

楽しいのだ。彼は今、この舞台をとても楽しんでいる。いつの間にかそれが指揮棒の先から基へ伝わってきて、体がどんどん高揚していった。

そうだ、夢にまで見た全日本じゃないか。中学時代、ここに来たくて来たくて、でも来られなかった。今、その大舞台で演奏しているのだ。楽しむ以外に一体何をしろというのだ。

トランペットの高らかな音色と共に曲調は穏やかになり、中間部のアルトサックスのメロディが始まる。越谷先輩との掛け合いに、背筋が粟立つのを感じた。自分達の音が、色を伴って客席を漂う。音と戯れるように、基はサックスを鳴らした。ベルから次々に色が飛んでいく。その中に、あの青色があった。千学のチャペルのステンドグラスの色。その色に手を伸ばしたかった。一欠片でいいから、取っておきたかった。

だってこの色は、いつか瑛太郎がチャペルで『スケルツァンド』を吹いていたときに、見せつけられたものだ。ほしくてほしくて仕方がなかった音だ。それが自分のサックスから奏でられている。

届いた。届いたのだ。自分の演奏は、不破瑛太郎の隣に立てたのだ。

瑛太郎がまた跳ねる。彼の指揮に誘われ、音がホールの壁や天井や床、最後には観客にまで当たって、自由気ままに跳ね回る。愉快に、滑稽に、おふざけでもするみたいに。

瑛太郎が指揮棒を力強く握り締めて止めた瞬間、彼の口がぱっと開いた。声は聞こえない。けれど確かに、ははっ！　と笑った。その笑顔は、基達だけのものだった。

一度腕を下ろし、瑛太郎が再び両手を構える。愉快そうな笑顔を引っ込め、今度はもの凄く真剣で、でも穏やかな顔をしていた。

指揮棒が揺れる。ステージ上の五十五人と、袖にいるセッティングメンバーが息を吸う音が重なった。鉄琴の透明感のある音に、チャイムの音色が溶ける。ホールの外は嵐だけれど、朝の澄んだ空に教会の鐘が鳴り響く光景が脳裏を過ぎった。コントラバスの低音が、水面に波紋を作るように広がる。その音に沈み込むみたいに、瑛太郎が目を閉じた。指揮棒が止まり、ホールが静まりかえる。どくん、どくん、どくん。三度、基の心臓が脈打った。

瑛太郎がカッと目を見開き、再び指揮棒を振る。沈黙を、その切っ先が断ち切る。静寂の切れ目から青い光がこぼれて自分へ伸びてくるのが、基には見えた。

不思議だった。自分が吹いているのはアルトサックスなのに、耳に入るすべての音を自分が奏でているみたいだ。

照明の熱気。自分の汗の匂い。周囲の部員の息遣い。アルトサックスの感触は、固くて温かい。キーを押すたびに細やかなパーツの集合体は複雑に動き、繊細に光る。歌う。視界に飛び込むすべてのものが色鮮やかになって、匂いが濃くなる。音が大きくクリアになる。頰や目尻や唇が熱くなる。その感覚は、ソロが近づくとどんどん強くなった。

西関東の演奏と全く同じタイミングで、瑛太郎が基を見た。指揮棒を握っていない方の手が、基に向けられる。こっちに来いと基を誘う。その手に基は鋭い一音で応えた。

ホールを、風が吹き抜ける。音や色や匂いにあふれ、大勢の人の想いや決意や覚悟が詰まった風が。戦って戦って、たくさんの敗者に背を向けてここまで走って来た風が。

音楽の神様に向かって吹く風が。

昨日、最後のソロオーディションが終わってから、玲於奈はしばらく泣き止まなかった。基は瑛太郎と体育館の外にいて、玲於奈が出てくるのをずっと待っていた。

帰りのタクシーの中で、雨に濡れる名古屋の街を眺めながら、玲於奈はこんなことを言った。

『よかったです』

真っ赤に腫れた目で、言った。

『ソロ、瑛太郎先生に決めてもらえてよかった』

基を挟んで反対側に座っていた瑛太郎は、腕を組んだまま窓の外を睨みつけていた。

『吹奏楽を始めるきっかけになって、基を部長にした人に決めてもらえてよかった。先生が、勉強も頑張れって言ってくれて、凄くよかった』

担任や親から『部活なんかやってたら受験に勝てない』って言われて、先生から『勉強なんてやってたらコンクールで勝てない』って言われてたら、どうすればいいかわかんなくなってた。だからよかった。凄くよかった。

そう続ける玲於奈の隣で、基はずっとタクシーの料金メーターを見ていた。数字がゆっくりゆっくり刻まれていくのを、両手を握り締めて見ていた。

『ねえ基、明日は、いい演奏、しようね』

私の最後のコンクールを、いい演奏会にして。そう言われてるみたいだった。

『私、基のサックスが好きだよ』

玲於奈の声を思い出すたびに、胸に痛みが走る。鉛玉を押し込まれたような、鈍くて重い痛み。でもそれはサックスから音が響くのに合わせて熱く疼く。疼いて、でも消えない。幸せな痛みだ。きっとこれからも、こんな痛みを積み重ねて、自分の音は作られていく。

ソロのクライマックスを吹き切ると、顎が上がって、目尻から何かが流れていった。一粒だけ、頬を伝って、顎から落ちていく。違うだろ。泣くのはお前じゃないだろ。泣かせたいのは、目の前で指揮棒を振る、彼だろ。

笑い出しそうになって、基は唇を引き結んだ。シンバルと共に高らかなメロディを堂林のトランペットが歌い上げる。終幕に向けたファンファーレは、華やかで美しくて、でも泣きたくなるほど寂しかった。人生で最も幸せな十二分間が、終わろうとしていた。

『風を見つめる者』は、この世に生を受けたばかりの曲だ。この世界の素晴らしさを、僕達はこの曲に見せてやれただろうか。これからたくさん演奏してもらえるだろうか。吹奏楽を愛するすべての人に、『風を見つめる者』は愛してもらえるだろうか。

そんな願いを込めて、サックスに渾身の力で息をぶつける。長く一緒に過ごしてきた相棒は、それを見事な音色に変えてくれた。

瑛太郎が両手を振るう。燕尾服の袖口から覗く銀色のカフスボタンが光って、その光が尾を引いて、夜空を星が流れていくみたいだった。

その瞬間、二つの銀星と共に——もうひとつ、瑛太郎の目元で星が瞬いた。指揮棒が躍動するのに合わせて、四方に散り散りになって、光る。

瑛太郎が左手を強く握り締め、指揮棒が動きを止める。彼はしばらくそのまま動かなかった。彼と対峙する千学の部員達もマウスピースから口を離すことができず、バチや弓を持った手から力を抜くこともできなかった。

ただただ、瑛太郎の両目から涙が流れていくのを、じっと見ていた。

時間が止まったかと思った。それくらい長かった。

ゆっくりと両手を下ろした瑛太郎は基達を見て笑った。顔をくしゃくしゃにして、涙をあふれさせて、大口を開けて笑った。

瑛太郎が部員達に起立を促す。指揮台を下りた彼は、涙を拭うことなく客席へ深く一礼した。

巨大な竜巻のように飛んできた拍手と、絶えず聞こえる「ブラボー!」という声に、喉の奥が、震えた。

6　センチュリア

目的の座席には、誰も座っていなかった。座席番号を確認してみたが、間違いなく瑛太郎が送ったチケットの座席だった。隣に座る人に「ここに誰か座ってましたか?」と聞く気にもなれず、通路に立って待っている気にはもっとなれず、瑛太郎はホールを出た。休憩時間に入ったので、ホールの外のアトリウムは人であふれ返っていた。

ベルリンまでチケットを送ってやった相手を探すつもりなどないのに、自然とすれ違う人の顔を確認してしまう。

中庭に出ると、雨粒が顔に飛んできた。台風がいよいよ近づいてきたようで、風と雨が強い。でも今の瑛太郎には涼しくて気持ちがいいくらいだった。本番が終わってからずっと、身体が熱くて呼吸が苦しい。その熱を秋の嵐が少しずつ逃がし、体が楽になっていく。

「瑛太郎先生」

背後から呼ばれて、振り返らずに「何だ?」と答えた。この半年、幾度となく聞いた声だ。

中庭に出て来た基は、瑛太郎の顔を覗き込んだ。

「誰か待ってるんですか?」

「どうしてそう思う?」

「そんな風に見えたんで」

確かにそうかもしれない。でも、会いたいのなら帰国のスケジュールを確認しただろうし、向こうだって連絡の一つも寄こしただろう。別に、顔を合わせられなくてもいい。奴が気まぐれに帰国をやめたのだとしても、台風の影響で名古屋まで来られなかったのだとしても。

そんな言い訳じみたことを自分に言い聞かせていたら——見つけてしまった。

「せんせい？」

基が首を傾げる。ガラスを隔てたアトリウムの人混みに、探していた顔を見つけた。どうして見つけられたのか自分にもわからない。彼女は……奴は、脇目もふらず階段を上がっていく。

悪い。そう基に言って、駆け出した。態度はでかい癖に小さな背中は、気を抜くと周囲の人に紛れて見えなくなる。人を避けながら階段を駆け上がり、エントランスを出た。タクシー乗り場に停まっていたタクシーに、水島楓は乗り込もうとしていた。

「——見たかっ！」

気がついたら、そう叫んでいた。彼女までは距離があって、嵐の音も激しかった。でも、瑛太郎の声はちゃんと届いていた。

顔を上げた楓は、最後に会ったときと変わっていなかった。でも、瑛太郎を見た瞬間、どこか苦しそうに唇を歪めて、困ったように、怒ったように頬を膨らませた。

そして、そのまま自分の右足を指さした。ビビッドな色をしたパンプスの、爪先を。

「タンスの角に足の指ぶつけちまえ、ばーかっ！」

甲高い怒鳴り声に、近くにいた人が一斉に振り返る。

彼女はそれ以上何も言わなかった。ふん、と鼻を鳴らしてタクシーに乗り込み、黒塗りのタクシーは嵐の中を名古屋駅方面へ走り去る。立ち尽くす瑛太郎を、振り払うようにして。

どれくらいそうしていただろう。激しい雨と風の音に、瑛太郎はしばらく聞き入っていた。嵐のように去っていった楓の言葉を、胸の奥で何度も繰り返す。『風を見つめる者』を送りつけられたときの自分の背中を、優しく撫でてやるみたいに。

案外、奴も、あの頃の瑛太郎のような気持ちでいるのかもしれない。ベルリンで音楽を学びながら、悩むことも挫折することもあるかもしれない。もしそうなら、もっと違う言葉をかけるべきだっただろうか。

いや、どんな言葉をかけたって、「タンスの角に足の指ぶつけちまえ」と言われるのがオチだ。自分がそうだったから、そうだ。今日の演奏が奴からこの言葉を引き出したなら、それで充分だ。あとは、奴が勝手に足掻く。足掻いて足掻いて、いつか高笑いしながら再び現れる。

それを、楽しみに待っていればいい。

「あのう……」

真後ろから声がして、息を呑んだ。振り返ると、困惑した様子で基が瑛太郎を見上げていた。

ああ、きっと、一部始終見られていたんだろうなと、肩を竦める。

「えーと、その、どうしようかと思ったんですけど、もうすぐ休憩時間も終わるから」

ばつの悪そうな顔をした基は、どうやら、何か勘違いをしているようだった。

「言っておくが、彼女ではないからな」

「え、そうなんですか?」

「『風を見つめる者』の作曲者だよ」

ええっ! と声を上げて、タクシーが走り去った方向を見やる。

「いい演奏だったって、褒めてくれたよ」

要するに、こういうことだろう。瑛太郎の言葉に、基はすーっと息を吸って、笑った。

「よかった」

瑛太郎に歩み寄った基は、もう一度「よかったです」と口元を綻ばせる。

「僕は死ぬとき、今日のことを思い出したい」

幸せそうな表情には似合わない《死》という言葉に、言葉を失う。失って、空っぽになった自分の中から、声がこぼれてくる。

「今日のことなんて、懐かしい思い出の一つにしてくれ」

どうか、彼の人生がそういうものであってほしい。今日のステージに立った者。立てなかった者。瑛太郎が関わったすべての子が、そうであってほしい。

わかってますと、基は確かに頷いた。

「大事なものを大事にし続けるには努力しないといけないんだって、先生が教えてくれたから」

でも。

わずかに瞳を潤ませて、基は言った。でも、と。

「でも、それでも僕は……人生の最後に、今日のことを思い出したい」

風で飛んできた雨粒が、瑛太郎の頰に当たる。いくつも当たる。その上を、温かなものが伝い落ちていく。温かで、安らかで、愛おしいものが、不破瑛太郎の中からあふれていった。

「よかったねえ」

隣から聞こえてくる声が自分に向けられたものだと気づくまで、時間がかかってしまった。

「俺、ですか？」

「そうそう。いやあ、よかったねえ、千間学院。いい演奏だったよ」

表彰式を控え、ステージ袖には各校の指揮者と代表の生徒が集まっていた。全日本では指揮者賞の贈呈があるから、演奏順に指揮者達が並んでいる。瑛太郎の両隣は強豪校の顧問だ。

声を掛けてきたのは、千学のあとに演奏した東京代表の高輪台学園の顧問だった。病気をする前の三好先生を思わせる、恰幅のいい先生だ。

「ありがとうございます。高輪台の先生にそう言っていただけると嬉しいです」

「七年前、うちは全日本で銀賞でさ、そのとき初出場で金賞を掻っ攫っていったのが埼玉の千間学院だったなあって、思い出しちゃったよ」

「ようやく、戻って来られました」

しみじみとそう言って、はっと気づく。「すいません！」と、高輪台の先生に躙り寄った。

「よろしければ今度、練習を見学させてもらえませんか」

強豪校の顧問の指導を学ぶ機会は、喉から手が出るほどほしかった。コンクールは来年もある。再来年もある。一度全日本に帰って来られたからといって、油断なんてできない。

「どうぞどうぞ、あ、なんなら合同練習でもやる？　うちホールあるし」

「ぜひとも！」

先生と固い握手を交わすと、表彰式の開始を告げる挨拶がステージから聞こえてきた。スタッフに誘導され、各校の指揮者がステージに出る。満員の客席に瑛太郎は息を呑んだ。

　全日本吹奏楽連盟の役員から、指揮者一人ひとりに指揮者賞の盾が手渡されていく。盾を受け取った指揮者が客席に向かって一礼すると、教え子達の声が飛ぶ。一人が「せーの！」と合図して、「せんせーい！　ありがとうございましたー！」と。本番中は凜々しく指揮をしていた先生達も、生徒達に手を振ったり盾を掲げたりしながら、楽しそうに、嬉しそうにステージから捌けていく。

柏北高校の先生が盾を受け取る。続いて、瑛太郎もステージの中央に立った。

「埼玉県代表、千間学院高等学校。不破瑛太郎」

名前を読み上げられ、盾を受け取る。小さな盾だがずしりと重い。千学の名前と瑛太郎の名前が、確かに刻印されていた。

客席へ一礼すると、「せーのっ！」という低く太い声がつむじに当たった。越谷の声だ。顔を上げると、客席の一角から、飛んできた。

彼等の声が、飛んできた。

「えーたろーせんせー！　愛してるー！」

聞いた瞬間、喉が窄まって息ができなくなった。でも、すぐに笑いが込み上げてくる。右手の指先を唇に当てて、客席に向かって口づけを飛ばした。どよめきと笑いが起きるが、「愛してる」と言われたらこうするしか思いつかなかった。千学の部員達からは「おおー！」という歓声に混ざって「えー！」という戸惑いと「いやいや……」という抗議が返ってきた。

迷って、よかったと思った。迷ったから俺は、今ここにいるんだ。

大学時代、もし、あのままトントン拍子に吹奏楽の指導者になっていたら。もしかしたら俺は、コンクールで金賞を取ることだけを考えて、部としての結果を出すことに拘って、熱意や志を振りかざして教え子を苦しめる指導者になっていたかもしれない。

吹奏楽を、音楽を愛した子供達の「好き」という感情を、「嫌い」「辛い」「苦しい」といった濁ったものにねじ曲げていたかもしれない。ねじ曲げたことに気づきもせず、自分はいい指導者だと信じて、勝手に達成感を得て、感動して、幸せを噛み締めていたかもしれない。

そうならなくて済んだのなら、きっと、俺は正しかったんだ。

笑いながら袖に捌けた。このまま笑顔で彼等と合流すると思った。思ったのに、気がついたらしゃくり声と涙が止まらなかった。指揮者賞の盾を抱えたまま、壁際ですすり泣いた。今日は泣いてばかりだ。困った。涙腺が壊れたまま、しばらく直りそうにない。困った。

「あらあら、若者がこんなところで泣いてるよ。拭くもの持ってる？」

あとからやって来た高輪台の先生が、見るからに高級なハンカチを貸してくれた。よかったね、という言葉と共に。

◆

いつまで笑ってるんだよと、堂林に肩を小突かれた。前を歩く生徒に続いてステージに上がり、基は客席に向かって立った。

「だって、まさか投げキッスするとは思わないじゃん」

口を極力動かさず、後ろに立つ堂林に投げかける。彼も「まあな」と返してきた。

指揮者賞贈呈での生徒から指揮者へのコールは、定番のイベントだ。瑛太郎に何とコールするか、実は全日本出場が決まった直後からみんなで話し合っていた。幹部会議の議題としても取り上げたくらいだ。

でもそれも、ステージ上で彼が言った「愛してる」で、全部ひっくり返されてしまった。瑛太郎がいない間に、客席でコールを急いで修正したのだ。

投げキッスでやり返されるとは、誰も思ってなかったけれど。

参加校の代表がステージに揃い、表彰式が始まる。演奏順に賞が読み上げられ、賞状とトロフィーが手渡されていく。「ゴールド金賞！」とコールされれば黄色い歓声と大きな拍手がホールを揺らした。有力校が金賞を逃したり、長く金賞から遠ざかっていた学校が金賞だったり、一回一回のコールにたくさんの物語が詰まっている。

スタッフに促され、ステージの中央に向かいながら、基は思った。物語なら、自分達も背負っている。たくさんたくさん、背負っている。

歩みを進めるごとに、呼吸をするごとに、一つ一つが思い出されていく。去年の秋、西関東大会で敗退して、心がぽっきり折れたこと。玲於奈に『夢やぶれて』を聴かせたこと。チャペルで瑛太郎と出会ったこと。部長をやれと言われたこと。玲於奈が泣いたこと。『風を見つめる者』を初めて聴いたときのこと。瑛太郎の『スケルツァンド』に打ちのめされたこと。彼と一緒に『スケルツァンド』を吹いたこと。ソロをひたすら練習したこと。県大会前に『汐風のマーチ』を吹いたこと。里央が倒れたこと。全日本で金賞を獲ったら千学で先生になってくれと、瑛太郎に約束を投げつけたこと。暗闇で合奏をしながら、玲於奈からソロを奪ったこと。西関東の本番直前に瑛太郎が怒って泣いたこと。でも、笑ってステージに立ったこと。

昨日のこと。今日のこと。これからのこと。

炭酸の泡のように、次から次へと浮かんでくる。

「――五番、埼玉県代表、千間学院高等学校」

名前を呼ばれる。堪らなく心地のいい響きだった。

そうだ。自分は今、幸せなのだ。

幸せに全身を満たしながら、基は静かに目を閉じた。賞がコールされる。目を開ける。差し出された賞状は輝いて見えた。サックスの金色みたいで、チャペルのステンドグラスの青色みたいで、瑛太郎の涙のような銀色で……いろんな色が合わさって、芳しい光をまとっていた。

賞状を笑顔で受け取って、基は息を吸った。一欠片も残すことなく、自分の中に刻みつけておきたかった。

この瞬間を。

この幸せを。

Coda.　風に恋う

授業が早めに終わり、ホームルームも早く終わったから、音楽室に行ってもまだ誰もいなかった。楽器を組み立て終えても、誰も来ない。

音楽室を出て、音楽準備室の戸をノックする。「どーぞ」という声に、取っ手に手をやった。

「うわ、瑛太郎先生、今日も勉強してるんですか？」

長机に問題集とノートを広げて、不破瑛太郎は眉間に皺を寄せていた。アルトサックスを首から提げて入ってきた基に、「当たり前だろ」と投げかけてくる。

「一次試験まであとちょっとなんだから」

瑛太郎が受ける埼玉県の教員採用試験は、一次試験が七月の上旬。今は五月の終わりだから、残された時間は一ヶ月と少しだ。

そして一次試験の直後に、いよいよ今年のコンクールシーズンが始まる。

「先生が仮に一次で落ちちゃったとして、そのすぐあとにコンクールなんてことになったら、僕達はどんな顔をして演奏すればいいんでしょうか……」

「試験を受ける本人の前で落ちてからの話をしないでもらえるか」

シャーペンを回しながら頬を痙攣させた瑛太郎の向かいに腰掛け、基は目の前にあった参考書をぱらぱらと捲った。

「だって、先生が試験に受かっちゃうと、千学以外で先生になる可能性が高いじゃないですか」

「そりゃあ、千学は私立だからな。募集がかからない限り、受けることもできないんだから」

「先生が他の学校で吹奏楽部の顧問になっちゃったら、元も子もないんですけど」

去年、西関東大会の前に、「千学で先生になってほしい」と自分は言った。自分と音楽を続けてほしいと言った。他校で教員になってしまったら、一体どうしろというのだ。

「大丈夫。最近三好先生が『瑛太郎になんて負けてられるか！』って元気だろ？　俺がいなくなっても何とかなるよ」

「そういう問題じゃなくて！」

「俺も今年二十六だし、いい加減フリーターみたいな生活してられないからな」

「えーたろー先生！」

手にしていたシャーペンを置いて、瑛太郎は腹を抱えて笑った。「悪い、悪い」と全く悪びれていない顔で両手を合わせて謝罪してくる。

「やるから」

テーブルに頬杖をついて、そう言ってくる。

「千学で先生になったとしても、他の学校で先生になったとしても、それ以外にどうなったとしても。俺は茶園と音楽やるから」

「……本当ですか」

サックスを抱えて、基は目を細める。

「なんでそんなに疑心暗鬼なんだよ。俺ってそんなに信用されてない？」

「肝心の約束、達成できなかったんで」

ちらりと、瑛太郎の背後の棚に飾られた賞状とトロフィーを見た。

全日本吹奏楽コンクール、銀賞の賞状とトロフィーを。

「金賞を獲ったら、千学で先生になってくださいって、約束だったから」

一度後ろを振り返った瑛太郎が、呆れた、という顔で基を見た。

「安心しろ」

瑛太郎が廊下に視線をやりながら笑う。そろそろ他の部員もやって来るだろうか。

「心配なら、藤田商店の例のノート見てこい。この前ちゃんと書いてきたから」

窓の外を指さした瑛太郎が、にやりと笑う。ああ、本気だ。この人は本気だ。たとえどんなことがあったとしても、この人はやる。基と音楽をやる。

「お前は心置きなく練習してればいいんだよ。来週は高輪台との合同練習もあるし、いろいろ勉強してこよう」

ああ、勉強といえば、お前、学校の勉強もちゃんとやれよ。笑いながらそう続けられた。

「玲於奈みたいなこと言わないでくださいよ。ちゃんと塾行ってるの、先生が一番よく知ってるじゃないですか」

「鳴神、元気に大学行ってるのか」

「千葉で一人暮らしだから、週末にたまに帰ってくるだけですけど」

第一志望だった大学の薬学部に進み、毎日忙しそうだ。でも、楽しそうだ。

「ならよかった」

自分のことみたいに安堵する瑛太郎に、基も自然と頬が緩んだ。今年のセンター試験の頃、私立大学の一般入試の頃、国立大学の二次試験の頃。瑛太郎が毎日青い顔をしていたことを知っているから、余計に。第一志望の国立大の前期試験で落ちてしまった幸村先輩が、何とか後期試験で合格をもぎ取ったときなんて、彼がコンクール以外の場で泣くのを初めて見た。

「卒業していった連中も、みんな元気そうにしてるからな」

ゴールデンウィークの練習日には、卒業した先輩達が遊びに来てくれた。大阪の大学に通う越谷先輩が標準語と関西弁が混ざった妙な話し方をするようになって、みんなで大笑いした。京都の大学に進学した櫻井先輩が大量の八つ橋を持って現れたり、東京の大学で吹奏楽を続ける大谷先輩と増田先輩が一年生の指導をしてくれた。もちろん玲於奈もやって来て、何故か後輩と一緒になって今年の課題曲を演奏していた。

「あの、瑛太郎先生」

先輩達の姿を思い出しながら基は生唾を飲み込んだ。胸に秘めた決意を、初めて言葉にする。

「僕、音大に行きたいです」

再びシャーペンを手に取った瑛太郎の手が、止まる。青みを帯びた黒い瞳が、基を捉えた。

「高校を卒業して何がやりたいか、ずっと考えてたんです。文学とか経済とか外国語とか、いろいろ見てみてもしっくりこなくて。やっぱり僕は音楽がやりたいんだ、って思いました」

勉強をしたくないから、音楽に逃げようとしているんじゃないかとも考えた。でも、いくら自分の心を奥の奥まで掘っても、それ以外の答えが見つからない。

「僕、もっともっと音楽がやりたい。ちゃんと勉強したい。そう、思ったんです」

「それ、親には言ったのか?」

「まだです。絶対に反対されると思うんで」

父が自分の事務所を開いて半年以上がたった。今のところ茶園家の日常に大きな変化はない。でも、これからどうなるかは、わからない。わかるのは、基を音大に行かせるような余裕は、家計的にも両親の気持ち的にも、ないだろうということだ。

「大変だと思うぞ」

ペンを置き、瑛太郎が姿勢を正す。

「親の説得もそうだし、部活以外にサックスの先生に師事して勉強する必要もある」

はい、と頷きながらも胸の奥が冷えていく。唇を噛んで、それに耐えた。瑛太郎に反対されても、それでも音大に行きたい。そう思ったから話したんだ。

「でもな、茶園」

歌でも歌うみたいに、瑛太郎が基を呼ぶ。顔を上げると、彼は笑っていた。

「誰が反対しても、俺はお前の味方でいるよ」

ノートと問題集を閉じ、大きく伸びをした瑛太郎が、窓を開ける。カーテンが揺れて、気持ちのいい風が吹き込んできた。

「全日本でゴールド金賞、獲りに行こう。それを引っ提げて、茶園は音大に行け」

強力な魔法が、風にのって飛んでくる。

それを嚙み締めながら、基は大きく頷いた。

廊下が賑やかになって来た。瑛太郎に深く一礼して、基は準備室を出た。音楽室までほんの少しの距離なのに、スキップでもしたい気分だった。

「お茶メガネ、ご機嫌じゃん。どうしたの」

後ろからやって来た堂林が、音楽室の扉に手をかけた基を笑った。「なーいしょ！」と基が返すと、訝しげに首を傾げる。

「お前、そんな幸せそうな顔してる場合かよ」

意味深な言い方に、今度は基が首を捻る番だった。

堂林の目が音楽室へ、次に音楽準備室へ向く。誰も来ないのを確認し、彼は基に耳打ちした。

「俺、日曜にレイクタウンでお前の姉ちゃんを見かけたんだけど」

「ああ、買い物行くって朝出かけていったけど」

別に、日曜で仕事は休みだったんだし、買い物くらい行くだろう。そう言おうとしたら、何故だろう、堂林が、こちらを哀れむような、そんな顔をした。

「お前の姉ちゃん、瑛太郎先生と一緒だった」

「……え？」

堂林の言葉の意味をちゃんと理解するのに、随分時間がかかった。姉ちゃん、瑛太郎先生、一緒、日曜日、レイクタウン。

「見間違いじゃなくて？」

「瑛太郎先生は見間違わないだろ。お前の姉ちゃんだって、三月の定演に来てたから顔知ってるしさ」

最後まで聞いていられなかった。さっきまでいた準備室の戸を、突き破るようにして開ける。

「――瑛太郎先生、どういうことですかあっ！」

鋭い風が、基を吹き抜けていく。

【謝辞】

この小説の執筆にあたり、次の方々にご協力をいただきました。この場を借りて御礼申し上げます。

■中央大学 陸上競技部　舟津彰馬様

■吹奏楽作家　オザワ部長様

■埼玉県立越谷北高等学校 吹奏楽部のみなさん、顧問の宮本陽一先生

その他、作曲家・江原大介様、東海大学付属高輪台高等学校 吹奏楽部顧問・畠田貴生先生、朝日新聞出版『吹奏楽の星』編集部の皆様、福島県立湯本高等学校 吹奏楽部のみなさん、および顧問の小山田浩先生、本当にありがとうございました。

解説　鮮烈な今を刻む

あさのあつこ

『風に恋う』を読み終えた直後、私を浸している感情を一言で表せと言われたら、「どうしようもない」と、わたしは答える。それしか答えが見つからない。

どうしようもない。

今年の二月の半ば、わたしは文藝春秋の編集者から『風に恋う』の解説を依頼された。正直、断るつもりだった。このところ、めっきり筆の遅くなった（年のせいだろうか）あさのとしては、他人さまの作品について何かを語る余力はないと思われたからだ。時間的にも精神的にも。けれど、引き受けた。断るつもりだったのに引き受けた。法外な原稿料に目が眩んだわけではない（そもそも、法外な原稿料など提示されなかった。きっちり規定通りでした）。編集者に泣きつかれたからでもない（編集の○○さん、終始、冷静沈着でした。見習わねば）。額賀澪という作家名に惹かれたからだ。さらに言えば、額賀澪のデビュー作『屋上のウインドノーツ』を読んだ時の心に刺さってきた感覚がよみがえってきたからだ。

人と人との関係が本物だった。志音も大志も瑠璃も血肉のある、心を持つ人間として読み手に迫ってくる。そこにドラムが響き、風が吹き抜ける実感が加わる。安易な青春物語にも安っぽい恋物語にも堕ちない強靭さを持った作品だった。

これが新人の作なのかと、舌を巻き、この作家に幸あれと祈る……わけもなく、「若えくせして、こげなもの書きやがって」と妬ましくて、悔しくて、本棚の隅に押し込んで忘れようとした（我ながら、何とせこいのだろう。冷汗が出てきた）。

〇〇さんからの依頼がなかったら、わたしは額賀澪の作品を封印したままだったかもしれない。いや、違う。封印したままではいられなかった。いつか、本棚の隅からおそるおそる取り出して、初めて読んだときと同じく、夢中で読み耽ることになっただろう。そうでなければ、『風に恋う』の解説を二つ返事で引き受けたりしなかったはずだ。

『屋上のウインドノーツ』の作者が再び、高校の吹奏楽部を舞台に物語を紡いだ。今度は少年が主人公だ。とくれば、読むしかない。わたしに読まないという選択はできなかった（締め切りを延ばしてくれと駄々はこねたが）。

書き手としては妬ましさや悔しさを、また、たっぷり味わうことになるかもしれない。それはそれで苦しくも辛くもある。けれど読み手としては、生きた人間の、しかも少年少女の日々を、闘いを、心の裡を実感として摑める読書体験は快楽以外の何物でもない。まったくの余談だが、本物の物語が与えてくれる快楽を知れば、人は深酒にも悪いクスリにも溺れたりしないと思う（あ、わたしは下戸です。もちろん悪いクスリなんて見たこともありません）。

で、二つ返事で引き受け、編集部から送られてきた（わたしとしては、贈られてきたという感覚です）『風に恋う』を一気読みすることになる。そして、どうしようもない。

という想いに浸っているのだ。

ほんと、どうしようもない。どうしようもなく流されてしまう。茶園基を水先案内人とするこの物語の世界に心を流されてしまう。みんな、かっこいい。基が玲於奈が瑛太郎が楓が堂林や池辺や越谷が、一人一人がかっこいい。おじさん世代の森崎さんでさえ、かっこいい。どう、かっこいいのか。彼ら彼女たちは特別な才能に富んでいるわけでも、波乱万丈の冒険に挑むわけでもない。むろん、演奏や作曲の才には恵まれているけれど、天才的、百年に一人の逸材と称されるほどのものではないだろう。

それでも、かっこいい。人としてかっこいい。自分に向き合い、自分を誤魔化さない。ぶつかりもするし、嫉妬もする。焦燥を抱え、疑心を抱く。それでも、自分が何をしたいのか、何をしてきたのか、挫折や後悔や未練を背負いながら問い続ける。

かっこいいと思いませんか？

姉の里央が過労から倒れ、運び込まれた病院で、基が叫ぶ。

「（前略）僕は音楽がやりたいだけだ！　勉強が大事とか将来が大事とか親の気持ちも考えろとか、そんなのわかってるよ！　わかってるけどそれでも音楽がやりたいんだよ！　今年のコンクールは今年しかないんだよ！（中略）だからお願いだから僕に音楽をやらせてよ！」

この叫びの何と生々しく、せつないことか。基は中学卒業とともに一度は吹奏楽から引退する決意をした。幼馴染の玲於奈のまえで『夢やぶれて』を一人、演奏しながら自分の吹奏楽に自分で区切りを付けようとしたのだ。この場面もとても美しい。基という少年と玲於奈という少女と『夢やぶれて』という曲が一体となって、そこに噴水の水の粒が煌めきを加えて、ふっと泣きそうになるほど美しい場面が作り上げられている。

その決意を翻し、基は再びサックスを手に取る。そして、音楽に演奏にのめり込んでいく。その過程を、額賀は丁寧に丁寧に、しかし、決して過剰とはならない筆で追っていく。だから基の「僕に音楽をやらせてよ！」の叫びが、嘘でなく伝わってくる。

そして、基をもう一度、吹奏楽の世界に引き込んだ張本人（というい方は、些か的外れだろうか）、不破瑛太郎は基と玲於奈に語る。

「俺は、高校時代に吹奏楽にしか一生懸命になれなかった自分を、少し後悔してるんだ」

この台詞に出逢ったとき、大げさでなく身体が震えた。これは、一種の敗北宣言ではないか。一つの何かに打ち込んだ過去を後悔するという敗北宣言。

一生懸命になることを、一生懸命に何かを成し遂げることを、わたしたちはずっと称賛してきた。その称賛の上で、たくさんの物語を紡いできた。

瑛太郎の台詞は、そこに静かに刃を突き立てたのだ。静かで、鋭く、容赦ない異議申し立てのようにわたしは感じ、震えたのだ。

懸命な努力、必死の想いは物語の華になる。そこを書き込めば、共感を得やすくなるし、ストーリーを進めやすくもなる。けれど、深みを奪いもするのだ。額賀はそのことを本能的に察知していたに違いない。『屋上のウインドノーツ』で既に萌芽していた人間の捉え方、ストーリーのための人ではなく、人が作っていくストーリーの捉え方が『風に恋う』ではさらに育ち、茂り、蕾を付けていた。

しかも、前述した基が叫ぶ場面は、瑛太郎の告白の後に嵌め込まれているのだ。憧れの先輩の秘めていた後悔を知ってなお、基は音楽を選び取ろうとする。

『風に恋う』が青春小説である証だ。世間を知らず、人生を知らない少年が想いだけを武器として、前に進んでいく。現実の世界でなら、基を愚かと嗤う者も、若いからできるのだと訳知り顔に頷く者もいるだろう。だからこそ、基は叫んだのだ。自分の想いが現実に掻き消されないために。埋もれてしまわないために。若さのありったけを込めて叫んだのだ。青春小説でしかなしえない仕事だと思う。基がこの叫びを悔いるときが、こないとは言い切れない。しかし、想いを抱いた少年が周りを変え、自分を変えていった事実は読み手の胸に確かに刻まれた。それは、わたしたちの現実をも変える力に繋がるだろう。静かで美しいくせに、起爆の能力を持つ。『風に恋う』はそんな小説だ。

（作家）

文春文庫

風(かぜ)に恋(こ)う

定価はカバーに表示してあります

2020年6月10日　第1刷
2023年11月25日　第3刷

著　者　額賀(ぬかが)澪(みお)
発行者　大沼貴之
発行所　株式会社文藝春秋

東京都千代田区紀尾井町3-23　〒102-8008
TEL 03・3265・1211㈹
文藝春秋ホームページ　http://www.bunshun.co.jp

落丁、乱丁本は、お手数ですが小社製作部宛お送り下さい。送料小社負担でお取替致します。

印刷・萩原印刷　製本・加藤製本

Printed in Japan
ISBN978-4-16-791509-4